論創ノベルス

世尊寺殿の猫

Ronso Novels 016

アグニュー恭子

論創社

【主要登場人物】

足利高国《あしかがたかくに》（のちの直義《ただよし》）　足利家の三男坊。十六歳。

上杉憲顕《うえすぎのりあき》　高国の従兄弟にして元傅役《もりやく》。

矢神《やがみ》　雪庭尼が養育している女の子。

雪庭尼《せっていに》（上杉清子《きよこ》）　高国の母。

足利高氏《たかうじ》（のちの尊氏《たかうじ》）　高国の同腹の兄。

足利貞氏《さだうじ》（義観《ぎかん》入道）　高国の父。足利家の当主。

釈迦堂殿《しゃかどうどの》　貞氏の正室。

足利高義《たかよし》　貞氏と釈迦堂殿の息子。五年前に逝去。

松寿《しょうじゅ》　高義の遺子。

北条貞顕《ほうじょうさだあき》　釈迦堂殿の兄。金沢流北条家の当主。

北条貞将《さだゆき》　貞顕の嫡男。

玉章《たまずさ》　貞将の妹。

倉栖兼雄《くらすかねお》　貞顕の右筆。世尊寺家に書を学ぶ。

世尊寺行尹《せそんじゆきただ》　書の名人。京から関東に下ってきた。

世尊寺行房《ゆきふさ》　行尹の兄。世尊寺家の当主。

世尊寺尹子《ただこ》　行尹の娘。

中院通顕《なかのいんみちあき》　尹子の恋人。

恒男《つねお》　行尹の乳母子。

覚一《かくいち》　琵琶法師。矢神の兄。

明一《めいいち》　もと白拍子。中院通顕の妻。

上杉重顕《しげあき》　雪庭尼の兄。

上杉憲房《のりふさ》　雪庭尼の弟、憲顕の父。

尊円法親王《そんえんほっしんのう》　伏見院の皇子。行尹・行房に書を学ぶ。

卜部《うらべ》兼好《けんこう》　倉栖兼雄の友人。金沢流北条家に仕えていた。

琮子殿《そうしどの》　堀川家の女君で、玉章の養親。元女御代。

《主要家系図》

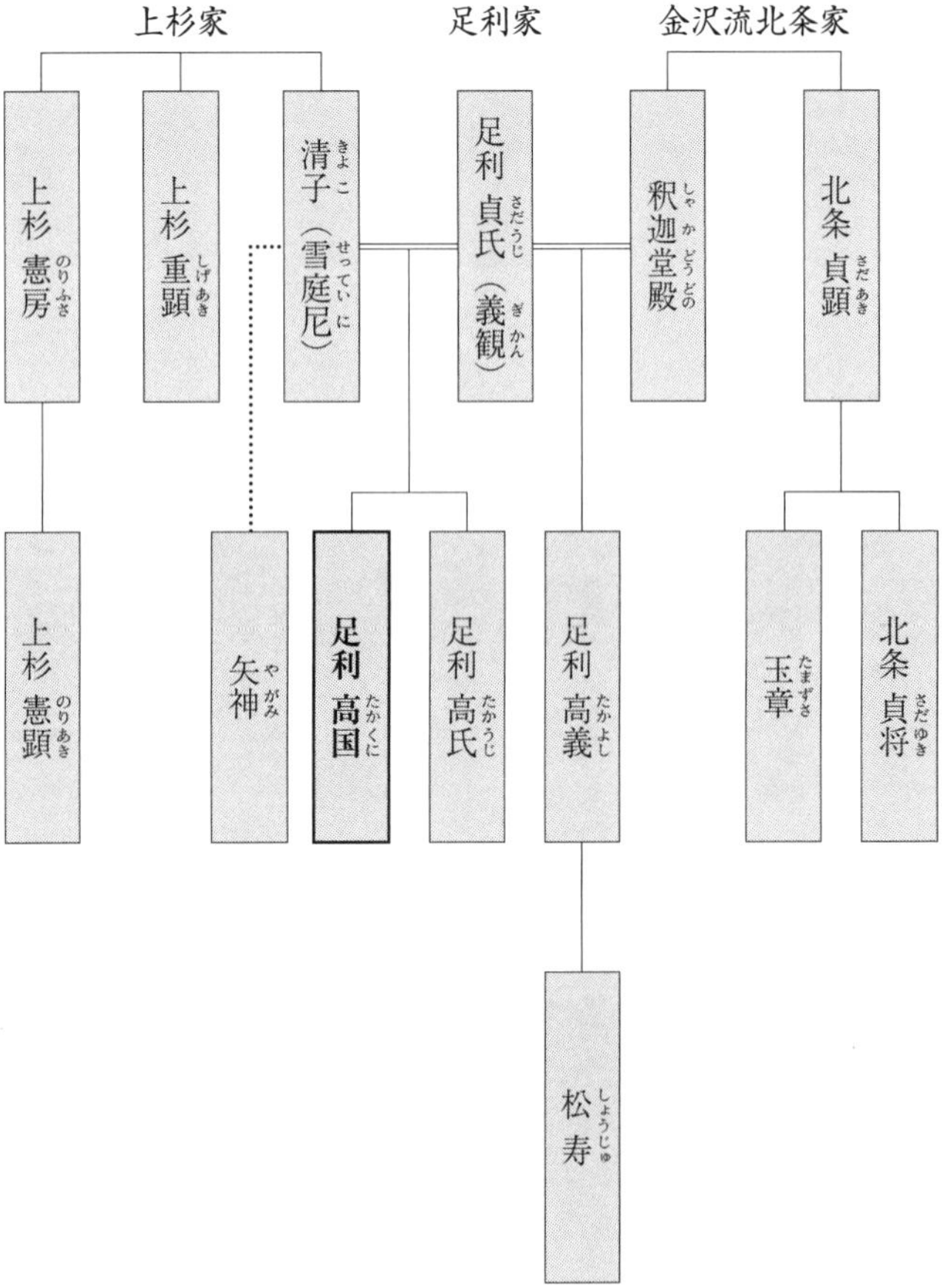
上杉家
足利家
金沢流北条家
上杉憲房《のりふさ》
上杉重顕《しげあき》
清子《きよこ》（雪庭尼《せっていに》）
足利貞氏《さだうじ》（義観《ぎかん》）
釈迦堂殿《しゃかどうどの》
北条貞顕《さだあき》
上杉憲顕《のりあき》
矢神《やがみ》
足利高国《たかくに》
足利高氏《たかうじ》
足利高義《たかよし》
玉章《たまずさ》
北条貞将《さだゆき》
松寿《しょうじゅ》

一、花橘《はなたちばな》

―元亨《げんこう》二（一三二二）年四月末、鎌倉―


「高国《たかくに》、高国」

勤行《ごんぎょう》のはじめを告げるりんほどに澄んだ迷いない母の声で、いつものように呼ばれて。

参禅に向かっていた高国は、ぎくりと足を止めた。また面倒ごとを頼まれる、もうわかっている。


鎌倉のなかで、足利《あしかが》家が屋敷群をなす地域、大蔵《おおくら》の中心にある浄妙寺《じょうみょうじ》。その寺域の中でも母の暮らす庵《いおり》の横を過ぎるとき、高国はこと静かにかつ足早に歩くようにしているのに、なぜかいつも、すぐに見つかってしまう。

「何ぞ御用のございましょうか、母上」

ひきつった笑顔で振り返ろうとして、高国は思わず目を細め、額に手をかざした。庵に添うように立つ橘の若葉と白い花が、日の光と爽やかな香りを溢《こぼ》しながらあまりに眩しく輝いているのが目に入って、一瞬間ほかになにも見えなくなったのだ。

「都より、そなたが焦がれておったものが届きましたよ」

すこし目が慣れると、橘と並んで立っていたのは、高国が予期していた通り、彼の母である雪《せっ》庭尼《ていに》と、彼女が養育している年幼《わか》い娘、矢神《やがみ》。だが、それだけではない。木の陰に、もう一人いた。

「若どの」

両手をあげて、幼名のころからの変わらぬ呼び方で、彼は高国を呼ぶ。一筋の陰りもない、明るい声と笑顔と。橘の香りよりも懐かしいその人のことを、けれど高国は、何と呼ぶべきか迷い、たじろいだ。

（のりあき、憲顕《のりあき》どの、三郎太郎《さぶろうたろう》どの……）

耳だけが、じりじりと熱い。

（えい、要らぬ頓着《とんじゃく》よ）

たまらなくなって、無言のまま垣を飛び越えて駆け寄り、両手が上がってひろびろと開いたその胸に、飛び込むように抱きついた。

「まあ、そなたは、まったく……」

まるで幼子《おさなご》のような息子の姿を見て、雪庭尼は呆れたように眉根《まゆね》に皺をよせ、溜息をついた。

彼女の次男の高国は、学問を好み、ときに周囲を唸《うな》らすような鋭さを秘めた利発な子ではあるが、およそ人と接してひとかどの武士らしく堂々と振舞うことができたためしがない。元服して一年以上たつのに、すぐに気後れして顔を赤らめるばかりの、内気で頼りない若者である。

（高氏《たかうじ》どのと、足利の家を、支えて参る身だと申すのに……）

呑み込まれた母の言葉には気づきもせず、高国は憲顕と、再会を祝ってかたく抱き合った。

「お久しゅうござるな、若どの」

雪庭尼の弟を父とする憲顕は、高国と従兄弟《いとこ》の間柄にあたる。年を数えれば憲顕が一歳年長だが、生まれた月は半年と変わらず、二人はほとんど乳兄弟のようにして育った。家の意向により幼少期を鎌倉で過ごした憲顕が、元服を機に父のいる京都に常住するようになっていらい、それまでほとんど離れたことのなかった高国と憲顕は、もう三年近く会っていなかった。

「ひ、久しゅうござる、三郎太郎どの」

胸からあふれてのどにつかえる思いを抑えつけて、やっとのことで、喘《あえ》ぐように挨拶する。

「なんと隔てがましい物言いをなさる。憲顕、とお呼び捨てなされ」

「あまりに立派《めでた》き姿ゆえ……」

高国はたえだえな声で、それだけ言った。都の貴人の屋敷に出入りして働く堂々たる侍となった憲顕の姿を見て、子供のころのように彼を呼び捨てることが憚《はばか》られるような気がしたのだ。幼いみぎりは、互いの兄弟よりも似ていると言われていた二人だったが、いつまでたっても痩せぎすで力のつかない高国に比べ、憲顕は随分背も高く、顔つきも体つきも逞《たくま》しくなってしまった。

「都は飯が美味《うま》くて、食が進んでならぬ。なりばかり大きゅうなり申したが、昔と変わらぬ某《それがし》にござるぞ。鎌倉では、若どののお側に付き従うことを許されております」

「そうか、そう申してくれるのはありがたい。さらば憲顕、此度《こたび》はいかなる用で鎌倉に戻った」

「何のこともない、都や丹波《たんば》の様子を伝える使いの役を仰《おお》せつかり申した。財も位も知恵もなく体のみ頑丈な若人は、伝書に越したる用途はないと、父もやっと気づいたようで」

からりと笑う憲顕の耳元から首筋のあたりに、都での年月が与えたに違いない華やかで艶めいた色香を感じて、高国はまたすこし気後れした。二歳ちがいの同腹の兄、高氏とさえも、思うように打ち解けられないことが最近は多い。芋の子のようにしていっしょに育ってきたなかまたちがつぎつぎ大人びていくのに比して、自分だけがいつまでも取り残されているようで、ほの苦い心地がする。

「とまれ、高国。呼んだのはほかでもない、そなたに頼みがある」

積もる話がいくらでもある二人の会話を遮《さえぎ》ったのは、雪庭尼だった。もちろん、そうだ。彼女が高国を呼び止めて、面倒なお使いごとがついてこなかったことなどない。

「いかなる御用にござりましょう」

「矢神とともに、世尊寺殿《せそんじどの》のお住まいを訪《おとの》うておくれ」

母がごく何でもない様子で口にした用事は、しかし高国のどんな予想も超えたものだった。矢神というのは、母がその庵で育てている、出自のよく知れぬ幼女のこと。そして――。

に脈絡もない。

「世尊寺殿、でござりまするか」

高国は思わず、のどの裏から出たような頓狂な声で訊き返した。いかにも面倒そうで、あまりに脈絡もない。

「さよう、世尊寺殿よ。この矢神も八歳、正式に手習いを始めてよい年ごろゆえ」

「まさか、かのお方に矢神の書の師となっていただくおつもりか」

身分違いもはなはだしいと、叫びそうになった言葉を呑み込んだ。当の矢神と、目がぱっちりと合ったからである。何か、得体のしれない高貴さがその子にはあって、世俗的な位の差異などを騒ぎ立てるのは、ふさわしくない気がした。母のおかしな考えに、自分もいつのまにか毒されているのかもしれない。高国は慌てて頭《かぶり》を振った。

そもそも、矢神の身分いぜんに、それはあまりに無謀な思いつきだというほかない。世尊寺殿こと世尊寺行尹《せそんじゆきただ》、その人が問題である。数年前、都を捨てるようにして関東に下ってきた貴族だが、その下向の経緯も目的も、一切が謎に包まれていた。

「世尊寺行尹殿と申せば、『筆取《ふでと》らぬ能書《のうしょ》』と綽名《あだな》されておいでの御方にござります。鎌倉殿や太守様が頼み込んでさえ、決して誰にも指南せず、筆を取って書くところすらお見せにならぬ不思議のお人ということは、母上もご存じござりましょうに」

書道のことを、古《いにしえ》の書聖王羲之《おうぎし》が字を書くと墨が木に深く沁《し》みこんだという故事にちなんで「入木《じゅぼく》の道」と呼ぶが、世尊寺家は入木道《じゅぼくどう》の名門である。三蹟のひとりとして名高い藤原行成《ふじわらのゆきなり》を家の祖とし、子孫代々に渡って世尊寺流と呼ばれる書法を伝えている。

世尊寺流の書は朝廷の儀式などでも欠かせない権威や伝統として幅をきかせていたが、都の文化への憧れの強い鎌倉では特に、洗練された格式高い書法として珍重された。だからその世尊寺家の一員である行尹が東下したときは、大げさでなく鎌倉じゅうの武家がこぞって師事を仰いだのだ。

だが、行尹は誰の申し出も断った。ほかならぬ高国も、母に言いつけられるまま兄の高氏とともに教えを乞いにゆき、けんもほろろに断られたくちである。いまの鎌倉殿、宮将軍である守邦《もりくに》親王《しんのう》に請われてさえ出仕を固辞したという。

能書、つまり筆の名人とは知れ渡りながら、書を披露することどころか、人前に現れることじたい全くなかった行尹は、いつしか「筆取らぬ能書」と綽名されるようになり、やがてはその綽名すら、人の口から遠のいて久しかった。世尊寺流の書がいまだ鎌倉でもてはやされている一方で、鎌倉にいるはずのその世尊寺家の貴種は、今やほとんど存在自体を忘れ去られている。

「左様なことはそなたに教えられずとも重々承知しておる。何も手ずから教えていただこうというのではない。反古《ほご》の切れはし一葉でよい、『この稚《いとけな》い者の手本にいたしたく』と、乞うて頂戴して参れと申しておるのじゃ。あわれを知る都の方なれば、幼い矢神が健気《けなげ》に頭を下げたなら、情けをかけて下さろう」

まるで突飛なようでいて、母には母なりの世知というものがあり、どうにか叶いそうなぐらいの願いを言ってくる。高国は唸った。結局はいつものように、彼女の望む通りにするしかない。

「承り申した。世尊寺殿は、鎌倉の何方《いずかた》にお住みでございますか」

「鎌倉ではない。今は金沢《かねさわ》にお住まいだとか」

「金沢にございますか。左様な遠方まで……」

「大仰《おおぎょう》な。金沢まで、朝比奈《あさひな》の切通《きりどおし》を越え橋を渡り、この足弱《あしよわ》の尼の徒歩《かち》でも一刻半はかかりますまい。馬なら常歩《なみあし》でも、半刻あまりで参れように」

母はそう言いながらも、行く前に見苦しくないよう身なりを整えろだの、釈迦堂《しゃかどう》の御前《ごぜん》にも御用を伺ってから行けだの、ますます時間のかかりそうな言いつけを重ねて。

「そなたの物言いは覚束《おぼつか》ないゆえ、憲顕も供に連れてゆくといい」

その極みに、そんなことを言う。

高国はぐっと言葉を呑んで、万事母の言いつけ通りにすることにした。下手な口ごたえをしたところで言い負かされるのが目に見えているし、金沢までの道のり、幼い矢神ひとりを供にして行くよりは、憲顕が一緒の方が楽しいに決まっている。それに、釈迦堂殿《しゃかどうどの》のもとには、確かにしばらく伺っていなかったのだ。

二、粽《ちまき》

「さて、ご家中はいかなる様子にござるか」

母の庵を離れ、矢神《やがみ》を一旦屋敷に預けてから釈迦堂に向かおうとする高国に、憲顕《のりあき》はことさらに陽気に、無邪気なさまで問うた。

「いかなる様子と申すも……」

立派な青年の姿になった憲顕に未《ま》だうち解けきらず、真っ白な頬を薄紅色に染めて、少し視線を外して語らう。その高国の姿を、憲顕は懐かしげに、きりりと通った太い眉を下げて見た。三年前に別れたときのままの幼い面影も微かに残しているものの、ずいぶん端正に成長したものだ。隙なく整った顔かたち、特に品よく通った眉根のもとに光る涼しい切れ長の瞳からは、聡明で廉直な高国の気性が、隠しようもなく溢《あふ》れてくる。

これだけ凛々しく長じたなら、もはや子供のころのようにべそをかくことも、そうそうあるまい、と憲顕は思った。幼少のころは言葉より先に気持ちが涙になってこぼれる高国を見て、男のくせにここまで泣くとは情けないお人だと、内心呆れていたほどだった。だが、それがもう見られないなら、それはそれで淋しい。

質問にどう答えてよいかわからず、困った表情で口ごもる高国を見て、憲顕は問いかけを変えることにした。

「高氏《たかうじ》殿や松寿《しょうじゅ》殿は、ご達者で」

数多《あまた》いる足利の家中の面々から高氏と松寿の名を選んで挙げれば、憲顕が何について尋ねているのか、さすがに間違えようのないほど明らかである。高国は、素気《そっけ》なく答えた。

「二人とも、達者にしておる」

「お館様からは、何の沙汰もござらぬのか」

「なにもない」

上杉家の者たちが常に最も知りたがっているその話題に関わることは、どんな些事《さじ》であっても、既に都にもこと細かに報せが届いているはずだ。それなのに、憲顕はわざとらしく、高国に話させようと仕向けている。そう気がついて、

「そなた、わかって尋ねているのだろう」

きっとした目で睨《にら》むと、にやけた顔の憲顕とばっちり目が合った。

「ようやくこちらを向きましたな、若どの」

「たわけたことを」

高国の肩に入った力が一気に抜けて、二人の間の三年の年月の垣根が、それで漸《ようや》くすっかり取

り払われた。

「まあ、松寿の様子は、いまから己《おの》が目で確かめるがよい」

「ご尤《もっと》もにござる、左様にしましょう」

憲顕が高氏と松寿の名を挙げて白々しく訊いてきたのは、ほかでもない足利家の家督の相続にまつわることだった。

高国は、武家の名家足利家の棟梁《とうりょう》である貞氏《さだうじ》の、三男として生まれた。高国と二男の高氏とは、母を同じくする。母の雪庭尼《せっていに》は貞氏の側室で、憲顕の生家でもある上杉家の女だ。上杉家は、もとは京都の貴族の端くれだが、鎌倉に流れ着いていらい、足利家と近づき、縁づき、その翼下に入ったという家柄で、足利の家からみると格下にあたる。

一方、二人がいま向かっている釈迦堂に住まう契忍禅尼《けいにんぜんに》、通称で釈迦堂殿《しゃかどうどの》と呼ばれる女性は、鎌倉を牛耳《ぎゅうじ》る権力者である北条氏《ほうじょう》から迎えられた、高国の父貞氏の正室である。彼女には高義《たかよし》という名の息子がいて、これが貞氏の長男だった。高国からすれば、母違いの兄にあたる。

足利家の棟梁は代々、北条の女性を妻とし、母としてきた。したがって、正妻釈迦堂殿の息子である高義は、足利の家督を継ぐのに、この上なくふさわしい資格を備えていたといえる。実際貞氏は既に高義に家督を譲り、自らは出家隠遁《いんとん》していた。

ところが、五年前、足利家は、ひとつの岐路に立たされることになった。その正統な後継者であった高義が、二十一歳で早逝したのだ。それで、足利の家督は宙に浮いた。

残された後継者候補は、二人。貞氏の二男高氏と、高義の遺児松寿。

高義が亡くなったとき、高氏は既に十三歳。器の小さからざることは周知に及び、その時点ではっきりと後嗣《こうし》に選ばれてすぐに元服の運びとなっても不足はなかった。かたや、高義の遺した子、松寿。彼は父親が死ぬのと入れ替わるように生まれていた。家督を譲るには、明らかに幼すぎる。

だが結局、五年前の高義逝去の時点では、出家して義観《ぎかん》と名乗っていた貞氏が、再び家督の座に戻ることを決めた。将来に向けた余白を残して、その時点では高氏と松寿のどちらが跡継ぎだとも定めない道を選んだのだ。高氏が庶生、つまり側室の子であり、北条氏の後見がないことを憚《はばか》ったのだと、皆が察した。

「高氏殿は、いかがお過ごしで」

今度は含みなく尋ねているらしい、憲顕が言った。高氏は高国の同腹の兄だから、憲顕とやはり従兄弟同士である。憲顕を真ん中に挟んで一つずつの歳の差しかない三人は、幼い頃から互いの顔を見て育っている。

「兄上ならば、それこそお変わりない。近頃は、父上や家宰《かさい》のそばで、家中の諸事の取り計らいを学んでおいでだ」

「さらば、高氏殿が家督を継がれるのも、遠からぬことではござらぬのか」

「そうとも言えぬ。いざというときは父に代わって、松寿が成長するまで支えるべしということかもしれぬ」

「なるほど」

貞氏の採ったのは、非常に政治的な選択だったといえる。貞氏が家督を引き受けておけば、真意はどうであれ、当面は幼い松寿の成長を待っているように見せられるからだ。そして、松寿の成長を待つということは、松寿の祖母であり彼を養育している釈迦堂殿、さらにはその実家である北条氏に対して、敬意を見せることでもある。

「高氏殿もよいお年頃じゃ、はよう北条から良き姫君を迎えられればよいものを」

さも簡単なことであるかのように、憲顕が呑気な声を上げた。彼の一族は当然、上杉家を外戚に持つ高氏が足利家を継承することを強く望んでいる。

上杉の母のもとに生まれた高氏が家の後継者となるためには、婚姻によって北条との縁をつなぐことが何より肝要である。裏を返せば、北条の姫を迎えて後見を得さえすれば、高氏が家督を継ぐ準備は整ったとみていい。上杉の者たちはだから、高氏の婚姻のゆくえを、じりじりしながら見守っていた。

「そうも行くまい、父上はやはり、釈迦堂殿や松寿のことを気におかけなのだろう」

「そのようでござるな」

それはもう、父の決断のあらわれなのかもしれないと、高国は思う。高氏はすでに十八歳。もし高氏に家督を譲りたい気持ちが強いのなら、早々に北条氏との縁談を調えていてもおかしくない。それをしないのは、松寿の成長を待つほうに、父の心が傾いているからなのではないか。

「いずれにせよ、考えても仕方あるまい」

北条の寺域に近いところまで来て、高国は話を切った。

件《くだん》の人は、浄妙寺から目と鼻の先の釈迦堂の一隅にある自らの庵で、子どもたちと花を摘んでいた。四十《よそじ》なかばを過ぎたころだろうか、高国の母より、五つあまり若い。髪を下ろしているもののの、いつまでも華やいだ娘のような、屈託のない明るさのある人だ。

「おや、おめずらしや。いずれの丈夫《ますらお》かと思えば、高国どの。さすが、今ほどの歳ばえのお人は、つかのま見ぬだけで見違えますな」

釈迦堂殿は、高国の姿を見るやぱっと微笑み、声をかけた。

先刻、実母との間に交わされた情け容赦のない会話の後では、こんなみえすいた世辞を言ってくれる優しさが、沁《し》みるほど嬉しい。

釈迦堂殿と高国は正妻と妾腹の子という間柄だが、小さいころから高国はこのひとによくしてもらっている。側にいると心が休まるのを覚えて、彼女が足利の本屋敷で暮らしていたころは、今よりもっと気安く見《まみ》えていた。しかし、息子の高義を亡くしてから、彼女は足利の氏寺である浄妙寺《じょうみょうじ》ではなく、同じ大蔵《おおくら》界隈にありながら北条ゆかりの釈迦堂の一角に居住し、そこで松寿をはじめとする高義の遺児たちを育てている。そのごく微妙な距離のせいで、用事がなければ赴けない程度には、高国の足は彼女から遠ざけられていた。

久しぶりに会う釈迦堂殿を前に、若干緊張しつつ、高国はご用聞きのための口をきいた。

「母の用を足しに、これより金沢《かねさわ》の辺りに参ります。何ぞお言伝《ことづて》なりございあれば、お申しつけくださりませ」

都の藤原氏ほどではないものの、鎌倉における北条氏も、一族が多岐にわかれ、執権《しっけん》の本流である得宗家《とくそうけ》以外の支流も数多い。その中で、武蔵国金沢《むさしのくにかねさわ》を所領とした北条実時《さねとき》の流れが彼女の実家で、いまの当主の貞顕《さだあき》は異腹の弟にあたる。つまり高国は、母の言いつけでこれから金沢を訪れるのに先立って、実家の所領わたりに何か用事が無いかと、釈迦堂殿に尋ねに寄越《よこ》されたのである。側室である高国の母の、正室への気遣いだった。

「お気遣い有難う存じまする。それならば、お言葉に甘えて……」

にっこりと笑むと、釈迦堂殿はすいと奥に下がった。残された高国は、憲顕とともに、庭に残された子らに目をやった。花を摘んでいる子たちのなかで、もっとも小さな者が松寿であった。当年六歳、童形のすがたは女児とも見分けがたく、矢神よりもひときわ幼い。まだ高氏と並んで評されるのは酷なぐらいの、何でもない幼子である。

高国は、やや後ろに控えて立っている憲顕のほうを、振り返った。後継者争いのことを念頭に置いた彼が、こんな幼い子供に厳しく吟味するような目を向けているのではないかと心配したのだ。だが、憲顕は自らの幼い弟妹を見るように、黒目がちの目を細くして、そこにいる子らを見守っていた。

憲顕の裏表のないやさしさに胸を撫《な》でおろしていると、やがて釈迦堂殿が戻ってきて、高国に文と包みを渡した。

「これをお願いいたします」

「どなたにお渡ししましょう」

「文は、文庫《ふみぐら》のわたりで誰となりにお渡しくださりませ。この娘たちのために借り受けたい書の名を記してござりますので、御本を持ち帰ってきていただけますか」

金沢には和漢の書をひろく蔵した名高い文庫がある。当代の貞顕は、家のはじめの実時に次ぐと言われる好学の士だ。幕府が都に置いた役所、六波羅探題《ろくはらたんだい》の長官職を貞顕が務めた際は、京でしか手に入らない本を、自ら書写した分も含めて数多《あまた》持ち帰ったということで、蔵書はますます充実している。高国も父の妻である釈迦堂殿との縁を通じて、希少の書を手に取ることのできる幸運に浴してきた。

「承知いたし申した。こちらの包みはいかが致しましょう」

「端午《たんご》の節《せち》も近うなりますれば、粽《ちまき》を用意いたしました。幾つか包みましたゆえ、道中お腹がすいたらお連れの方と共にお召しませ」

「これはかたじけのうござります」

と、よく通る声で返事をしたのは、後ろに控えていた憲顕である。高国自身は、思わぬ親切に触れて、礼の言葉さえも咄嗟《とっさ》には言えず、耳を熱くしながら粽を高く掲げて深々と頭を下げるので精一杯だった。これだから母に「物言いが覚束ない」と貶《けな》されるのだ、と歯がゆかったが、釈迦堂殿はそれで十分謝意を受け取ってくれた様子で、彼女も彼女が育てている高義の遺児たちも、笑顔で高国に頭を下げ返した。

三、鵺《ぬえ》

「高国、金沢には馬で参るのか」

厩《うまや》に赴く途中、母雪庭尼と少しも異ならぬ口調で、数えで八つになる矢神に訊かれた。

「高国どの、と呼べ」

まったく忌々《いまいま》しい、高国は眉をひそめた。母が自分のことを、下男か犬猫のように気軽に呼び捨て使いまわすから、こんな幼い子どもまでもが真似して、こうなる。

母はいつも、そうだ。兄のことは高氏どのと呼んで、幼いころから傅《かしず》いているくせに、弟の自分はまるきり扱いが違う。元服してからも斯《か》くの如しだが、幼名のころはもっとひどかった。兄は「山王丸《さんのうまる》どの」なのに、自分は雉若丸《きじわかまる》を縮めて「雉や」と呼ばれていた。扱いがぞんざいで、遠慮も敬意もなく――。

高国が心中に積年の不満を数えるあいだに、

「おう、馬で参り申すぞ。矢神どのは、この憲顕の馬に乗られませい」

憲顕は、すっかり矢神とうちとけて、軽快に語らっている。

「我はひとりでも馬に乗れるぞ、憲顕」

「左様でござあったか、これは失礼つかまつった。三年の間に、大きゅうなられましたな」

憲顕は、小さい子の扱いに、いかにも慣れている。

「これ、何たる口の利きようか。憲顕どの、と呼べ」

「主家の姫君なれば、呼び捨てで一向に構いませぬが」

「矢神は足利の姫ではない……やもしれぬ。とにかく、礼をわきまえさせろ」

結局、長い道のりを矢神一人で馬に乗せるのはまだ難しいと判断し、高国が矢神を抱える形で、二人は馬に跨《またが》り屋敷を後にした。

多少、不満に思うことがあっても。

馴れ馴れしいのは、おそらくそれだけ、心に隔たりなく近しいということなのだろう、それはわかる。背のぬくもり、鼻先をくすぐる髪、ともに手綱をぎゅっと握る小さな手をこそばゆく感じて、高国は口元をすこしだけ綻《ほころ》ばせた。爽やかに晴れ渡った初夏の日、はやく暮れる心配もいらない。若葉に輝く光を楽しみながら、のんびり馬を歩かせた。

「されど、伯母上はこの姫君をいたく慈《いつく》しんでおいでよな」

「年寄の人形遊びよ。釈迦堂の御前が孫娘を育てるのを見て、羨《とも》しかったのであろう」

「世尊寺殿や金沢の皆様に尋ねられたら、何と答え申そう。若どののお子ということにしておきますか」

「ふざけたことを言うな、わが年で、かように大きな子のあるわけがない」

憲顕の提案を言下に否定しながらも、高国にはそれに代わるふさわしい答えがなかなか見つからなかった。まったく、この娘は、何なのだ。高国にもよくわからない。


今から五年前、文保《ぶんぽう》元（一三一七）年。

年の暮れに近い、酷く冷え込む夜。数えで十一歳、当時は雉若丸《きじわかまる》と呼ばれていた高国と、山王《さんのう》丸《まる》と呼ばれていた高氏の兄弟は、深夜半に母に揺り起こされた。

家督を継いでいた兄の高義が二十一の若さで急死したのは、その年の夏だった。それを受けて、足利の家内に慌ただしい緊張が走った時期。一度は引退した家長の座に戻った父とともに、山王丸と雉若丸の兄弟は足利の主屋敷に入り、母の雪庭尼とは軒を隔てて暮らすようになっていた。それなのに、その夜は、母に起こされたのだ。

半分眠ったままの二人の息子が綿《わた》の入った夜着に巻かれて母に連れ出された先は、痺れるほどに冷える、浄妙寺の持仏堂だった。そこに、父と、若い琵琶法師と、床で昏々《こんこん》と眠る幼子がいた。

「父様《てて》、母様《かか》、何事におわします。この者たちは何者ぞ」

数えで十三歳になる山王丸は、弟よりは少し早く目を覚まして、いかにも利発そうな品格ある口調で問うた。かたや雉若丸は、まだ夢と現《うつつ》のはざまにいるような顔をしている。

「こちらにござあるは、そなたらの従兄弟《いとこ》で、覚一《かくいち》どのとおっしゃる平曲の名人じゃ。今宵すぐに京へお帰りになるとのことだが、折角だからその前に一曲、語っていただこうと思うての」

澱《よど》みなく答えたのは、母だった。父――もとは貞氏《さだうじ》というが、出家して義観《ぎかん》入道と名乗っている――は、苦々しい顔をして、黙っている。父と母の間に静かに走るひりりと逆立つような気配が、二人の息子に余計なことを言わせなかった。

「覚一どの、何ぞ、源氏の弓取りの良き話を聞かせてたもれ」

雪庭尼は、ほとんど義観の方を見ずに、覚一に命じた。

「さらば、頼政《よりまさ》の鵺《ぬえ》退治は、いかがでござりましょう」

亡くなった高義と同じぐらいの歳の、まだ若い、二十《はたち》ほどの琵琶法師。幼い雉若丸の目を通しても小柄なしずかな人で、平曲、つまり平家語りの名人という形容は重荷にも見える。その人が、見えぬはずの目を義観のほうに向け、意向を確かめるように問うた。

「それでよい。……いや、それがよい。済まぬが、頼む」

呻《うめ》くように義観は呟《つぶや》いた。両の手のひらに顔を埋《うず》め、ほとんど憔悴したようでもある。

びいん、と。覚一の琵琶が、静寂を切り破って空気を震わせた。

「抑々源三位《そもそもげんざんみ》入道と申すは――」

この世に二つとある芸《わざ》ではなかった。闇から伸びる無数の手を打ち払うように撥《ばち》が動き、弦がうねる。地獄の底から発するように重く、天から降るように眩しい、とにかく尋常ではない声が、部屋に満ち満ちて響き渡る。

雉若丸の目も、すっかり覚めた。

奇怪な鳴き声で夜な夜な帝を悩ます怪物「鵺」が内裏《だいり》に現れるが、それを源三位頼政《げんざんみよりまさ》が見事に射落とす。弓の腕前だけでなく、さらに和歌での応答も優美であったことで頼政は諸卿《しょきょう》の感興を呼んだ——という話の筋じたいは、雉若も山王も既によく知っていた。だが、その琵琶法師の芸の凄みには、幼いながらも圧倒されずにはいられなかった。頭《かしら》は猿、むくろは狸《たぬき》、尾は蛇《くちなわ》という怪物の描写に震えさせられつつ、王朝に仕え、和歌をよくし、弓矢の道に秀でた天晴《あっぱれ》な武者の活躍譚に、少年たちは夢中になって聞き入った。

「覚一どの、お見事」

聞き終わって、母はいかにも満足そうに、兄弟に訓戒を垂れた。

「のう山王丸どの、雉若も、おわかりか。日頃より母が申しておる通り、武士も弓矢の鍛錬のみならず、風雅の心を持ち、文《ふみ》をよう習わねばなりませぬ。よくよく肝に銘じなされ」

「かしこまりて候《そうろう》」

「そうして文武の業に勤《いそ》しんだなら、お二人とも、源氏の弓取りとして、きっと帝《みかど》のお役に立つ日が来ましょうぞ」

山王丸と雉若丸は、互いの顔を見合わせた。二人にとって、鎌倉においでの親王や北条の太守殿はともかく、京の帝はいかにも遠い。

「とにかくに、良き武士《もののふ》になれよと、母御前は仰せなのじゃ。な、そうであろう」

少し慌てて義観が話を引き取ろうとするが、雪庭尼はまだ続けた。

「さに候《さぶろう》。曲の中で、頼政が矢を放つ際、『南無八幡大菩薩《なむはちまんだいぼさつ》』と祈念したのを聞きましたか。源氏の氏神、八幡宮《はちまんぐう》の大菩薩は、いつもお二人のことをお守りくださいますよ」

母は奇妙なほどに何度も、二人が源氏の武士であることを繰り返している。そのことには、雉若丸も山王丸も気づかずにはいられなかった。そして、そのたびに父が焦りと苛立ちを募らせているということにも。

「と申しますのも、この母が腹を痛めたときのことにござります。山王丸どのの産湯《うぶゆ》には山鳩が二羽現れて、山王どのの左の御肩と柄杓《ひしゃく》の柄《え》にそれぞれ止まりました。雉若のときには、柄杓の柄と盥《たらい》の縁に。鳩は八幡神のお使いにほかならぬ。それでお二人の名には、山鳩の山、雉鳩の雉を頂いたのでござります」

出生にまつわる話をはじめて母の口から聞いた若い兄弟は、自分たちが平曲の登場人物にでもなった心地がして、しらず、ため息をついた。かたや、父は、ほとんど体が揺れそうなほど落ち着かない。

「ゆめお忘れなきよう。足利は源氏の家柄、その中でも、畏《おそ》れ多くも頼朝《よりとも》公と同じく、八幡太郎《はちまんたろう》義家《よしいえ》どのの血を継ぐ家に列《つら》なります。八幡神のご加護のもとに、怪異が現れたらきっと退治し、王朝をお守りあれ」

「もうよい、止《や》めよ」

たまらず義観が制しても、効果はなかった。

「こちらに眠るこのお子は、御父上の妹君、すなわちお二人の叔母上に当たる方がお遣わし下さった弓矢の守り神にて、名を矢神どのと申します」

尼は奇妙ななめらかさで、早口に語り続けた。

「兄の覚一どのともども、恐れ多くも八幡神の申し子にして、その身のなかに、足利の源氏の血とともに神仏の御力をも伝える有難き者じゃ。この尼が大切に育てますゆえ、お二人ともゆくゆくは、大事のときに力を借りるがよい」

目の前の女を、義観は知らなかった。昔から、とびぬけた美貌とともに、激しい気性を持った女であることはよくわかっているつもりだった。だが、巻き込まれれば溺れて死ぬしかないような念を渦巻かせた、この女は、だれだ。

「清子《きよこ》……」

思わず、昔から慣れ親しんだ出家前の名で力なく呼んだが、その声は弱く、彼女の耳に届く前に搔き消えてしまう。

「そしてそのお力を以て、いずれかならず……」

「よせ、よすのだ」

子供たちも、はじめは母の話に無邪気に頷いていたものの、やがて母の瞳の見たことのない深さに気づき、身震いした。自分らの方を向いてはいても、その目は自分らを映していない。濃く暗く遠く、落ちたら吸われて戻れない淵の底のような色だった。

覚一は、念誦《ねんじゅ》するかのように目を閉じていた。そこにはただ、矢神だけが、何にも妨げられず安らかに穏やかに、寝息をたてて眠っていた。


その五年前の夜のことを、高国はもちろん、忘れたことはない。だが、酷く眠いなか突然揺り起こされたのちの、あの奇妙な出来事は、やはり夢であったのではないかとも思う。

矢神は確かにここに居り、ずっと母の庵で育てられている。女子であるにも関わらず男のような扱いで、書《ふみ》始めに先がけて乗り馬始めを行ったのは奇妙だが、年のわりには敏《さと》いほかは、何の神力もない幼子だ。

あれ以来、父はもちろん高氏とすら、件《くだん》の夜の出来事について話すのは憚《はばか》られ、口端《くちは》に乗せることも控えるしかなかったから、高国にはわからない。結局何者なのだ、矢神や、あの琵琶法師は。そもそも父に妹がいたなど、聞いたこともない。

四、矢神《やがみ》

馬を歩ませながら五年前の出来事をひとしきり思い出したあとで、高国は溜息をついた。

「従妹《いとこ》……いや、妹……。そう、矢神のことは、妹とでも言うしかなかろう」

「まあ、そうなりますかな」

そんな事情は何ひとつ知らぬらしい憲顕は、呑気に答えた。高国は、憲顕ほどに呑気ではいられない。馬を寄せて体を傾け、高国は憲顕に、できるだけ低い声で言った。

「むかし母上が、矢神は鶴岡《つるがおか》の八幡神の申し子だと、お話しになったことがあってな」

「八幡神と申せば……」

憲顕は馬を御しながら高国の方を見た。高国は、

(源氏にとっての、弓矢の守り神だ)

とは言わずに、黙って深く頷いた。おいそれと戸外で口に出せることではない。

「え、まさかその子どもが、さような大層な」

思わず大声を上げた憲顕を、矢神はじろりとにらんだ。

高国は、黙ったまま考えを巡らせている。憲顕が信用できなくて語らないのではない。うっかり誰かの耳に入れれば、足利の家に危険が及びかねない重大さを秘めていたからだ。

頼朝の血脈が絶えて以来、北条氏に率いられている鎌倉には、公家や皇族の血を引く、形だけの将軍が置かれている。それはいわば象徴としての将軍で、御家人をまとめる求心力として必要な形骸《けいがい》だった。だが実際は、その宮将軍よりも頼朝に近い、八幡太郎義家にさかのぼる清和源氏の血脈を湛《たた》えた、有力な武家の一族がいる。

それが、足利家だった。

その血脈は自ずと、鎌倉における足利家を、他家とは異なる立場に置いた。鎌倉の政治を席捲《せっけん》する北条氏にとって、源氏の血脈は、二つの相反する意味を内包したからだ。

ひとつは、自らの権威の根源である。

もとは伊豆の小氏族であった北条氏が、いま全国の御家人に号令する地位を得ているのは、ひとえに政子という女が源頼朝の妻であったことに起因している。いらい、源氏の外戚という立場は、北条の権力を裏付ける、唯一無二の根拠である。

そしてもうひとつ、北条にとっての源氏は、自らの権威をたやすく覆《くつがえ》しかねない、最大の脅威でもある。

一方では過激な粛清を繰り返しつつ、合議の名のもとに御家人社会を統率する北条氏は、どこまでいっても、源氏の威光を借りる者、或いはその力を奪った者でしかありえない。だから、その名だけで御家人たちを惹きつける源氏のまばゆい正統性は、北条氏にとって無視できない危険な力だった。

ゆえに清和源氏の大家である足利家は、鎌倉の御家人のなかでも一種とくべつで、破格に尊重されつつも政治の中核からは遠ざけられ、また常に北条の注視を向けられていた。

それは単純な敵対関係では決してない。むしろ両者は、鎌倉の武家政権が頼朝を喪ってから、積極的に近づき、協力し合ってきた。足利は婚姻により北条氏の攻撃の対象となることを避け、北条は足利との婚姻により自身の権威を再保証するとともに、源氏の権威を内に取り込むことができたのだ。

ただしもちろん、そのごく繊細な均衡は、いつも北条の側に傾いている必要がある。足利の側は、北条にあらぬ疑いをかけられぬよう、犬のごとく白々と腹をみせていなければならなかった。自らの源氏の血脈をことさらに申し立てるような行いは、危険極まりない軽挙妄動というほかない。

（母上とて、それをご存知《ぞんち》しておらぬわけではなかろうに……）

だからこそ、あの夜の雪庭尼の言動は、奇妙を通り越して不気味ですらあった。

あの日、源氏云々のことを母が強く言ったのは、上杉方の伯父たちの誰かの入れ知恵のせいかも知れないと、高国は疑っている。上杉の家の者たちは、高氏の家督相続を強く願っている。おそらく、源氏の力をことさらに強調することによって、北条とのつながりが薄い高氏の相続を後押しようとでもしたのだろう。

だがそれは、上杉の者ならではの軽率な考えだ。彼らは都の出身であるゆえに、北条への恐怖の意識が、鎌倉で生き抜いてきた者たちに比べ、やや弱い。鎌倉で北条氏による血の粛清の対象になることがどれだけたやすいか、足利の家の者は誰もが知っている。

ともあれ、母や伯父たちにどんな思惑があったとしても、憲顕まではそれが伝わってはいないことは、彼の反応をみた高国には既にわかっていた。

「矢神の母は、わが祖父家時公の娘だと聞く。そなたは何ぞ知っておるか、憲顕」

「さて。家時公に姫君があったとは、何も」

高氏と高国は二人とも、母が三十代のなかばを過ぎてからできた子である。しかし、母となる以前の母のことを、高国はほとんど知らない。

「そうか。矢神、そなたは生みの母のことを覚えておるか」

矢神は静かに首を振った。無理もない。賢い娘とはいえ、足利の家に来たとき、彼女はまだ数えで三歳だった。

あれから五年。矢神は今も、高国の母、雪庭尼といる。だが少なくとも表面的には家中も今は穏やかで、家長は引き続き義観入道《さだうじ》であり続け、元服した高氏に家督が譲られる気配はない。

「高国、それより腹がへった。粽を食べよう」

当の矢神も、また呑気なものであった。さいわいと言うべきか、あの夜以来、母の口からも、源氏のげの字も聞いてはいない。

「高国どの、と呼べと申すに。粽は金沢で用を済ませてからだ」

高国はとりあえず、面倒なことを考えるのはよして、自分もその日の朗らかな陽気に、心を重ねることにした。

「よう分からぬことばかりだが、いずれにせよ、足利の家は、兄上か松寿のものだ。憲顕、そなたも、我に傅《かしず》くより、せめて兄上のお近くに参った方が、幾許《いくばく》か見どころもあろう」

冗談めかして、高国は言った。もちろん、本音では自らの側にいてほしい。だが、憲顕にも長男として継ぐべき家の役目もあるのだし、主家筋とはいえ庶子の三男坊という生まれの自分に、いつまでも拘《かかずら》う義理もない。

「なに、足利の御家督がどうなろうとも、わが身の立て方など、いかようにもなろう。禄《ろく》の多寡など知れたもの。自ら君を選べる方がよほどの果報に候《そうら》えば、憲顕は、若どのにお仕えいたす」

憲顕は、何の迷いも気負いもなく、ごくすんなりと答えた。

再会した高国が、憲顕の母が織った太刀の緒を腰に巻いていることに、姿を見た瞬間から憲顕は気づいていた。もう何年も前に、憲顕が譲ったものだ。

（律義なお人よ）

憲顕の母は、位は高くないとはいえ、公家の家に育った人だ。その母が、上杉の家の意向により鎌倉で武家風に育てられている息子のことを案じながら、組紐を織った。

母の想いは込められていても、優れた職人の技《わざ》とは到底いえない、不格好な組紐だ。譲っていらい、もっと出来のいい、洒落た紐を幾らでも手に入れられただろうに、今でもこの人は、何もいわずその紐を用い続けている。

誰にも話したことはないが、自身も等しく幼かった頃から高国の傅役《もりやく》を任されてきた憲顕は、ある時はっきりと気がついたことがある。確かに高国は目に余る泣き虫だったが、彼が泣くのは、自分の意に染まぬことがあるためとか、自らの望みを通すためであったためしがない。人の心の哀しみを自らの心に移しとって泣くか、人のために何もできない無力な自分が歯がゆくて泣くか、どちらかである。それを知ったとき、憲顕は決めた。以来、高国を、自分のすべてを預けて足る者だと勝手に恃《たの》んでいる。

「そうか」

憲顕の言葉に、高国は短く返した。

互いの顔は、見ない。でも高国は、自分がどんな表情をしているかは、よくわかっていた。

五、玉章《たまずさ》

　高国には、亡き兄高義やその母である釈迦堂の御前のおかげで、金沢《かねさわ》と多少の縁がある。実際に足を運んだことは多くはないが、それでもまれに文庫《ふみぐら》に連れて来られるたびに書を熱心に読みふけっていた少年をよく覚えている者はいて、一族の末端であるかのように親しく扱ってくれた。

「やあ、これは足利の高国殿ではないのか、久しいな」

　そう言って、高国の姿を見て足を止める。その日自分を呼び止めた人の顔を見て、高国は特別に目を輝かせた。

「左馬助《さまのすけ》どの」

　それは、釈迦堂の御前の弟である金沢流北条家当主貞顕《さだあき》の嫡男、左馬助貞将《さだゆき》だった。自分とは血のつながりもない、北条氏の次代において重要な位置を占めるであろう貴公子だが、高国にとっては勝手に親しみを感じずにいられない相手だった。というのも、

（やはり、似ている）

　亡き兄の面影を、よく移しているのだ。亡兄高義は高国より十年上だったのに対し、貞将は五

歳上であるはずだ。もともと母である釈迦堂の御前によく似ていた高義は、足利の顔立ちというより、金沢流北条家の顔立ちであったのだろう。釈迦堂殿の甥、高義の従兄弟にあたる貞将《さだゆき》は、年が長じてきて、ますます高国がよく覚えている時期の高義の容貌に重なって見える。

「今は……こちらに、おわしまするか」

年の離れた半兄と話すときもいつもそうだったように、嬉しさと恥ずかしさが一緒くたになった気持ちで顔を真っ赤にしながら、へどもどと話しかける。

「いかにも。政務にやや倦《う》んでな、父上に無理を申して、数日のお暇を頂きこちらに参ったのだ」

「それは宜しゅうございまする」

鎌倉の御家人勤めは、忙殺されるだけでなく神経もすり減り、いかにも楽ではないらしい。高国たちの父も、所労で突然蟄居《ちっきょ》するかと思えば、諸事を投げ捨て足利庄《あしかがのしょう》へ逃げ出すようなこともあった。まだ気楽な身分の高国は、子どもをつれて金沢をふらふらしている自分の身の上を、やや後ろめたくすら感じた。

「金沢はよい。景色も穏やかで、心が休まる」

「いかにも」

貞将のその言葉には、高国も心置きなく同意できた。鎌倉も金沢同様海に面してはいるが、由《ゆ》比《い》の浜は処刑場にもなる血腥《ちなまぐさ》さと、雑多な種類の人々で溢れかえる猥俗《わいぞく》さが混じりあい、到底心の休まる空間ではない。それにくらべて金沢は、港のわたりは賑わいながらも、浜辺は静かで風光明媚、称名寺《しょうみょうじ》や金沢流北条家の屋敷群を中心に洗練された香りも漂い、まことよい土地柄だった。

「おや、そこなる稚児《おさなご》は、高国殿の……」

貞将が優しいまなざしを向けた先には、矢神が遊んでいた。まさか自分の子には見えまいと思いつつ、高国は先ほどの憲顕との会話を思い出し、慌てて貞将の言葉を継いだ。

「末の妹にござります」

少し大きくなった高国の声をきいた矢神は、振り返ると、立ち上がり頭を深く下げた。

「やがみと申しまする」

「左様か、お可愛らしいな。某《それがし》は、北条左馬助貞将と申す。どうぞ見知りおきくだされ」

「あい」

にこにこと挨拶を交わす矢神と貞将を見て、高国は今さらのように内心ひやりとした。父の正室であり貞将の伯母でもある釈迦堂殿の子でない幼い妹など、貞将の家にとっては好ましくもないし、とうに出家の身である父の名を汚しかねない。それに弓矢の神という物々しい名を聞き咎められたら、どうする。そもそも、無闇やたらに名を晒《さら》すものではないと言い聞かせておくべきだったのだ。考えが甘い、自分はいつも。

「ねこ、猫じゃ。高国、憲顕、猫がおる」

と、当の矢神が、縞模様をまとい長い尾を揺らす小さなけものを見つけて声を上げると。

「うむ、鎌倉では珍しかろう。金沢では、文庫の本を鼠に喰われぬように、猫を飼っておるのよ」

貞将が、そう教えてくれた。高国の心配はよそに、貞将は、その無邪気な幼子に目をそばだてたりはしていなかった。

「ああ、逃げてしもうた、身の軽いこと」

「高国殿、今日はまた、何用にて金沢まで」

「は、それが……」

釈迦堂の御前からの手紙を渡しながら、事情を話して世尊寺殿の居所を訊いた。

「世尊寺殿なら、称名寺の東の一隅にお住まいだ。小さな庵にお一人でお暮らしゆえ、お顔ぐらいは拝見できるだろうが、御手蹟《ごしゅせき》をくださるとは思えんよ」

世尊寺行尹《ゆきただ》がいま金沢に身を寄せているのは、金沢流北条家の当主にして貞将の父である貞顕に、何らかの縁があるからに違いない。しかし、貞将の口ぶりでは、行尹は金沢の人々に対しても、うちとけない暮らしをしている様子だった。

鎌倉に武家の政府がおかれて以来、東に下る公家は少なくない。頼朝をはじめとする源氏将軍が三代で途絶えたあと、摂関家や皇族から頂いてきた将軍に付き従って来る者もあったし、上方の法では解決できぬ訴訟を鎌倉に持ち込む者もあったし、都の政争や人間関係に疲れたり敗れたりして下向する者もあった。

多くの場合、鎌倉は貴族たちにとって、新たな活躍の場となった。たとえば、藤原定家《ふじわらのさだいえ》の孫冷《れい》泉為相《ぜいためすけ》は、もとは相続をめぐる訴訟のために東に赴いたが、鎌倉で築いた人脈や実績が、冷泉家の和歌の家としての繁栄を導いた。そしてほかならぬ世尊寺家も、鎌倉と好んで関係を築いてきた一家だった。行尹の父や祖父は、鎌倉にたびたび下向して有力者に積極的に書を指南することで、東国における世尊寺流崇拝を強化した。

だが、世尊寺行尹は、鎌倉を世渡りの場とする面々とは、どうやら対極であるらしい。

「なにせ、出家こそされぬものの、隠者のようなお暮らしぶりだからな」

「ご様子は承知しておりますが、伺って断られぬことには、母の気が済みませぬもので」

「それはご苦労だな。伯母上ご所望の書物のほうは、そうだ、あの者に言いつけるとよかろう」

無駄のない動きで、貞将は高国を文庫に導く。高国は憲顕に軽く目配せして、二人をおいて貞将のあとに従った。扉を引くと、外気と隔たって冷たい空気が頬を撫でるとともに、古書の湿った匂いが鼻をついた。

「玉章《たまずさ》、おるのであろう」

声をかける貞将について、庫《くら》に踏み入る。

「玉章」

呼ばれた者を見つけるのは、わけなかった。彼女は、いたのだ、すぐそこに。

心を奪うというのは、このようなことを言うのだろう。まさに奪われた、魂を。その娘に、というよりは、その光景すべてに、と言った方が正しい。

所狭《せ》しと立ち並ぶ書架、それぞれが無造作に積まれた書で満ち満ちている。そんなうすぐらい文庫の、飾り格子からほんの少し射した光が作るわずかな陽だまりに包まれて。土間に無造作に尻をつき、小袖の汚れるのなど少しも気にかける様子もなく。腰より長く伸びた髪が、地に広がっている、それも構わない。猫が数匹、いる。先刻文庫の外で見たような、灰と黒の縞模様をした猫たちが娘の周りを囲むように丸まって眠り、一匹は小袖の裾に乗っている。

爪の先を軽く噛みながら、夢中になって膝の上に開いた書を読む、その横顔。なんという横顔だろう、耳の後ろにはさみきれず、顔にかかった豊かで真っ黒な髪の間からはっきりと覗く濃《こま》やかなまなざしは揺るぎなく、ただ文《ふみ》にだけ注がれている。隙なく結ばれた唇は、彼女と本以外の世界の面目を、丸ごと失くしてしまうほどに素っ気ない。だが、すこし丸みを帯びて柔らかい頬、その面影はまぎれもなく――。

と、貞将が大きく咳《しわぶき》をしたので、猫たちは書架のほうぼうに隠れ、娘も気がついて視線を上げた。

「これにあるは、わが異腹《ことはら》の妹《いも》なる者だ」

紹介される前から、その娘が貞将の縁《ゆかり》の者であることはわかっていた。貞将の端正な顔の線をやや和らげたような、というより、釈迦堂殿がお若いときはこのようであったのだろうと思うような容貌だった。その娘を目の前にしてはじめて、自分が父の正妻や彼女によく似た亡兄、亡兄によく似た貞将に淡く抱いている気持ちに形のある輪郭を与えられ突きつけられたような気がして、高国は胸を詰まらせた。

「この者は、いかなる前世の因縁か、わが家きっての紙魚《しみ》姫でな。もう何年も、この文庫に棲み暮らしておるようなものよ。ここにある仮名の本はすべて読んでしまって、最近では漢籍、仏典を読み散らす傍ら、蔵書の目録の手直しまでしておるとか」

「要らぬお話はお止めくだされ」

表情も変えず、大した抑揚もない声色で、娘は兄の話を堂々と遮《さえぎ》った。顔は似ているものの、つんとした表情や口ぶりが、釈迦堂殿とは大きくちがう。

「とにかくに、幼き頃よりあまりに文を好むため、『玉章』と呼びなしておる」

「なんと、お美しい」

たまずさとは、手紙や美しい文章を指す雅語であるとともに、「妹」にかかる枕詞《まくらことば》でもある。この上なく似つかわしい名の響きに感嘆して、考えるよりはやく、高国はそう、口にしてしまっていた。貞将の驚いた顔と、玉章の決まり悪そうな顔を見て、自分の言ったことがどう取られているか、気がついた。

普段ならそのまま言葉が出なくなってしまうところだが、ここで黙りこむわけにはいかない。とんだ気障男《きざおとこ》になってしまう。

「あ、その、いかにも風雅なる、お美しい名づけだと、感服いたしまして」

足りない言葉を絞り出して、高国は必死になって説明した。

「お褒めいただき、父も本望であろう」

その必死さになかば笑いながら答える兄をよそに、玉章は漸《ようや》く書をたたんで立ち上がり、小袖についた猫の毛を乱暴にはたきながら言った。

「して兄者人《あにじゃひと》、何用でいらしたか」

「おう、それよ。高国どの、文を」

釈迦堂殿の手紙を渡すと、玉章はじっと見入った。

「大方はこちらにござありましょう。枕・谷殿《やつどの》がお持ちやもしれませぬ」

「そうか、ならば我より問うてみようか」

「どうせ一両日の間に両所へご挨拶に伺いますゆえ、私が受け取り釈迦堂にお届けいたします」

「そうか、それは助かる」

会話を聞いても高国には詳しいことはよくわからないが、二人でてきぱきと、釈迦堂殿のご所望の本を手配する算段を整えてくれているらしい。

「高国殿とやら」

物怖じしないきっぱりとした口調で、玉章は言った。ひどく愛想のない娘だが、その飾り気のない率直な様子を、高国は好ましく思った。

「この文にある書物は、私が用意して伯母上のもとにお持ちいたしますゆえ、お任せくだされ」

「承知いたしました。お頼み申します」

貞将と玉章に挨拶して暗い文庫を出ると、明るい光の中に憲顕と矢神が待ち構えていた。何がそんなに楽しいのか、二人して顔からこぼれるほどの笑みを浮かべながら、猫に遊ばれている。

「御用は済みましたか」

「うむ。世尊寺殿のもとに参ろう」

今日はなんだか、眩しいものばかり見ている、そう高国は思った。

六、月

海近く、潮の気配を多分に含んだ風に晒《さら》されて、ややうらぶれた雰囲気の庵の垣根の外に、三人は立った。言われなければ、名高い貴族の門葉がここに住まわっているとは、夢にも思うまい。

「物申《ものもう》し候《そうろう》」

高国が、思い切って声を出す。

かつて、世尊寺殿が東下された当初に兄高氏と訪れた際は、門前払いを喰らった。今回もまた居留守でも使われるだろうかと思っていたが、ほんの少しの沈黙の後、戸が開いて、下人なのかとさえ思うぐらい風采の上がらない四十がらみの小さな男が、顔を出した。これが世尊寺《せそんじ》行尹《ゆきただ》なのか。あまりにあっけなく目通りがかなって、高国は拍子抜けした。

「誰じゃ」

「じ、浄妙寺入道足利讃岐守《さぬきのかみ》義観《ぎかん》が息《そく》、二郎高国にござりまする」

「何用じゃ」

あっさりと問われて、いきなり用件に入らねばならなくなったのが意外で、何度か頭のなかで練習したはずの文句が、とんで行ってしまった。

「え……あの、この妹《いも》なる者が、矢神と申しまして、手習いをいたしたく」

いちおう答えようとはするものの、慌てて言葉を紡ぐから、要領をえないし、声も裏返ってしまう。頼みの憲顕は、高国の口上を補うどころか、横で頭《こうべ》を垂れながら、辛うじて噴き出すのをこらえて肩を震わしている。

「お公家様、粽《ちまき》は好まれまするか」

うろたえる高国の横から口をきいたのは、矢神だった。

「なに、粽とな。粽が嫌いなものなどおろうか」

世尊寺殿が、軽妙に答える。

「左様でござりましょう。釈迦堂の御前の粽は格別の味わいゆえ、矢神は今すぐに食しとうございますが、高国が許してくれませぬ。されど、もしお公家様がご所望とあらば、皆で食べるのを、高国もきっと許してくれます」

「や、矢神……。粽は後でと、申したではないか」

顔を真っ赤にした高国が、声を震わせて言うのを聞いて、行尹は、思わず笑った。そのように遠慮なく笑ったのはいつ以来か、記憶にないほど久しいことだった。

奇妙な来訪者たちと、言うほかなかった。緊張でろくに口を利けぬ若い主人と、それを助けもせずに笑う従者、そして、自分が食べたいのであろう粽を勧めてくる子ども。

彼のこの粗末な住まいを近頃になっても訪ねる者などもうほとんどいなかったが、たまな訪れがあると思えば、書のことを諦めきれないのか都や鎌倉の政情を探りたいのか、誰も彼も腹に含むところのあるような連中ばかりで、表面では笑って軽い話をして帰って行くものの、本心など知れたものではないし、知りたくもない。だが、この子供たちは、勘繰るのもばかばかしいほどに、それとは趣を異《こと》にしていた。

「高国、我にその釈迦堂殿とやらの粽をくれるか」

しばし笑って、自分の笑いがおかしいかのようにまだ笑いながら、行尹は言った。

「は……、畏《かしこ》まりましてござりまする」

「鼠の寝床だが、良ければ裏より上がれ」

確かにほんの小さな居所ではあったが、裏にはさすが、こぢんまりとしながらも季節の草花の散りばめられた、風流な庭が設《しつら》えられていた。その庭に接した縁に、四人で座って粽を食べた。高国はものの味などしないぐらい緊張しているのに、

「うむ、確かにこれはうまい。都でもかように美味なる粽は口にしたことがないぞ」

行尹は、矢神のために大げさに喜んだふりをしてくれる。高国はそれに恐縮してやはり何も言えずにいるが、憲顕は、その時を好機ととらえたようである。

「恐れ入りましてござりまする。足利が郎党、上杉三郎太郎憲顕が申し上げます」

板葺《いたぶき》の縁に端座し、両手をついて平身低頭、先ほどとは打って変わって大真面目に話し出す。

「こちらの高国殿と妹御の矢神殿は、わが伯母なる者の子にてござあるが、矢神殿は当年とって八歳、これより武家の子女として恥ずかしきことのなきよう手習いを始め申す。その手習いの初めの一文字だけでも、天下一の上手のご一筆を、何卒《なにとぞ》手本として賜《たまわ》りとう存じます」

するると高国も、それに勢いづけられたかのように、慧顗と同じ姿勢を取り、しっかりとした口ぶりで願いを続けた。

「手本と申すも恐れ多い、筆の守りとして拝み眺めるために、反古《ほご》の切れ端でも構いませぬゆえ、どうか」

行尹はもともと都の公家であるし、人付き合いを避けている身でもあるため、足利だの上杉だの聞いても、その家柄はよくわからない。だが、元服はしているものの、まだ二十歳《はたち》までも間がありそうな若侍二人、鎌倉や金沢で見る良家の御家人がみなそうであるように、土臭さがなく爽やかなものだ、と感心した。目の前にいる幼き者も、二人に合わせて小さな手をついたのが、また可憐であった。

「これこれ、頭を上げよ。まだ粽を食べ終わってもおらぬだろう。釈迦堂殿とやらに悪いことのなきよう、まずは粽をしっかり食べい」

「はっ」

矢神と並んで、背を丸くして粽を食べる行尹の横顔を、高国は盗み見た。鬢《びん》も髭《ひげ》も無精をしていて、いかにも京の公家というなよやかな線の細さとともに、世をすっかり倦《う》んでしまった寂寥《せきりょう》を色濃く醸《かも》している。想像していた貴族の姿よりは、ずっと人らしい。今にも腹の底を見せてくれそうでもあり、そうでいて何枚皮をめくっても本心が見えないようでもあり、結局のところ高国には、まだ人の性《しょう》などよくわかっていないのだった。

「わが娘なる者が歌を写した散らし書きがある。それぐらいが、その幼き者には丁度よかろう」

粽を食べ終わると、行尹はそうぽつりと言って、ものの少ない庵の小さなつづらから、古びた料紙を出してきた。

「……美味なる粽の礼じゃ、持って行け」

ぬうと腕を突き出す。

「あ、有難う賜ります る」

想像を裏切って、あまりにたやすく目的がかなえられようとしている。高国は呆気《あっけ》にとられつつ、慌てて手を差し出した。

しかし、その料紙を慎ましくのばした高国の両手にほとんど渡しそうになっておいてから、

「いや、待てよ」

行尹は、急に気が変わった、という顔をして。

「高国、姨捨山《おばすてやま》の月を見よ」

そう言うと、指先をひらりと翻《ひるがえ》して、その料紙を懐にしまってしまった。

「は」

料紙を受け取るために差し出した手に空を摑《つか》まされ、困惑して長い睫毛《まつげ》に縁どられた切れ長の目をしばたかせる高国の顔を、行尹は満足そうに見て、微笑んだ。憲顕と矢神も、口をぽっかりと開けて顔を合わせている。

「この紙には、古歌が一首書かれておる。書かれた歌が何か、一度で当ててみせたら、やることとしよう」

もう一度ぐらい、この者たちに会いたい。彼自身にとっても不思議なことに、行尹は、そう思った。

いまここで書を渡してしまえば、彼らは満足して、もう二度とこの住まいを訪れまい。それが惜しくて、物を知るはずもない東の若者をからかうような意地悪を、思わずしてしまった。それは当の三人は知る由もないことだが、行尹が東に下ってから初めて見せた、現世への執着だった。

「『姨捨山の月』、と仰せでございましたか」

謎をかけられたのだということすら、高国が呑み込むまでには時間がかかった。手がかりに違いないその言葉を、気をつけて確かめる。

「左様じゃ。姨捨山の月を見よ。さて、何の歌が書かれておるか、いまここで答えられるか」

「いえ、何卒お時間を頂戴しとうござります」

高国の額から、汗がふき出した。何のことやら、皆目見当がつかない。

「構わぬぞ。よう考えてから、また参れ」

手に入れかけた望みの品が、するりと逃げて行ってしまった。

ずっしりと重くなった頭を抱えて、高国たちは屋敷を後にした。馬の足取りが、同じ道行きとは思えないほど、遅い。

「憲顕、おばすてやまとはいずこじゃ」

「さてなあ、美濃にそのような山がありましたか」

「信濃であろう」

「左様でござるか」

矢神はもちろん、知識の面では憲顕もまったく頼りにならない。帰りの道のりは、自然、三人とも無口になった。望み通り手本をいただけなかったことを情けないと呆れられるのがいやで、雪庭尼のもとに矢神を送りとどける役は、憲顕に任せることにした。

「姨捨山の月とやらのこと、伯母上に伺っておきましょうか」

「余計なことはやめておけ。これでもし母上がすらすらと解いたら、また学が足らぬと詰《なじ》られる」

「手本のことは何と申しましょう」

「今日は断られたが、三顧の礼を尽くしてみるとでも申しておいてくれ。歌のことは兄上に訊いてみる」

高国は家に着いてすぐに、高氏《たかうじ》を頼るつもりだった。

高国も母に厳しく言いつけられて和歌の学びは一通りしているが、兄は日ごろから、高国よりよほど熱心にそれを行っていたからだ。都にも鎌倉にも歌の師や仲間を持ち、つぎの勅撰集《ちょくせんしゅう》への入集《にっしゅう》を目指して詠歌を重ねている。高氏なら、何かわかるかもしれない。

七、姨捨山《おばすてやま》

「世尊寺殿が『姨捨山の月』と仰有《おっしゃ》りましたが、何の歌のことかお分かりでござりますか、兄上」

「なんと、そなたともあろうものが分からぬのか、高国」

近ごろは何でも自分でできますわかりますという涼しい顔をしている二つ違いの弟が、ひさしぶりに自分を頼ってきたのが嬉しくて、高氏は大げさに驚いたふりをして高国に絡《から》んだ。もともと漢学のほうが好きで、最近では暇があれば寺門をくぐって仏法の学識を深めているような弟だから、和歌にさほど詳しくないのも無理はないが、ついからかいたくなって、高氏は大げさに囃《はや》すように言った。

「古今《こきん》の集にもおさめられた、古来より高名な歌ぞ。まさかまさか、そなたが思い及ばぬとはのう……」

「もったいつけずにお教えください」

高国が急かすと、兄は天賦《てんぷ》の美声で朗々と詠じた。色黒の顔に逞《たくま》しく通った眉、その下には、いつも笑っているような大きくて優しい目。父に似て丸顔に垂れ目の高氏は、人好きはするものの、万人の認める美男とはいいがたい。だが、晴れ渡り朗《ほが》らかで、聞く人を心地よく包み込むような声をしていて、彼と話して魅せられないものはなかった。

わがこころ　なぐさめかねつ　さらしなや　をばすてやまに　てるつきをみて

「それが答えでございますか」

兄の吟詠《ぎんえい》に大した感興も示さず、高国は不躾《ぶしつけ》なぐらいあっさりと訊いた。

最近では気恥ずかしさからわざと疎遠にふるまうこともあるとはいえ、高義《たかよし》や貞将《さだゆき》に感じるようなよそよそしい憧憬《しょうけい》の念は、この兄に対しては生じない。親しすぎるのだ。二つしか年のちがわないこの同腹の兄のことを、高国は心から頼りにして、尊敬してもいる。だがそれと同時に、遠慮する必要のない間柄でもあった。

「うむ。姨捨山の月を詠んだ歌は数あれど、もとの始めはこの歌ぞ。妻に求められるまま年老いた伯母を山に棄《す》てたものの、それを悔いた男が、苦しい心で詠んだ歌だという」

姨捨という山の名の謂《いわ》れとなったその古歌を含んだ挿話ぐらいは、確かに昔話のたぐいとして耳にしたことがある気がする。しかし。

「ふうん」

明らかに得心のいっていない様子の弟に、高氏も不満を覚えた。

「なんだ、何ぞ不足か」

そう、不足なのだ。だが、何、というのは説明しがたい。あえて言うなら。

「易しすぎませぬか」

「なに」

むろん、自分は物を知らない。実際その古来より有名だという歌のこともよく知らなかったのだから、文句は言えない。おそらく世尊寺殿も、風雅に疎《うと》い東の武骨者をからかうような気持ちで問いを下したのだろう。だが。

「姨捨山の月、と自ら言っておいて、姨捨山の月の歌が答えでは、謎かけにもなりませぬ」

「確かに、先に答えを言っているようなものだな」

「そこまで易しいと、馬鹿にされているような心地になります」

なるほど言われてみれば、確かにその通りである。だが、この歌でないとするなら、何が答えになるか、高氏にも分からない。

「ふうん」

今度は高氏も高国と同じような声を上げて、そのまま二人で考え込んでしまった。

翌日、大事なことに気づかせてくれたのは、館に現れた矢神だった。高氏と高国は、武の鍛錬を終えて、朝の膳をともに囲んでいたところである。

「高国、今日も金沢《かねさわ》に参るのか。お方様が、三個のみならず五個でも七個でも心ゆくまで尽くすべし、と憲顕におっしゃったゆえ、釈迦堂の御前にたんまり粽をいただいて参ろうぞ」

「いや、三顧というのは粽の数ではなく、三度礼を尽くして訪ねることだ。例の謎かけの答えもわからぬゆえ、今日はまだ参るに参られぬ」

「粽を持って参れば、答えが分からずとも、行尹《ゆきただ》殿はきっとお許しくださる」

「そなたは、自分が粽を食いたいだけだろう」

二人の会話を聞いて、高氏は思わず口元をほころばせた。

「高氏どのも参られますか」

矢神は、高氏には「どの」をつけて丁寧に話す。やはり、母のせいだ。

「いや、我は遠慮しよう。矢神、『姨捨山の月』とはどの歌を指すか、母上には伺《うかご》うてみたか」

「いいえ、高国より、何も申すなときつく戒《いまし》められましたゆえ」

「そうか」

高氏が、また愉快そうに笑った。

「されど高氏どの、『おばすてやまのつき』だけでは、謎は解けませせぬよ」

「なに」

矢神に言われて、高氏は、高国の顔を見た。高国は無言のまま口をへの字に曲げ、首を振った。

「それは如何《いか》なる意だ、矢神」

「世尊寺殿は、『おばすてやまのつきをみよ』と仰せゆえ。月を見るまでは、謎は解けぬのでございます」

「なるほど、姨捨山の月を見よ、か」

「兄上」

そう言われてはたと思い当たることがあって、高国は高氏に訊いた。

「昨日、姨捨山の歌にまつわる物語のことをお話しくださいましたな」

「ああ、伯母を山に棄てる話だな」

「いずれの書物にござりますか。その物語を読めば、答えがわかるということかもしれませぬ」

「詳しい話は、『大和物語《やまとものがたり》』に載っておる。だが、ほんの短い歌物語だぞ」

それでも、読めば何かに気づけるのではないか。むしろ、本を「見て」みるぐらいしか、謎を解く手がかりは残されていないように思える。

「『大和物語』はわが家に蔵してござあるか」

「母上がお持ちだ」

高国は顔をしかめた。母の庵は、鬼門だ。すばやく、ほかの門を選んだ。

「矢神、飯が済んだら釈迦堂の御前様のもとに参る。だが、決して粽をねだるでないぞ。あちらの姫君方に遊んでもらっておれ」

「あい」

なんだかんだで子守を当然のように引き受けている高国を可笑《おか》しく思ったが、高氏は何も言わずに二人を見送った。

「まあ、高国どのに、矢神どの。金沢よりお戻りでございますか。お急ぎでないなら、お上がりなさいませ」

当の釈迦堂殿は、高国の姿を見るや、いつもの明るさで彼を招き入れた。

「え、か、かたじけのうございます」

すぐに庭で娘たちと鞠《まり》遊びをはじめた矢神をおいて、高国だけが庵の中に導かれた。

「朝の茶を服そうとしておりましたが、高国どのもいかがでございまするか」

「頂戴いたします」

簡素で居心地のよい住まい。香《こう》をとっても花をとっても優美なさまが前に押し出された母の庵と比べると、きりりと清冽な、ちょうど頂いた茶のごとき、無駄のない美しさをここには感じる。

「預かりました文をお届けしたところ、玉章《たまずさ》どのなる方が、近く本を持ってこちらにおいでになるとのことにございます」

「左様でございますか、玉章は息災で」

「ほんの数言交わしたばかりですが、健やかなご様子であったかと」

「あの者は、文庫《ふみぐら》の猫のような娘でございましょう」

「え、は、まことに」

言われてみれば、清げでしなやかな容貌といい摑みどころのないつんとした振る舞いといい、文庫に暮らす猫の眷属《けんぞく》のような娘であるかもしれない。貞将の異腹の妹である玉章は釈迦堂の御前にとっては姪にあたるが、彼女の口ぶりからすると、ずいぶん親しげな様子だった。

「あの」

母に頭を下げるのがいやで、勢い釈迦堂殿のもとに来てしまったが、頼まれた書物を届けもしない上に、別の書物を借りようというのは、考えてみればずいぶん厚かましい。それでも仕方がない。高国は思い切って頼んだ。

「本日は、『大和物語』をお借り受けしとうて参りました」

「むろん構いませぬが、高国どののお好みからすると珍しゅうござりますな」

「はあ、それが……」

隠しだてしても仕方がない、矢神を連れて金沢まで行った理由からはじめて、すべてを説明した。釈迦堂の御前は、ところどころたどたどしい高国の説明を聞いたあとで、「姨捨山の月を見よ」という言葉を、自分でも嚙みしめるように繰り返した。昨日見た玉章と同じ、聡明な少女の瞳が輝く。

「高国どの。物知らぬ尼の身で賢《さか》しらなことを申すようなれど、見るべきはおそらく、『大和物語』ではござりませぬ」

「なんと」

彼女や彼女の実家の豊富な蔵書には期待していたが、まさか自ら謎を解いてくれるとまでは思っていなかった。高国は、あまりの意外さに、興奮して声をうわずらせた。

「さらば、なにを……。何を見ればよいか、お心当たりはございますか」

「『更級《さらしな》』ではございますまいか」

「『更級』……でござりますか」

覚束ない表情の高国を見て、釈迦堂殿は、それから詳しく説明した。

姨捨山は信濃にあり、古くから高氏の言う和歌や、伯母を山に棄てた男の話でよく知られている。それを踏まえ、この山は月の名所とされ、歌に詠み込まれるときは月とともに歌われるのが典型だが、その山のある地域の名も、連ねて詠まれることが頻繁だという。

その地名が「更級」である。

たしかに、昨日高氏が教えてくれた「姨捨山の月」の本歌でも、上の句は「わが心　慰めかねつ　更級や」と歌っている。姨捨山の月を見るとき、その人はかならず更級にいることになるわけで、「姨捨山」と「月」と「更級」は、互いに強く結びついた歌語となっている。

「その更級を名に冠して、『更級日記《さらしなのにっき》』と呼ばれる書がござります」

「更級の日記……」

「さに候《さぶろう》。定家卿《ていかきょう》が手ずから写された御本を、冷泉為相《れいぜいためすけ》殿よりわが家にお借り受けいたしました。私も手元に写しを蔵しておりますゆえ、ご照覧なされ。さすれば……」

思い当たる答えは心中に浮かびながらも、それを言ってしまうのはあまりに図々しいかと思って、釈迦堂殿はそこで控えた。

「さすれば、謎も解けるやもしれませぬ」

「なるほど、都の方は、『香炉峰《こうろほう》の雪』と言えば簾《すだれ》を上げるような雅《みやび》な謎かけをなさると母に聞いたことがありますが、『姨捨山の月を見よ』とは『更級日記を読め』ということか。御前様、お見事にござります」

「いえ、もし雪庭さまにお伺いしていれば、やはりすぐにお気づきであったかと」

さりげなく高国の母を上げることを忘れないのも、またいかにも優しい彼女の気遣いだった。

「『更級』のことは、むかし雪庭さまとも話しました。私もあの方も、幼きころは日記の作者のごとく、物語に夢中になり憧れるような娘でござりましたゆえ……。今はこうして尼となり世の無常も知って、なおのこと、深く身に染みるものがござります」

二人の尼御前は、一人の男の正室と側室という間柄でありながら、また、今は家の後継者をめぐり微妙な立場にありながら、いたって仲が良い。高国の母は都の下流貴族の端くれのような家の出で、高貴な家柄に生まれなかった分、都の一流人と並んでも恥ずかしくない学識を身につけることで貴族の矜持《きょうじ》を保ってきたらしい。そんな勝気な気性の母にとって、深い知性と教養をもちつつ尖ったところもなく控えめな武家の女性である釈迦堂の御前は、敬愛に値する存在なのだろう。

「御本を拝借いたします」

「何かあれば、またおいでくださりませ」

と言っておいて、少し考えて、釈迦堂殿は言い直した。

「いえ、何が無くとも、訪《おとの》うてくださりませ。松寿は、高国どのを慕うておりますゆえに」

童髪の影が、襖障子《ふすましょうじ》の向こうに覗いた。まだまだ幼く、ちいさい。ちょうど高国と亡兄の高義が十離れていたように、亡兄の遺児の松寿と高国も十歳違いになる。高国も同じ年のころは、ただひたすらに兄を慕ってあちこち追いかけていた。話の相手にもならない幼弟を、高義は厭《いと》うこともなく側に居させてくれ、気が向けば弓馬の稽古の真似事さえしてくれた。

「某《それがし》でよろしければ、いつでも」

高義や貞将、或いは高氏と比べて、自分はいかにも貧弱で頼りなく、慕ってもらえるような仁も徳もない。いつのまにかここは、そんな自分を喜んで迎えてくれるほど寂しい場所になってしまっているのだろうか。

「松寿どの、やがてまた」

声をかけると、その小さな子は何も言わず、おずおずと顔を出すと、恥ずかしそうに微笑んで、ちょこんと頭を下げた。あまりの稚《いとけな》さに、高国の胸は痛んだ。

八、更級《さらしな》

高国は、矢神を母のもとに帰すと、屋敷に帰って早速、借りてきた書を開いた。王朝の女の日記など、ほとんど読みつけていないが。

紙を繰るにつれ、高国は絶句した。こんなに暗いものだとは、予想していなかった。

初めのほうは、軽快なものだ。地方の受領階級の娘が上京し、源氏物語のような恋愛に憧れ、宮中での活躍を夢みながら成長する。

だがその後、娘の身には結局、大した恋も訪れない。平凡な男と結婚し、家族の世話に明け暮れ、宮女としての出世もあきらめ、夫の任官や子の行く末に気をもむばかりの日々。さらに夫に先立たれた晩年は、歌も物語も自分の人生を助けなかったと、それらに心を移した若き日々を後悔し、にもかかわらず歌を詠み、日記を記しながら年老いる。

(これはまた……)

読んだあとに残るのは、孤独で静かな、悟りに似た諦観、などという綺麗なものではない。浮き彫りになるのはむしろ、夢や希望を捨てきれないのに、しまいまで望んだことが何も起きてくれなかった人生に対し、「こんなはずではなかった」とこぼさずにいられない、年老いた女の恨みがましい横顔だ。

一体釈迦堂殿は、この日記のどこを取って「身に染みる」と言うのだろう。世尊寺殿の謎かけのことをしばし忘れて、高国は考えずにいられなかった。そしてそれを考えると、なぜかはわからない、だがなにかいやな汗をかいて、その汗で体が芯から冷えるような、そんな心地になった。

「何を読んでいるのだ、高国」

縁《えん》に寝転んで本を読みふけっていたが、やがて日が傾いて字が見づらくなってきたところで、高氏が頭の横に立った。

「お出かけにござあるか」

高国は、慌てて体を起こした。

「うむ」

高氏には最近、昵懇《じっこん》にしている女がいる。今宵も定めし、その女の所に泊まるのだろう。

「『更級日記』なる本を、釈迦堂の御前より借り受け申した。これが『姨捨山の月』のことであろうとのお見立てにござります」

「なるほど、更級というわけか。それはまた、お見事なことだな。謎かけの答えは、それで分かったのか」

「いえ、それはまだ……」

実のところ答えの見当はついていたが、そうは言わなかった。不確かな考えを述べるために、これから出かける高氏を引き留めたくはなかったのだ。

「随分と浮かぬ顔だな。それほどまでに、難しいか」

高国の遠慮を悟ってか、高氏は外出する足を止めて、高国と並んで腰かけた。

「いえ、そのことよりも、釈迦堂の御前様のことで……」

そこまで口にしておいて、高国は言葉につまった。そもそも釈迦堂殿の何が心にかかっているのか、すぐには言えなかった。それで高国は、辛うじて自分に掬い取れる、最も分かりやすい部分だけを高氏に伝えた。

「松寿とともに、お寂しい思いを抱えておいでなのでござりましょう。用はなくても訪《おとの》うてくれ、と某《それがし》に仰せにござりました」

「そうか、お寂しい……か」

高氏は噛みしめるように呟いたあとで、

「高国、人の心というものは、いかにして知ることができる」

急にそう問う。高国は何を答えればいいか、すぐにはわからなかった。

「いかにと申すも……」

「我には、人の心がわからぬ」

高国は驚いて兄の方を向いたが、目に入るのは静かで穏やかな横顔の輪郭だけだった。

いかにも華やかで打ち解けた雰囲気で、誰とでも臆せず話し、相手の胸襟《きょうきん》をたちまちに開かせる魅力を持った兄。それは高国の持たぬものすべてであり、つねに羨望の的である。その兄が、意外なことを言う。

「人のことは、よう分からぬ。釈迦堂殿のことはもとより、母上、父上の御心であってもだ。自分のほかの者の心は、何一つわからぬ。わからぬゆえ、高国。我は誰と語らうときも、よく聞き、よく尋ねるようにしておるのだ。話し、聞き、知ろうとする。教えてもらえば、相手がどうしてそう思うのか、解することはできる。自分は同じように考えはしないとしても、な。我はいつも、そうして、世を渡っておる」

高国はため息をついた。高氏の、こういうところに敵《かな》わない、と高国はいつも思う。そこにいるだけで場を明るくするような自分の持つ花をよくわかっていて、高氏はどこでも人に囲まれて、いつも笑顔で座っている。何事にもあまり執着を見せないし、細かいことを気にしない、そのせいで、深くものを考えないような印象すら与えるが、それはちがう。実際は端々まで目が行き届いていて、何事につけ的確に把握している。

この日も、まるで気まぐれのように高国にこぼす高氏のことばは、高国が釈迦堂殿に対して抱いた漠然とした懸念に、きっちりと符合した。

(なるほど……。つまりは釈迦堂の御前の御心を、某はよく存じ上げておらぬということだ)

北条に生まれ、足利に嫁ぎ子を成した釈迦堂殿は、十分に幸福な女性に見える。子に先立たれたことは大きな不幸だが、孫たちがいて、今は尼となり落ち着いた暮らしをし、生活に困ったりもすることはない。あたりまえに、ごく恵まれた女の「仕合わせ」だといえるだろう。

「仕合わせ」とは、よいことでも悪いことでも、「そうなるよう天に定められたこと」を指す。つまりは誰もがそれを受け入れて生きるよりほかはない、そういう類のものだ。それなのに、自らの「仕合わせ」を全うしている人を傍《はた》から見ると、その人はそれに満足していると錯覚してしまう。

とりたてた魅力はないが実直な男の妻となり、子を成し、尼となり、孫を育てる日々。だがそれは、彼女自身の望んだ、夢見たことだったのだろうか。受け入れるしかないから、受け入れているだけだ。実際はもっと、色とりどりの夢や憧れを抱いていたのかもしれない。それらをすべて諦めた末にいまがあり、気の遠くなるような乾いた寂寥《せきりょう》をつのらせながら生きているのだとしたら。或いはいまだ諦めきれず、恨んだり呪ったりしているのだとしたら。

釈迦堂殿は、これまでは高国にとって、ただ父の妻としての仕合わせを生きている人だった。その人に、なにかそれ以上の思念や願望が、ある。そんなごく当然のことを、改めて生々しく突きつけられた、それが、高国の落ち着かない気持ちの正体だった。

「兄上が左様に仰せなら、某とて誰の心もわかってなどおりませぬ。ただ、わかったような気になるだけで……」

「いや、そなたと我とは違う。そなたは確かに周りの者たちと、よう心を通わせておる。だがな、高国。近くに居る者ほど、尋ねずとも互いの気持ちは知っている、わかっていると思う故、見落とすこともあるものだ」

高国は再度、ため息をもらした。そして、

「加古《かこ》の娘は……」

高氏に、彼が情を交わしている女のことをたずねた。祖父の従妹《いとこ》にあたる。父親を早々に亡くして後ろ盾の弱い女とはいえ、足利の分家の娘であるから、誰も二人の仲に口を挟みはしない。

「うむ。何でもよく語り、腹に含むところのない、よい女だ」

やがて妻《さい》なり妾《しょう》なり、それなりの扱いで正式に迎えることになるだろう。だが、もし足利家の当主になるなら、高氏は北条の姫を正妻に貰うことになる。それについて高氏がどう思っているのか、高国はしらない。

「それはよろしゅうござりました。兄上は……」

それこそ話を聞いてみたくなった。

高氏は、弟の高国から見ても、不思議な人だ。何事もよく見えているのに、自分がどうしたいかということは、殆どおもてに出さない。それでいていつも、満ち足りている。枯山水の庭に据えられた、大石のような趣きだ。石はただ然るべく、そこに在る。小さな庭でも大きな庭でも、どこに置かれてもぴったりとおさまって、用を果たすことができる。

そんな高氏だからこそ、尋ねたかった。北条の娘を得て、家督を継ぐこと、それを高氏は望んでいるのかどうか。高氏は自らの仕合わせを、何だと考えているのか。

「何だ」

「……いえ、何でも」

だが、聞かなかった。

「お引き止めして、申し訳ない。兄上、お気をつけておいでなされ」

兄の答えを知って、どうする。それを自らの欲望の糧とするつもりなのか。軽々しく動きそうな心を、高国はおさえた。

「うむ」

縁に立ち、高氏の後ろ姿の見えなくなった後までぼんやりと眺めながら、考えを巡らせた。

（わが仕合わせとは、何であろうか）

次の当主が高氏であれ松寿であれ、このまま足利の家が大きな失敗をしないかぎり、良家の男子として何不足ない一生が送れるだろう。小さな領地をもらいうけ、一族の中から妻を迎え、家庭を築き、土地を守り、宗家に仕え、そうやって生きていく。所領を安堵されては胸を撫で、少しでも多くの領地の獲得を望み、領地内の訴訟の折衝につとめ、やがては子に全てを渡して生涯を終える。小さな煩悩にまみれたつまらない一生。

許されるならむしろ、仏門に入って仏の道を学ぶことに人生を捧げる方が性に合っているかもしれないとも思う。だが、足利家の家督の行方も定まらない今、出家を許しては貰えまい。自分はいなければならないのだ、家のための駒として。家督の代用として。代用の代わり、或いは代用の代わりの代わりとして。

それが自分の仕合わせだろう。それを物足りなく感じたことも口惜しく思ったこともない。軍《いくさ》物語の中の男たちの武者ぶりを自らの栄達として考えるような野心は、持って生まれてこなかった。物語は物語。「それだけのこと」、と高国は思ってきた。

だが、もし自分が、破れることをおそれずに、自らの望みを存分に思い描くとしたら――。

やがて迫ってくる闇と残照の境ぐらいのところに、何かを見そうになって。

すぐに高国は頭《かぶり》を振った。いたずらな思念に心を移すなど、しない方がよい。自らに与えられた仕合わせに、充足するべきだ。

(それだけのこと)

そう、ただ、それだけだ。あさましい煩悩が消えたら、虚空《こくう》はただひんやりと暗かった。

九、侍従《じじゅう》の大納言《だいなごん》

「高国どの、折よくおいでになりました」

翌日、本を返すために釈迦堂殿のもとに参上すると、思いもかけない客人がその庵を訪れていた。

それは玉章《たまずさ》だった。約束通り、釈迦堂殿に本を届けに来たのだろう。湿気た文庫《ふみぐら》をはなれ、昼前の健やかな光を身の隅々まで浴びた娘は、身なりも整え、控えめながら白粉《おしろい》や紅で飾っていることもあって、目を背けたくなるほどの目映《まばゆ》さだった。高国はすっかり気後れして、玉章と対せずに済むよう、庭で松寿に太刀の稽古でもつけようかとも考えたが、この北条の娘に自らの貧弱な太刀筋を見られるぐらいなら、おとなしく無知を晒《さら》したほうがましだと諦めた。

「昨日借り受けました『更級日記』を、お返しに参り申した」

「『更級』を読まれましたのか」

高国が本を差し出すと、間髪入れずに口を挟んだのは、玉章である。書物の話とあれば隔てなく、飛び込んでくるらしい。

「高国どの、世尊寺殿の謎かけの話を、玉章にも聞かせてもよろしゅうございますか」

「無論にございます」

玉章は、相変わらず笑顔どころか感情をあまり顔に上らせなかったが、それでも釈迦堂殿から聞く話に興味をかきたてられ、瞳を輝かせていることは高国にもわかった。可愛らしい、高国は素直にそう思った。

「それで『更級』を読み申したが、いくつか腑に落ちぬことがございますゆえ、お教えを乞いたく……」

「ならばこの尼よりも、玉章のほうが通じておりましょう」

本当はもう、釈迦堂殿も玉章も、世尊寺殿の問いの答えをわかっているのだろうと、高国は感づいていた。世人に解き得ぬ難問を高国相手に下したわけではあるまい。そして年若い武士たちにはちょうど良いぐらいの問いの答えを、ここにいる教養深い女性たちはとっくに知っている。知っていながら、高国の面目を立てて何も言わずにいてくれる。情けない話だが、それが現実だ。高国は頭《こうべ》を垂れて、謙虚に教えを請うしかなかった。

「この日記、更級の地に関わる話ではないようなのに『更級日記』と呼ばれるのは、末にある歌に拠《よ》るのでございましょうか」

「いかにもそのように存じまする」

日記の最後、甥の来訪を受けた作者は、年老いて捨て置かれてもおかしくない叔母である自分の心境を、「おばすて」という言葉を用いて読み込んだ。

月も出でで　闇にくれたる　姨捨に　なにとて今宵　訪ね来つらむ

（月も出ず、闇につつまれた姨捨山のように捨て置かれたこの叔母を、なぜあなたは今夜訪れたのでしょう）

「この姨捨の歌から縁を得て、『更級日記』と名づけられたのでございましょう」

「なるほど……」

高国は、小さく溜息をついた。

（されど、おそらくは、この歌でもない）

「姨捨山の月」はあくまで「更級」に導くための手がかりであって、つまり行尹《ゆきただ》の問いの答えそのものにはなりえない。この日記の中の別のところに、問いの答えにあたる歌が書かれているはずなのだ。

「あの、こちらに出てくる、この大納言というのは……」

高国は、背筋を伸ばして、玉章に問うた。昨日自分で読んでみて、最も強く目に止まった箇所が、そこであった。自分の推察が正しいかどうかを知るために、彼女の反応を少しも見逃さないよう瞳でしかと捉えた。

「はい、『侍従《じじゅう》の大納言』とは、藤原行成《ふじわらのこうぜい》殿を指す呼び名にございます」

娘はそんな高国の思惑に応えるようにしっかりと目を合わせて、静かに頷いた。やはり、間違いない。ここに答えがある。高国はそれで謎が解けたことに確信を得て、はじめて世尊寺殿から下された謎の周辺に注意を向けるだけの余裕ができた。

「ところで玉章どのは、世尊寺殿にはよう会われますか」

「いいえ、私は。父はまれに訪《おとの》うておりますが」

「かのお方がなぜ都を去られたか、ご存じにございますか」

玉章は首を横に振った。

「もう八年も前になりましょうか、わが父が六波羅《ろくはら》を退く直前に、ただ一人の姫君を亡くされたとか」

「そは、まことにございますか」

「左様に聞き及んではおりますが、そのために都を去られたのかどうかは、存じませぬ」

「そうか、世尊寺殿も、姫君を亡くされていたのか」

高国はいったん見開いた目をすぐに伏せて、思案した。

「いかにお辛く、お心細かろう」

思わず独り言が口をついた。玉章がそれを聞いて、わずかに首をかしげ、ゆかしげに高国を見たのに気づいたのは、釈迦堂の御前だけだった。

「高国どの、今日はこれより世尊寺殿のもとへ参られますのか」

その釈迦堂殿が、口を開いた。

「玉章も金沢《かねさわ》に帰りますゆえ、馬にてお送りいただけますまいか」

「申し訳ござらぬが、家中の小用がござりますゆえ、金沢へは明日参りまする。明日の朝までお待ちいただけるなら、ぜひにも」

「それがよい、玉章。今宵はこの尼のところに泊まり、明朝高国どのとお発ちなされ」

釈迦堂殿の明るい目の輝きには、恋にあこがれる娘の華やぎに似たものが灯っていた。さすがの高国もそれに気づかずにはいられず、顔を赤らめて玉章を見た。

「いえ」

玉章は、二人の浮ついた気持ちを一瞬で潰すような無表情で、冷たく言い放った。

「あいにく急ぎますゆえ、すぐに徒歩《かち》で発ちまする」

顔色《がんしょく》のなくなった二人の面目を辛うじて立てるかのように、玉章は付け加えた。

「いつでもまた、文庫にお立ち寄りくだされ、高国どの」

「かたじけのうござります」

深々と礼をして、高国は去った。目に見えて、肩が落ちている。

「そなたは全く……」

その背を見送りながら、釈迦堂殿は、心の硬い姪を口惜《くちお》しく思う気持ちを隠さずにこぼした。

「高国どのは、聡くお心の篤《あつ》く、誠実《まめ》なお方よの。そなたもそうは思わぬか」

「どうであれ、私には、関わりのないことにござりましょう」

二人が交わしたそんな言葉を、高国は知る由もない。


玉章を金沢へ送ることよりも高国が優先しなければならなかったのは、憲顕とともに、矢神に弓の稽古をつけることだった。言うまでもなく、母の言いつけである。

「おそいぞ、高国」

高国が着くころには、既に上杉屋敷の裏で憲顕が手をとって矢神を指南していた。矢神が用いるのは無論、遊び道具のような子ども用の弱弓とごく近い的だが、憲顕は自らの鍛錬もついでに行っているらしく、片肌を脱いで、太陽のもとに思い切りよく立派な肩を晒している。

「若どのも、数条引きますか」

自分の倍ほども太い憲顕の腕《かいな》と、既に何本もの矢のつき立つ彼の的を見たら、自らの出番でないことはすぐにわかった。そもそも、母も高国しかいないときには、矢神の稽古をつけろと命じるような酷なことは、決してしなかったのだ。

「いや、稽古は憲顕に任せる、そのまま続けてくれ。それより、明日は金沢に参るぞ」

「謎が解け申したか」

「うむ、解けた」

話しながら矢をつがう憲顕を、高国は木陰に入った敷石に腰かけて、脇からじっと眺めた。子供のころから、憲顕が弓を引く姿を横で見るのが好きだった。すいすいと面白いように、矢が的に吸い込まれていく。

京では憲顕は、父の務めに従って、官吏の仕事のいろはを学んでいるはずだ。だが、きっと性に合っているのだろう、今も弓の稽古を欠かしてはいないようだ。

三年を経てみる憲顕の弓は、いよいよ見事というほかない。いっさいの無駄のない滑らかな挙《きょ》措《そ》、筋肉の静かでしなやかな動き、くり返す緊張と緩和。すべて高国にとって、揺るがぬ確かさの具現のようだった。

「で、その歌は」

「『鳥辺山《とりべやま》』、というのだ」

「鳥辺山とは、京の鳥辺山にござりますか」

「そうだ」

「それはまた、忌まわしげな」

憲顕が矢を継いでは話し、放っては話すので、自然会話は短く、歯切れのよいものになった。どのみち、弓矢の鍛錬の片手間に聞かせられるような話ではない。気が済むまで稽古を尽くした矢神と憲顕が高国を挟むように腰かけるのを待って、ようやく詳しい説明が始まった。

『更級日記』の中には、「侍従の大納言の姫君」という人物にまつわる挿話がある。

日記の作者である菅原孝標女《すがわらのたかすえのむすめ》は、上京して間もないころ、書の手本として、侍従の大納言の姫君が古歌を書写した手蹟《しゅせき》を賜る。だがそののち侍従の大納言の姫君は、時の権力者藤原道長《ふじわらのみちなが》の息子と結婚して幸せの頂点にあるときに、若くして病死してしまう。それを聞いた孝標女が、悲しみながらかつて賜った書の手本をあらためて眺めると、ある歌が書かれていたのが目に入る。

それは、

鳥辺山　谷に煙の　燃え立たば　はかなく見えし　われと知らなむ

という歌だった。

先ほど憲顕が「忌まわしげ」だと言ったとおり、「鳥辺山」というのは、京の焼き場のことである。「都の死者を弔う場である鳥辺山、その谷に煙が立つのを見たら、すでに死が近かった私の骸《むくろ》を焼いているのだ、と知ってください」――大納言の姫君はなぜこんな不吉な歌を選んで書いたのか、若くして亡くなる彼女の運命を知ったあとでは、あまりに痛々しい歌だった、というのが、『更級日記』のその挿話だ。

「なるほど、書の手本ゆえにその歌が答えになる、というわけでござるか」

「それだけではない」

高国はつい先刻玉章に教えてもらったばかりのことを、厳《おごそ》かに口にした。

「侍従の大納言とは、藤原行成殿のこと。書の名人として知れ渡る、世尊寺流の始祖にあたる方だ」

すなわち、『更級日記』の中で、世尊寺家の娘により書の手本として下された歌。それこそが、いま矢神に与えられようとしている歌である、というのが謎かけの答えにちがいない。

話を聞いて、憲顕と矢神は、嬉しそうに頷き合った。

「若どの、お見事。これで伯母上の望み通り、矢神殿の手本が手に入りますな」

「高国、ようやったな」

「うむ……」

高国は矢神の言葉遣いも正さず、曇った表情で、歯切れわるく答えた。謎の答えがわかったと言っても、ほとんど釈迦堂殿と玉章に教えてもらったのと異ならない、そのせいもあった。だが、それだけではない。

玉章の話によれば、日記に出てくる侍従の大納言の姫君と、世尊寺行尹《ゆきただ》の姫君には、もうひとつ重なることがある。二人とも、この「鳥辺山」の歌を書き遺し、若くして亡くなったということだ。

解けと命ぜられた謎は解いたものの、高国の胸のなかには、いくつもの新たな謎が浮かんでいた。行尹の姫君は、いかようにして亡くなったのか。なぜ姫君は、世尊寺家の姫である自分にとってこの上なく不吉だとわかっていたはずの歌を選んで書いたのか。なぜ行尹は、亡き姫君が書いた大事な書を、矢神にくれてやろうとしているのか。なぜ東国に下ってきたのか。なぜ、筆を持たぬのか。なぜ――。

「憲顕、我がもし……」

高国は言いかけたが、自分に向けられた矢神の無邪気な笑顔を見て、その先を引っこめた。

「いや、そうだな、矢神。あまり縁起の良い歌ではなさそうだが、よく拝見して習うといい」

十、鳥辺山《とりべやま》

二人を伴って金沢《かねさわ》を訪れると、庵の主人は、先日と変わらず静かにそこに居住していた。裏庭に回り、縁の上に立つ行尹《ゆきただ》を見上げて話をする。

「たびたびお騒がせし、申し訳ございませぬ」

「早かったな、もう、答えを得たのか」

「は、おそらく」

「ならば申してみよ」

早速そう命ぜられて、高国はこほんと小さく緊張の咳払いをした。それから、

「『鳥辺山』、でございますか」

おそるおそる、歌のはじめの五文字を口にした。

高国の答えを聞いて、行尹は、なんともいえない顔をして、止まった。

感嘆とか感興とか、自分の思いに叶ったという満足とか、あるいは謎を解かれたくやしさとか焦りとか、そういう分かりやすい類の感情の見える顔ではなかった。半笑いのまま静止して、空《くう》

を見つめているようでいて、そのまま号泣しはじめそうな脆《もろ》さもあり、溢れる寸前まで張りつめた盆の水の静けさのような、目を離せない緊張がそこにはあった。

「お……お、その通りよ、見事であったな、高国」

けれど、水は溢れなかった。それが貴族というものなのだろう。たった一瞬間で、すべての感情のうねるような激しい波を凪いでみせて、その人は静かに言った。

「約束どおり、書を与えよう」

すいと広げられた紙には、高国の推測通り、鳥辺山の歌が書いてある。それは美しく儚く、墨の色も濃さも筆の運びも字の配置も、すべてがこの上なくふさわしい、気品にあふれた散らし書きで。

前回と同様に両手を差し出せば、今度は気が変わったと言い出されることもなく、その手本を頂戴できるだろう。それを持って家に帰り、母にも鼻高く報告し、ことは終《しま》いだ。

だが、なぜ。やはり、わからない。

「おそれながら、申し上げます」

頭を深く垂れて、高国は静かに言った。いつものように、言いたいことがあちこちに散ってしまうことはなかった。かといって、ふさわしい言葉を選んで拾うこともできない。本当に、何と言っていいか見当もつかないのだ。

「書を賜ることは、できませぬ」

「なに、何故《なにゆえ》に」

「謎が、解けておらぬゆえにござります」

「解いたではないか。鳥辺山の歌で、間違いなかったぞ」

「はい、なれど、わからぬことばかりなれば」

話しながら、目の前の貴族の心の内を考えるだけで、涙があふれてくるのを止められなかった。たった一人の娘を亡くし、心細い思いで、たった一人で東に下ってきた人。

わが心　慰めかねつ　更級や　姨捨山に　照る月を見て

というのが、高氏が教えてくれた、「姨捨山の月」の歌。それをふまえた『更級日記』の作者の歌は、

月も出でで　闇にくれたる　姨捨に　なにとて今宵　訪ね来つらむ

というものだった。この二つの歌も、単に「更級」に導くための手がかりというだけではあるまい。行尹の心境を映してもいるはずだ。

「お心を慰めかねておいでなのも、月のない闇にくれたような心地がしているのも、行尹どののことかと拝察いたします。それなのに」

涙を迸《ほとばし》らせて、子どものように嗚咽しながら、高国は言葉を絞り出した。

「何がそうさせるのか、それすらもしらず、大切な……大切な姫君の御遺筆を、軽々しく頂戴することはできませぬ」

行尹は、高国の溢れる涙を見て、すこしだけ息を緩ませた。

「姫のことを、我の心を想ってさほどに泣いてくれておるのか。優しき心よのう、高国。我はただ、そなたらがこの庵を訪ねて来てくれたことが嬉しかったのだ。それでよいではないか」

矢神は、大の男の高国が泣くのにはよほどの理由があるのだろうと察して、余計なことは言わずに黙っている。一方、後ろで控えている憲顕は、怜悧でありながら実はごく直情的でもある高国が気持ちを昂《たかぶ》らせて泣くのには、小さいころから慣れている。だが、たとえ事の全容はわからなくても、彼は高国を信じる、それもいつも変わらない。

「畏《おそ》れながら、憲顕が奏上いたします」

「苦しゅうない、申せ」

「わが伯母なる者より、世尊寺殿に対してはくれぐれも礼を失せぬよう、三顧の礼を尽くせと命ぜられてござります。いまだこの庵を訪ねたること二度のみ、礼の足らざれば、今一度、世尊寺殿のお心に叶うご挨拶を差し上げたく存じます。所望の手本は、その折に頂戴できれば幸いに存じます」

行尹は、目を細めた。ただ、眩しかった。都の公卿《くぎょう》たちは、いつでも腹の探り合い、足の引っ張り合い、相手を出し抜くための権謀術数。出世に渇き栄達を望み、官位職階ばかりを気にして。

書の家と言いながら、書くことだけに没頭することも許されない。

鎌倉はよいとか、武士は気風がちがうとか、言うつもりはない。鎌倉には鎌倉の、武家には武家の政事や競争があるだけだろう。だが、ここにいる若者たちときたら。

「位を以て測れぬものなど、世にいくらでもあろうのう」

自虐を込めてか、それとも自戒か負け惜しみか、そう言って遠い目をしてから、

「うむ、決めた」

小さくつぶやく。

「これなる娘の手蹟《て》、無官の者に下すはちと惜しくなった。どうしても下賜《かし》を望むとあらば、今一度この庵を訪れるがよい。望み通り、三顧の礼を尽くせよ」

「はい、畏《かしこ》まりましてござります」

高国よりも、憲顕のほうが大きく声を張って返事をした。

「そのときは、よいか。我が意に副《そ》いたければ、猫を一匹、ここに連れて参れ」

「猫、にござりますか」

高国が、涙の晴れきらない腫れぼったい声を上げて、不審そうに訊き返す。

「左様、猫じゃ」

「そは、いかなる……」

「言っては謎にならぬではないか」

どうやら、これも謎かけであるらしい。

「文庫《ふみぐら》に、猫ならたくさんおりますよ」

無邪気に、矢神が声を上げたが、

「いや、あすこにはおらぬ」

言下に否定された。

「我には、一目なんとしても見《まみ》えたい猫がおるのじゃ。それをここに、連れて参れ。違《たが》えるでないぞ」

そう言われても、高国は「姨捨山」のときよりさらに、頼りない心地しかしない。あのときは少なくとも、「歌」と「姨捨山」と、二つの手がかりがあった。今度は、「猫」としかわからない。

「高国、わが心を知れ」

不安そうな高国の顔色を見てとってか、行尹はもう一つ、手がかりをくれた。

「そなたは賢い。もう幾つか、言わずとも気づいておることもあろう。その先に、わが心のうちを隈なく知らば、自ずとその猫も見つかろう」

静かにお互いの目を見合って、高国は、それで悟った。今度の謎は、前日下されたような知恵試し、言葉遊びの謎かけとは、性質が全く異なる。都を去って東に下らなければならなかったこの貴人の、真実を確かめよということなのだ。

「お時間を、いただくことになるやもしれませぬ」

「構わぬ。いくらでも時間をかけよ」

「かたじけのうござります」


過日、庵を去ったとき以上に、頭は重かった。しかも、高国の目はまだ赤く、瞼や頬の涙のあとも、じんじんと疼く。だが、どこか気持ちはすっきりとしていた。

「憲顕、すまなかった。そなたにはいつも助けられる」

三人はすぐには帰途につかず、浜辺に並んで腰かけた。生ぬるい風にあたりながら、高国は憲顕に失態を詫びた。

「何を今さら、よそよそしい。この憲顕は、難しいことは存ぜぬし、世尊寺殿のお心など知りようもござらぬが、若どののお心ぐらいなら、すぐにわかりまする」

「我はさほどにわかりやすいか」

「憲顕には生まれたころからのお付き合いなれば」

そのわかりやすさこそが好きだ、と思ったけれど、憲顕は言わなかった。照れくささがあるのはもちろんだが、いずれはこの人も、世のわざを身につけて、もう少し器用に生きていかなければならなくなる。いつまでも今ほど素直なままではいられまい。

「高国、猫は、どこにおるのじゃ」

しばらく静かにしていた矢神が、声を上げた。

「皆目わからん」

「先ほど世尊寺殿は、若どのには既にお気づきのことがあると、仰せにござったな。誠にござるか」

「いや、いかがであろう……」

だれに話を聞けるだろうか。高国は憲顕の問いかけに答えながら、思案した。とにかく、事情をよく知るものを探しだすまで、確かなことは言えないが。

「しかしおそらく、世尊寺殿は、筆をお取りになることができぬのだ」

「なんと。つまり、『筆取らぬ能書』ではなく……」

「うむ、『筆取れぬ能書』なのだ」

「お怪我かのう、それとも、何らかの病であろうか」

矢神が心配そうに問う。

「それはわからぬ」

事情はともかく、書の名人であるはずの世尊寺行尹が「字を書けない」状態であることについては、高国には確信めいたものがあった。

行尹が誰のためにも筆を取らないのを見て、「東国の人間を見下しているのだろう」と言う者もいた。だが、それは当たらない。世尊寺家は行尹の曽祖父の代から鎌倉での売り込みには熱心だったし、行尹は将軍職にある親王の誘いさえも断っている。そもそも矢神に接する行尹は、いかにも子どもに優しく、気さくで、尊大な様子などどこにもない人物だった。そして高国たちの望みに応じて、手本をくれようとまでした。だが、そこにこそおかしい点がある。

これから手習いをはじめる矢神に、行尹の書を与えるのは勿体ない、それはそうだ。男手と女手のちがいもある。娘の手蹟のほうが手本にふさわしいという理屈は、筋が通っている。

しかし、それが、亡き娘の筆による書だとするなら、どうだ。

自分の娘の遺筆――京から下るときにも持ってきているぐらいだから、よほど大事に思っているのにまちがいない。そんな大事なものをよく知りもしないどこかの子供に与えるぐらいなら、自ら手習い歌でも書きつけて与えるほうが簡単だし、普通はそうする。なぜ、そうしない。つまりあの方は、それができないのだ。

そう考えると、高国の心に湧いた数々の疑問の答えが、もう少し見えてくる。

書の家の人間は、書を以て身を立てる。行尹が公卿《くぎょう》として出世していこうと思えば、宮中での書記のつとめ、歌や書状の代筆、良家の子女の手ほどき、儀礼のための清書など、字を用いないわけにはいかない。

書を以てしか世をわたれない行尹は、書けなくなったことを周囲に知られたくなかった。そのため、まず宮中にはいられない。かといって、出家したとしても、やはり書くことは避けられないだろうから、逃げ道にはならない。のこされた道は、東国での隠遁《いんとん》しかなかった。都から遠く離れた鎌倉でなら、変わり者だとか東の人間を見下しているとか噂されても、在俗のままひとり、書くことを断り続けて静かに暮らすことができた。「書かない」者を装うことによって、世を倦《う》んだ能書としての体面を保ちながら。

世尊寺行尹は、書けない。それはおそらく、間違いのないことだ。だが、なぜ書けないのかは、まだわからない。そして、それがどのように、どこの猫につながるのか。それはなおのこと、見当もつかない。

「筆の上手で名高い方が筆を取れぬでは、いかにも口惜しく、心細くもござろうなあ」

三人は、しんみりとした口調で話を続けた。

「高国、お手は猫を連れていけば、治るのか」

「どうであろう。治りはせずとも、お心のうちを知る者がほかにいると思えば、少しはお気が慰まるやもしれん」

「されど若どの、行尹殿のお心は、如何《いか》にして知られましょう」

とりあえず、まずは亡くなった姫のことを、訊いてまわるしかないと思われた。

「そうよのう……」

幾つかの顔を、心中に巡らせて。

「まずは、いまいちど文庫に寄って参る。そなたらは、ここに居れ」

高国は、立ち上がって砂をはらった。

十一、猫

「心当たり」とまで言って良いかはわからなかったが、行尹《ゆきただ》に猫を連れてこいと言われて、高国の心にはひとつだけ思い出すことがあった。それは、読んだばかりの『更級日記』に出てきた、「侍従の大納言の姫君」に関わるもうひとつの挿話だった。

姫君の病死からふた月ほどたって、孝標娘《たかすえのむすめ》の屋敷に猫が迷いこんでくる。姉とともにその猫を飼い始めるが、ある日姉が、夢を見る。夢の中で猫は、「自分は侍従の大納言の姫君だ」と告げるのだ。そう言われてみればいかにも高貴なその猫を、姉妹は大事にかわいがる――。

亡くなった世尊寺家の姫君と、猫。その挿話は、行尹の娘とも、ふたたび奇妙に符合するようでもある。だが、まさか、いるかどうかも疑わしい姫君の生まれ変わりの猫を連れてくることが、行尹の望みだとは思えない。高国は、玉章《たまずさ》の意見を求めたかった。

文庫《ふみぐら》の戸は開いていて、それを高国は、玉章が自分を待ってくれているしるしのように思った。あの素っ気ない娘を相手に、随分思い上がっている。

「物申しまする……」

そろそろと声をかけながら足を踏み入れると、数日前とすっかり同じところに、うっすらとした日の光に包まれて、その人は座っていた。

本は開いているものの、目は閉じている。読みふける代わりに、棚にもたれて顔を天井に向けて。髪の生え際、形よい眉、繊細な睫毛、すべて青みがかるほどに黒い艶やかな毛筋と、白い肌との対比が美しい。暑かったのか窮屈だったのか、直垂《ひたたれ》の上衣を諸肩脱いで腰のあたりに巻いて、上半身小袖だけの姿で両足を投げ出している、その膝の上に、眠る本人は知ってかしらずか、猫が一匹丸くなって寝ている。その屈託なく自由で満ち足りた姿に、高国は思わず笑みをこぼした。

あまりに気持ちよさげな様なので、そのまま放っておいて差し上げたい気もしたが、やがて日が翳《かげ》れば、この文庫は冷えるかもしれない。

「左馬助《さまのすけ》どの」

側にしゃがみこんだ高国に、猫も目ざめぬほど優しく声をかけられ、貞将《さだゆき》はすぐに目を開けた。

「おお、高国殿、これはいかん、寝入ってしもうた」

貞将が大きく伸びをして、猫は逃げた。起こしてしまったあとで、貞将に何と言おうか、高国は思案した。彼の妹に会いにきたのだと、言ってもよいものだろうか。

「玉章より、高国殿がきっとおいでになろうゆえここで待て、と命じられてな。それで待っていたのだが、まことに現れたな」

「え……」

思案がまとまる前に、腰を上げた貞将のほうから、すらすらと話し出した。

「ときに高国殿、世尊寺殿より書を賜ったか」

「あの、それが……。某《それがし》の不徳の致すところにて、御下賜いただく望みが叶いませず……」

高国が言いづらそうにもごもごと答えると、

「まことか」

貞将は大層気持ちよい様子で、大きな声で笑い飛ばした。馬鹿にするような類の笑いではなく、ひたすら明るい。高国はそれにも戸惑った。

「高国殿はどうやら、玉章の見込んだ通りの男であるらしい」

貞将はいかにも嬉しそうに語った。

「玉章はこう申しておったよ。もし高国殿が世尊寺殿より書を得て満足げにこの文庫に来たら、期待に外れた小者ゆえ、追い払ってよい、と。だが、もし書を得られずにお困りのご様子なら、ありがたくもめずらしきお心映《こころば》えの方ゆえ、できる限りのお力添えをしてさしあげてくれ、と」

高国は、まだ事態がのみこめず、黙っている。

「世尊寺殿のお心の闇に、高国殿はお気づきなのだ、とかなんとかとも、申しておった。何がなんだか我にはようわからんが、わが妹ながら、大したやつだ。陰陽師《おんみょうじ》もかくやと申すほどに、先のことを当てるのだからな」

そこまで聞いて、今度は事態を辛うじてのみこんだ上で、絶句するしかない。

世尊寺殿に下された謎を高国が解いたことは、玉章もはっきりと知っている。したがって、書は約束の通り、下賜されて当然であるはずだった。だが、玉章にとってはそうではなかったのだ。世尊寺殿の姫君が亡くなっていることを教えてくれたのは他ならぬ玉章だったが、彼女はもしかしたら、世尊寺殿が書けないということにも、既に思い至っていたのかもしれない。そして、高国がその事実に気づいたことに、気づいた。

あるいは、玉章の知見をどんなに小さく見積もったとしても、世尊寺殿が下そうとしているのが姫君の大切な遺筆であることに高国が思い至ったのを、彼女は察知したのにちがいない。だからこそ、もし高国が世尊寺殿の心情を無視し、書をもらい受けることを優先したなら、見下げた男だと軽蔑され切り捨てられていたのだろう。じっとりと、小袖が汗ばんだ。

「あの、玉章どのは……」

「うむ、今朝がた京へ発ったよ」

鎌倉へ行った、とでもいうぐらいの軽さで、貞将は言った。

「ご遊山《ゆさん》にございますか」

だから高国も、気軽に訊き返してしまった。だが。

「いや、猶子《ゆうし》となるために参った」

ふたたび当たり前のように答えた貞将の言葉は、とんでもなく重大なものだった。猶子というのは、実子でない子が約定《やくじょう》によって子となることである。つまり、玉章は他家の子となるために京都へ行った、と貞将は言っているのだ。

「ご猶子とは、どなたの。いや、それより、ご猶子ということは、これより先は京に住まわれますのか」

「なんだ、聞いていなかったのか」

貞将と玉章の父である貞顕《さだあき》が、京の六波羅探題《ろくはらたんだい》に勤めていたころ。とある貴人より、貞顕の子をもらい受けたい、と打診があった。子を求めているのは、前《さき》の帝の叔母であり女御代《にょうごだい》にもなられた堀川家の女君である。女御代といえば、まだ若くて后のない帝が即位するときに、儀礼の上で后の代理を果たすひとのことだ。儀礼上でも帝の妻となれば、そのあと並の結婚をするわけにもいかない。今はいくつかの荘園を領し、これからもそこから得る収入をたよりに生きていくしかない、その女君はそういう人だった。ゆくゆくは彼女を後見してもらうために、貞顕の子の一人に猶子となってほしい、と、その女君の行く末を案じる堀川家から懇願されたという。

むろん、後見云々は、その猶子になる子自身に期待しているのではなく、貞顕の威光を頼っているのだろう。次の帝をいつ、だれにするかという朝廷の最重要事さえも鎌倉の意向をうかがって決められている昨今、貴族が後ろ盾を求めて武士に頼ることも、珍しくはない。六波羅の要職に就く一家なら、なおのこと頼られやすい。

「とはいえ、それはもう七、八年も前のことで、そのとき子を一人、遣《や》ったのだ」

そのとき堀川家の女君の猶子となったのは、玉衣《たまぎぬ》という、玉章の双子の妹だった。女君は玉衣を溺愛したが、体の弱い子で、昨年ついに儚くなったという。玉衣に近い子をふたたび、という先方のたっての望みで、今度は玉章が、玉衣の代わりに女君の猶子となって上京する約定が整っていた。

「長じてから公家の暮らしに馴染むのは苦労かもしれぬが、玉章なら大事あるまいと思うてな」

「左様に、ござりましたか」

高国は呆然とした。

北条氏の娘とはいえ、いわば義理の母の庶生の姪であり、比較的近しいところにいると思っていた玉章が、都の貴人の猶子などという、はるか遠いものになってしまった。昨日釈迦堂殿のもとに来ていたのは、別れの挨拶を述べるためだったのだ。

「まあ、嫁いだわけではなし、また縁があれば会うことも叶おう」

ありありと肩を落とす高国をはげますように、貞将はさらりと言った。

「して、高国殿。玉章より言い付けられた故、我はそなたを助けねばならぬ。何ができるかな」

渡りに船を得るとは、こういうことを言うのだろう。その船を用意しておいてくれたのが玉章だということは、高国の胸をじんわりと疼《うず》かせた。だが、感傷に浸る暇はない。

「猫を、探しておりまする」

世尊寺殿の庵でのやりとりを一通り話すと、貞将は興味深そうに聞き入った。玉章と、面影が重なる。

「なるほど、世尊寺殿のお心を知れ、と」

「いかにも」

文庫を見渡すように視線をめぐらせてから、貞将は言った。高国もつられて辺りを見ると、捕まらないぐらいの距離から二人を眺める猫たちが、数匹目に入った。

「世尊寺殿をこの金沢でお預かりしておるのは、わが父なる者が、六波羅の勤めにあった折のご縁による。世尊寺殿の姫君については、我もよく聞き知っておる話があるが、間違いがあってはならぬ故、父に今ひとたび確かめてから、高国殿にお話しすることとしよう」

「それは、誠にかたじけのうございます」

「釈迦堂の伯母上にはとんとお目にかかっておらぬゆえ、近く大蔵のわたりを訪ねてもよろしいか」

「お待ちしておりまする」


文庫を去り、浜辺に戻った高国を見て、磯で蟹やら貝やらをつついて遊んでいた矢神と憲顕は、驚いた。先刻とはまた異なる、玉のごとき涙が、高国の目からこぼれて止まない。

「若どの、如何《いかが》した」

「大事ない」

なぜ泣いているのかすら、高国にははっきりとわからなかった。ほの青い好意を抱いた娘が手のとどかないところへ行ってしまった、確かにそうだが、それが理由ではない、気がする。

何かひどく、やるせない気持ちがした。玉章の妹は、子のいない貴人の子ども代わりになって、生国から遠いところで、知らぬ人に囲まれながら育ち、死んだ。今は玉章が、その妹の代わりになろうとしている。そうやって犬猫のようにやりもらいを簡単に決められて、代わりの代わりを務めることになった玉章が、さして表情も変えずに京へ向かった。彼女がそのときに心に呟いたにちがいない言葉を、自分は知っている。

「それだけのこと」

已の仕合わせは、ただそれだけ、それを受け入れるより、ほかない。

そうやって自らの運命を抗うことなく静かに受け入れているあの娘が、束の間すれ違っただけの自分のことを、しかと見ていてくれた。そして、望みの品ひとつすら手に入れることのできない自分を情けない者だと見下すかわりに、その腑甲斐《ふがい》ない弱さを優《ゆう》なりと見てくれた。

それなのに、それを高国に直《じか》に告げることさえなく、彼女はもういない。

高国が憲顕の胸に顔を埋めてわんわんと泣くので、矢神はただそれを見ただけで、悲しくなったらしい。つられ涙で泣きに泣いた。二人を両腕で包む憲顕は困り果てたが、彼はもちろん泣かなかった。この頼りなく愛おしい者たちを守るのが、彼の役目であったから。浜を吹く風は穏やかだった。やがて涙も乾かしてくれるだろう。

十二、夕顔《ゆうがお》

約したとおりに貞将《さだゆき》が高国を訪れるまで、それから十日とかからなかった。足利の屋敷を訪れれば気を遣わせてしまうと思ったのだろう、釈迦堂本堂の一室に招かれた。

「御前様には、会われましたか」

「うむ。お元気で、何よりよ。高国殿も、伯母上がことを気にかけて、折ふし訪《おとの》うてくれておるそうだな、礼を申す」

「いえ、某《それがし》は何も……」

貞将も、鎌倉の要職に就く身で、暇な人ではない。先日の金沢《かねさわ》での逗留は、本人は息抜きと言っていたが、旅立つ妹を見送る役もあったのだろう。今日も、あまり長く引き留めてはなるまい。そう思って高国は、背を伸ばした。

「それで、早速ではございますが」

「そのことよ」

息の合った様子で、高国が問うまでもなく、貞将は彼の父から伝え聞いた話を語り始めた。

正和《しょうわ》三（一三一四）年、霜月。

それは、計十一年にも及ぶ京都の治安維持の統率の役目が、いよいよ終わりに近づく頃のことだった。六波羅《ろくはら》で探題職を務める北条武蔵守貞顕《むさしのかみさだあき》のもとに、深夜近く、密使が参上した。

密使、といっても、とある貴族の家人である。家中で思いもかけぬ不幸が起こり主人が我を失っているので、どうか内々に訪れ助けてほしい、と縋《すが》ってきた。本来なら警備一般は検非違使《けびいし》の仕事と断ってもよかったが、貞顕は都の安寧を守る彼の役目に忠実であったし、平素からその貴族とは面識があったため、求められてすぐ、みずから館を後にした。

「行尹《ゆきただ》殿、大事ござりませぬか」

一条桃園第の北のはずれにある小さな屋敷に馬を走らせ、着くなり迷いなく飛びこんだのは、供に連れていった貞顕の右筆《ゆうひつ》、倉栖《くらす》掃部助兼雄《かもんのすけかねお》である。文書記録を職務とする彼は、このすまいの主である世尊寺行尹のことを、書を通してよく知っていた。

六波羅の職務には朝廷との折衝も含まれるため、十分に働くには、武士であっても公家の文化に通じ、見苦しくない振る舞いができなければならない。貞顕は、公家社会に通用する教養をつけ、都での人脈を広げることに日ごろから腐心していた。ゆくゆくは六波羅での勤めが、彼の家に受け継がれる役になればよいと考えていたのである。

その貞顕の有能な右筆である兼雄は、行尹の父である経尹《つねただ》を師として世尊寺流の書を学び、経尹の死後も行尹や兄の行房《ゆきふさ》と交流が深い。自らの右筆が、貴族にも見劣りのしない達筆をふるうのみならず、書の権威である世尊寺家とつながりを有してくれていることは、貞顕を大いに助けてきた。だが、禍《わざわい》に見舞われた際に助けを求めて真っ先に飛びこんでくるところを見れば、行尹のほうでも兼雄を通じた六波羅との縁を、頼りにしていたものとみえる。

「掃部助殿……」

貞顕と兼雄が通された間には、顔に幾筋もの涙のあとをつけてすでに憔悴《しょうすい》しきった顔の世尊寺行尹と、体も顔も包むように夜着を掛けられて横たわる、死体があった。生前は豊かに人々を魅了したであろう美しい髪だけが隠しきれず、忌まわしい光沢を帯びた底の見えぬ沼のように、乱れて床に溜まっている。貞顕と兼雄は、口の中で静かに念仏を唱えた。この哀れに惑うた貴人と比べれば、二人は死穢《しえ》に接し慣れている。

「姫君におわすか」

兼雄の問いに、行尹は無言で頷いた。胸が痛い。行尹の、貴族としては異例の質素な暮らしは、必要に応じて世尊寺家の本邸から借りてくる人手を除けば、この娘と二、三の従者のみで成り立っていたはずだ。

目を合わせて許しを得て、貞顕は娘の体を覆う夜着を捲《まく》った。目のぎょろりと開いた土色の顔は、苦悶を顕わにしている。だが着物に乱れはなく、刀傷はもちろん、殴打のあとや痣《あざ》や血痕などもみられなかった。首に少しだけ、引っかいたような傷が縦に走っている。貞顕がそれを指先

でなぞるのを見て、

「にわかに激しく苦しみ、自ら掻き毟《むし》って倒れたのだ」

行尹は、問われる前に呆然と告げた。傷から出たごく少量の血が、着物の胸元を汚していた。

「何ぞ、悪い物を召し上がったということは」

貞顕が、問うた。遺体の横には、炭の燃え尽きた火鉢とともに、小さな漆塗《うるしぬ》りの膳が置かれていた。数本の瓶子《へいし》と、空になった皿と盃《さかずき》が一つずつ載っている。

「酒も肴《さかな》も我のもので、姫は何も口にしてはおらぬ。夕餉《ゆうげ》は二刻ばかり前に、我と同じものを食した」

食事のあと、晩酌を愉《たの》しむ父の側で、静かに語らって過ごしていたという。いざ寝支度を、と立ち上がったところで、たちまちに喘《あえ》ぎだし、息を喪《うしな》った。

「亡くなってどれほどになりましょう」

「半刻あまりであろう。倒れてすぐ、六波羅殿に助けを請うて参りますと、すぐに恒男《つねお》が飛び出したのだ」

「姫君の齢《よわい》は」

「十五」

「日ごろより病がちであらせられましたか」

「ごく健《すく》やかであった」

目の前の行尹はまだ三十になるかならぬかほど、取りたてて珍しくもないが、十五になる娘の父としては年若い。姫の横たわる間の縁側では、柱のすぐ横で、女が二人、すすり泣いていた。一人は六十も過ぎているかという年のころ、もう一人は若いが、姫よりは少し年上に見える。死んだ娘の母親らしき女はいなかった。

「近々この子も家を出ることになろうとは思っておったが、まさかこんな形で一人残されるとは……我にはもう、何もない」

行尹がふたたび激しくむせび泣くと、女たちも耐えきれないように嗚咽《おえつ》を漏らした。冷え切った床の間の天井までの虚空に、泣き声が吸い込まれる。

「行房殿には、お知らせは」

「兄には明朝、伝えようと思う」

「権中納言殿《ごんのちゅうなごん》のもとには」

貞顕よりもずっと行尹の家の事情に詳しい兼雄が、目に涙を浮かべつつも冷静に問いをたたみかける。

「いかがすべきであろう、わざわざお呼びたてして穢《けが》れをまとわせるのも申し訳なく……」

「姫君をひとかたならずお思いであったとか。荼毘《だび》に付される前に、一目お姿をご覧になることを望まれるのでは……」

どうやら権中納言というのは、娘と結婚を約束した男のことらしい。会話の断片からそれを察

した貞顕が、

「使いを寄こしてご意向を問うのがよろしかろう」

と提案すると、

「そうよの、そう致そう」

行尹もそれに同意し、先ほど貞顕邸に走ったばかりの恒男を、再び使いにやった。

「体が硬うなってからでは難儀する故、今のうちに体を清めて差し上げるとよい」

使いの者が戻るまでの間に、女たちに清拭させてから、姫を布団に寝かせた。死に顔から先刻の苦悶の表情を拭い去ると、まだ若いその人は、穏やかに眠っているかのようになり、それが座の一層の涙を誘った。

頓死、というほかない。

急な胸の病を得て死んだのだ、極めて不幸なことではあるが、例《ためし》のないほど稀でもない。動転して六波羅に助けを呼んだ気持ちはわかるものの、貞顕にも兼雄にも、どうしてやることもできない。ただ、その場に呼ばれた縁は無下にはできぬので、少しでも娘に先立たれた父の心を慰めようと、行尹の語るのに任せながら、恒男の帰りを待った。

「十五であった」

というのは、娘ではなく、行尹の歳のことであるらしい。

「白拍子とわりない仲になって、生家を捨てた。父はわが放縦《ほうしょう》に呆れたが、我は構わなんだ。世尊寺の家流は兄が継ぐ。我は自らの書を良きように極め、あとは愛しき者たちと暮らせれば、この上ない果報だと思うておったのだ」

当人は勘当されることも辞さぬ覚悟で家を出たらしいが、行尹の父経尹は、筆の筋に見るところのあるこの末子を、見捨てはしなかった。結局、行尹は、今住んでいる世尊寺家の別邸に家族とともに入ることを許されたのだ。自身は従《じゅ》二位まで出世した経尹が、寿命尽き息を引き取るそのときまで、跡取りの行房と同じだけの薫陶《くんとう》を行尹にも施したのを、兼雄は見ている。

「奥方は」

「娘を産んでから体を弱くしてのう、実家《さと》にて二人目の子を産もうというとき、月満たぬうちに産気づき、母子《おやこ》とも命を落とした」

それからは他の女に興味が湧くこともなく、行尹は自らの乳母と乳母子《めのとご》である恒男とともに、ただ娘を育てながら、書の道に身を投じ、つましく暮らしてきたらしい。

「姫君も、人並みならぬ筆の使い手でおわしましたな」

「うむ、あれは天に遣わされた者であったのやもしれぬ。姿も心映えも書く文字も、父である我から見ても、神々しいばかりであった」

天から遣わされたゆえに、天からこんなにも早く奪われたのかもしれない。誰も口には出さなかったが、心に思うことは同じだった。

「尹子《ただこ》」

と、しんみりと語る館に、大きな声と足音とが届いた。たれ、と問うまでもない。

それは権中納言こと、中院通顕《なかのいんみちあき》の到着だった。既に床《とこ》についていたところを恒男に起こされたものの、愛した姫のもとを訪れることに、寸時も迷わなかった。夜着に濃い色の袿《うちき》を無造作に羽織っただけのその姿も、はだしの足元も、乱れた髪も、白い肌にのぞく髭跡も、形式よりも心を先んじさせて駆けつけたことを示すだけでなく、その場に集うていた男たちにとってさえも悩ましいほどに艶《なま》めかしかった。

「尹子、尹子。なぜ、どうか目を開けておくれ」

穢れを厭う気配など少しも見せずに骸《むくろ》を虚しく掻き抱いて、慟哭《どうこく》する男の嘆きは紛れもなく真実のものであったけれど、同時に物語の中のような美しささえもあった。姫より十ほど年長《た》けていて、むしろ行尹の歳に近いだろう。小柄でいかにも文人らしい行尹と比べると、すらりと優雅な、それこそ光るような貴公子である。その人が、寂《さび》れた家屋で、夕顔を亡くした源氏の君のように泣いている。中院家はそういえば、公家の村上源氏の家柄にあたる。

「年が明けたら、わが屋敷にお迎えするはずであったものを」

遺骸を胸にしかと抱いたまま、涙がこぼれるのを拭いもしない。真っ赤に血走った目には、残酷なさだめへの憤りが燃えていた。

「権中納言様にこれほど思うていただけた果報が、死出の途さえ照らしましょう」

姫の死を激しく悼《いた》んでくれる者がほかにいることが、行尹の心をどれだけ慰めたかしれない。

泣き暗《く》れる男君を見ていたら、舅《しゅうと》となるはずであった自分のほうが、心強くその人を支えなければならないと思うことができた。

　貞顕は、在京の僧として修行する自らの息子を呼び、葬礼の一切をまかせた。貞顕と兼雄は朝には別れたものの、通顕は本人のたっての願いで、姫君を荼毘に付すまで、行尹の邸に遺体とともにこもって過ごすことを選んだ。貞顕は行けなかったが、倉栖兼雄はその三日後に鳥辺野で遺体を焼くのを、行尹や通顕とともに見届けたという。

十三、玉鬘《たまかずら》

「……と、六波羅《ろくはら》を去る直前のことでもあり、深く心に残ったらしく、鎌倉に帰ってからも、父は何度も家の者たちにこの話を語ったものよ。我もようよう物語のごとく覚えてしもうた」

その言葉どおり、貞将《さだゆき》が語る事の次第も、貞顕《さだあき》から聞いた通りであるのだろう、随分情感のこもったものだった。

「では、世尊寺殿はやはり、姫君を亡くされたお辛さゆえに、下向されたのでござろうか」

「うむ、実は、そこはようわからぬ」

玉章《たまずさ》も、父親から同じ話を聞かされた家中の一人であったはずだ。彼女も、娘を亡くしたこと自体が下向の理由であるのかどうかはわからない、と言葉を濁していた。

「わが父が六波羅のお役目を免ぜられたのは、正和《しょうわ》三年の終わりのこと。世尊寺殿が鎌倉にお着きになったのは、文保《ぶんぽう》二年のことよ。姫を亡くされてより下向されるまで、間に四年ばかりもの開きがあるのだ」

姫が亡くなったのは、今から八年前の霜月ということになる。

もちろん、四年過ぎても哀悼の気持ちが増すのみだった、ということも考えられる。だが、その四年の間にこそ、猫が入り込む隙があるのかもしれない。

「世尊寺殿より、御親父《ごしんぷ》に東下の事情を話されたということは」

貞将は、ただ頭《かむり》を振った。

「ほかの方々と比べれば、父には幾分心をお許しあるものの、ご気力のないご様子でな、深い話はついぞしたがらぬらしい」

四年前、事前の報せもなく赤橋の貞顕邸に着いたとき、行尹《ゆきただ》は既に、魂の抜けた体であったという。貞顕はなるたけの人払いを努めたが、世尊寺家の貴種が流れ着いたことを聞きつけた面々が詰めかけたため、金沢《かねさわ》に匿《かくま》わなければならなくなった。恥ずかしながら、高国も詰めかけたうちの一人である。

「京よりは、お一人で」

「いや、恒男と共にいらした。恒男はそのまま残りたがったのだが、行尹殿が、恒男の母は年老いて京に残っているのだからと、きつく言い含めて追い返したそうだ」

「猫は……」

「連れてきたとは思えんよ」

行尹が鎌倉で過ごした時間は長くはなく、やがて金沢の、今の庵に隠遁した。矢神が金沢の猫に言及した際、その中には自分が探している猫はいないときっぱり否定した。ということは、猫はやはり、都にいるのだろう。

「お心を慰めることもできず、父も歯痒い思いをしているらしい。そも、兼雄を頼って下っていらしたのだ。兼雄がいれば、胸襟を開いてお話しいただけることもあったのかもしれぬが」

「倉栖《くらす》殿は、いずれに」

「世尊寺殿の東下の直前に、病を得て亡くなっておる」

「それは」

高国が目を伏せると、貞将は柔らかく笑った。

「父の気落ちも大層なものであったよ。自らの筆、いや、腕のごとき者であったゆえ」

「お察し申し上げます」

倉栖兼雄がこの世にいないのなら、鎌倉で貞顕以上に行尹のことを知っている者はいないのかもしれない。そう考えながら、高国は次に、姫の恋人に話をうつした。

「中院家《なかのいん》というのは、末は大臣にまでなられるようなご権門にござりますな」

「うむ、通顕《みちあき》どのはその家の御後継で、世尊寺殿の姫とは、やはり物語のような馴れ初めであったと聞くぞ」

中院家が行尹に作成を依頼した家内の法要の目録、それを取りに、通顕が父の代理として顔を出した。行尹の住まいは手狭ではあるものの、客人である通顕が通されたのとは離れた奥の間で、娘は手習いをしていた。

がたん、という音と、小さな悲鳴。

その瞬間に、強い春の風が吹いて、庭に積もった桜の花びらを巻き上げたのとともに、娘の書いていた手習いの紙が大きく舞い上がり、滑るように通顕の控える間の縁側に飛んできた。

通顕は、慌ててその紙が庭に落ちてしまう前に拾いあげるなり、そこに書かれた字の美しさに魅了された。すぐに、一匹の黒い猫と娘とが、その紙を追って走ってきたのと目が合った。

「お見苦しいところをお目にかけました。髭黒《ひげくろ》めが、文机《ふづくえ》に乗って悪戯《いたずら》しまして」

娘は顔を染めてそう詫びたが、見苦しいものなど何一つなかった。真っ黒くしなやかな猫、それよりも艶《つや》めいて豊かな娘の髪、まるで幼児のようにたすきをして小気味よく絡《から》げた薄色の小袖、縁に散る薄紅の花弁、そして真っ白な料紙を流れるような、上品な薄墨の手蹟《しゅせき》。

「髭黒の大将はいつも、玉鬘《たまかずら》を困らせるものと見えます」

そう言いながら、通顕は、膝をついて書を娘に差し出した。「髭黒の大将」と「玉鬘」は、ともに『源氏物語』の登場人物を呼ぶ名であるが、「玉鬘」は「美しい髪」という意味である。猫の名にちなんで娘の髪と美貌を口うまく褒めてしまったあとになって、通顕は、ひどく後悔した。まだあどけなく、いかにもさっぱりと明るい娘の目には、年上の自分がいやらしく好色な恋の手練《てだ》れのように映るのではないかと心配したのだ。

だが娘は、通顕の見抜いた通りの幼い素直さで、堂々と美しい貴人の風雅な賛辞に、顔をますます赤らめ、俯《うつむ》いた。行尹が注文の品の支度を整えて通顕の元に現れるまでには、二人はすっかり恋に落ちていた。

それから半年、文も贈り物も訪《おとな》いも語らいも、絶えることはなかった。年が明けたら正式に妻として迎えることを約して、だれより楽しみにしていたのは通顕自身だった。教養深く優雅であるだけでなく思いのほか誠実でもある通顕は、父の行尹にとっても理想の婿というほかない。

「誰もが祝い喜ぶ縁にござりますな」

何とも風流な話だ。貞将が語るのを聞いて、高国はため息をついた。

「まあ、中院のお家では、どうであったか知れぬがな」

恋に浮かされた本人はともかく、周囲はもう少し、現実的にものを見ていたのではないだろうか、というのが貞将の見立てだった。

行尹は世尊寺家の家嫡ではない。自らの書で暮らしを立てることはできようが、本家と離れて、決して余裕のある暮らし向きではないことは、瞭然である。行尹の娘は、知性や才能の面では突き抜けていたかもしれないが、家格や財産を考えれば、中院家には物足りないどころか、完全に期待外れである。恋に心を奪われた通顕自身はそのようなことを気にせずとも、彼の実家からしてみれば、正妻にはもうすこし、政治の面か経済の面で役に立つ娘がほしかったはずだ。

だが。

「お心の直《なお》い方であったがゆえに、なかなか気に入る女もなかったというから、通顕殿が自ら選ばれたご縁に、是も非も申せなかったのであろう」

誰か、その縁を激しく嫌う者がいたということはないのだろうか。貞顕殿の検分を疑うわけではないが、万に一つにも、姫の死が、単なる病ではなかったということは――。

そこまで心を巡らせたところで、高国は思わず、叫んだ。

「あ、猫が」

話の中に、紛れ込んでいた。

「おう、そう申せば」

「行尹殿の姫君は、猫をお飼いだったのでございますか」

「言われてみればそうよのう。猫が戯《たわむ》れて文鎮が落ちたのであったか、それで姫君の書が風に舞うたと聞くぞ」

「姫君が亡くなった折は、猫は」

「さて、父の話には出てこなんだな。まあ、人が騒ぎ集まれば、猫は逃げるからな」

髭黒、という名の黒い猫。通顕と娘の縁を結んだ猫は、いかにも話の要を占めていると思えてならない。だが、見えたと思った猫は、またすぐに姿を隠してしまった。

「いかがあろう、猫は、見つかりそうか」

そう訊かれると、汗が滲《にじ》む。

「まだ、何とも……」

「まあ、焦ることもあるまい」

困り顔の高国を優しく見つめてそう言ってから、貞将は、少しだけ考え、高国に問うた。

「高国殿、この件で、京へ参ることはお考えか」

「いえ、まさか」

高国ははげしくかぶりを振った。思いもかけないことだったからだが、言われてみれば確かに、行尹の猫がいるのは、京都である可能性が高いのかもしれない。

「そうか。もし今後上京する運びとなったら、その時は我に知らせよ。京で頼るべき者の名をお伝えするゆえ」

「誠にかたじけのう存じまする」

わざわざ自分のために足を運んでくれたことに深く感謝し、床に這《は》いつくばるほどの姿勢で礼を述べる高国に対し、貞将は何の気取りもない笑顔でこたえた。その笑顔を見て、そういえば都の話を聞く間、自分はいつのまにか、中院の貴公子を、貞将の姿で思い描いていたと、高国は気がついた。

十四、入木道《じゅぼくどう》

　それから数日、行尹《ゆきただ》の事情を知るための縁も手掛かりも特に得られないままでいた高国は、憲顕とともに、伯父である上杉重顕《しげあき》の前で端座する羽目に陥っていた。

　重顕は、高国にとっては母の兄、憲顕にとっては父の兄にあたる。もとは京都に住み、伏見院《ふしみのいん》の在世中は蔵人《くろうど》として出仕していた。和歌に熱心で、院の側近を中心に編まれた『玉葉《ぎょくよう》和歌集』いらい、二つの勅撰集に入集《にっしゅう》の誉れを果たした。院が身罷《みまか》ってからは鎌倉に居の中心をうつし、いまも柳営《りゅうえい》の周辺で和歌をよくしている。

　高国にとっては、母や兄以上に風雅の道に心をくだいている重顕に会うのは、少し気が重い。不勉強を窘《たしな》められるのが、目に見えている。高国でそうなのだから、憲顕などは影すら見せぬほどに逃げて回っていたのだ、が。

「思い至り申した。都にて、伏見院様は、開闢《かいびゃく》いらい例《ためし》のない御達筆であらせられたと耳にしたことがござる。能書のことは能書が何よりご存知あろうゆえ、伯父上に院のお話を伺いに参りましょう」

と、当の憲顕が言い出した。それで仕方なく引きずられてきたのだが、憲顕らしい直截《ちょくせつ》な思いつきだ。入木《じゅぼく》の道、すなわち書道の世界だって、そんなに狭くはないだろう。ただ書の名人同士というだけで、どれほどのつながりが望めるのか、高国はあまり期待していない。

「高氏殿からも聞いておりますぞ、高国殿。世尊寺殿の猫をお探しだとか」

最近は体の調子を悪くすることも多いと聞くその伯父の、あくまで優美で隙の無い佇まいを前にして、高国は圧倒された。母によく似て、気高く気難しく、激しさを秘めている。

上杉の家は、もとは紫式部も連なる勧修寺《かじゅうじ》流藤原氏の、幾つにも枝分かれした末の末端ほどの下流貴族であった。重顕の祖父にあたる重房が、将軍宗尊《むねたか》親王の一行について下向して、丹波の所領の地名にちなんで上杉と名乗り始めた。やがて鎌倉で足利家と縁づき、今はその所領も足利家に差し出して、足利の被官《けらい》になっている。そのため、上杉の家中の一部は鎌倉を基盤としていたが、まだ京との縁も途切れず、憲顕の父憲房をはじめとした重顕の弟たちは、京都に住んでいる。一家の長である重顕は、今は鎌倉に暮らしているものの、この家の中でいちばん、貴族的であるかもしれない。

「いかにも、その通りにござりまする」

その伯父から、猫探しなど詰まらぬことにかかずらって、と嘆息まじりに諌《いさ》められるのを覚悟していたが、

「世尊寺殿は申すまでもない入木の道の御大家。覚えめでたく御手蹟《ごしゅせき》を手本として賜るは、お家

にとっての面目と存じまする。その猫、何としてもお求めなさいませ」

そうはならなかった。さすが母の兄と言うべきか、と、高国は唾を飲み込んだ。この人にとっては、都の貴人が関わると、些事《さじ》も些事ではなくなるらしい。

「苟《いやしく》もこの重顕、世尊寺殿にお目通りしたことこそござらぬものの、まったくご縁がないということでもございませぬ」

重顕の務めた院蔵人《いんのくろうど》という身分は、上皇の秘書のようなものである。主な職務である院領の管理に加え、伏見院の身の周りの雑事を頼まれることもあった。その中には、院の子女の様子を確かめることも含まれていた。

位高く、実家の後見のある子なら、さほど心配する必要はない。実際、伏見院の後宮は、西園《さいおん》寺《じ》に洞院《とういん》、正親町《おおぎまち》など、名家の娘があふれていた。その中で第六の皇子《みこ》は、母の位がめざましく高くはなかったものの、院はこの皇子に見るべきところを感じ取った様子で、熱心に養育された。それで、院からの賜りものが頻繁に下されるのを、重顕はよく届けていた。自然、皇子の近侍者たちとも、懇意になった。

その第六の皇子が生まれたころには、既に伏見天皇は帝位を退き、後継に跡を譲っていた。皇子はだから、はじめから皇位には縁はない。出家して、格式の高い寺院を守って暮らしていくことが期待されていた。

「なれど六の皇子《みこ》は、数多《あまた》おわする御子のなかで最もすばらしき字をお書きになるとのことで、御流をお伝えすべく、故院はお心を砕いておわしたものでございます」

書の天才として名高かった伏見院は、自らの書の流儀を継ぐ者として、出家して尊円法親王《そんえんほっしんのう》と名乗った第六の皇子を選んだ。その流儀を、天才による一過の煌《きら》めきで終わらせるのではなく、形ある権威として定着させることが、院の望みだったのだ。そのため、既に確立した世尊寺流の奥義をも併せて吸収するよう尊円に勧めたのは、父院であったらしい。いらい尊円は、入木の道に邁進し、世尊寺家に書を学んでいる。

「尊円様なら世尊寺家の方々のこともようご存じゆえ、伺うてみるがようござろう」

「それはよい。やはり、能書のことは能書に、でしたな」

憲顕が得意げな顔をしたものの、高国はすっかり困惑してしまう。

「伺うと仰有《おっしゃ》れども、いかようにして」

京のその御門跡に向けて、文でも差し上げれば良いのだろうか。考えるだけで身がすくむ。絶対にいやだ。開闢以来の上手と名高かった伏見院の跡を継ぐ方ということは、いまこの世に在る中でいちばん字の上手な方ということではないか。それにくらべて高国は、自慢ではないが、子供のころから何度母に指南されても直らない悪筆で、文字など読めれば十分だと開き直って生きてきたのだ。

そんな高国の内心の煩悶《はんもん》を見てとったのか、重顕は少々苦笑いをしながら、ぴしゃりと釘を刺した。

「申すまでもござらぬが、お声をかけるのも憚《はばか》られる貴《あて》なるお方ゆえ、面識のない者が見苦しい文を差し上げるわけには参りませぬ。文は某《それがし》より御門跡の乳母君に宛てて認《したた》めますゆえ、高国殿はそれをお届けし、お目通りがかなうよう、平身低頭お願いなされ」

「と、申しますと……」

「憲顕は高国殿とともに居たがるが、いつまでも鎌倉に置いておくわけには参りませぬ。よい機でござりますゆえ、ともに京に上って、高国殿も見聞を広められるとよろしい」

高国は、憲顕と顔を見合った。

「既に、この重顕が、お館様よりお許しを得ておりまする。いずれにせよ、世尊寺殿がお求めの猫も洛中にあるが必定《ひつじょう》なれば、都へはおいでいただかねばなりませぬ」

重顕の言葉を聞いて憲顕は満面の笑みであったが、高国はまだ、複雑な表情を拭いきれない。生まれてこのかた足を踏み入れたことのない、都。貞将に上京の意向を問われたときはとんでもないことだと思ったが、それが実現することになってしまった。猫を求める件が思いの外の大事となってしまった重圧とともに、そこにいるはずの、貴族の姫君となった玉章《たまずさ》の姿が頭の片隅を過《よぎ》らなかったといえば、嘘になる。

「無論、高国殿には、御用を果たし次第、早々に鎌倉にお戻りいただきますぞ。申すまでもないことでござりますが、都にあっては礼儀作法に心を砕き、ご尊位の方と交わるにはくれぐれも……」

既にそわそわと腰が浮き立ちかけている二人には、重顕の訓戒がどれだけ届いたか、わからない。

まさか猫を求めて京に向かうことになろうなど、そんな大げさな話、想像もしていなかった。だが、確かによい機会かもしれない、と、高国は思った。どうせ都へ上るなら、もうひとつ、明らかにしておきたいことがある。

伯父によるひととおりの訓戒に区切りがついたのを見計らって、高国は居ずまいを正し、問うた。

「ひとつ伺ってもよろしゅうございますか」

「何なりと」

「都には、矢神の兄である琵琶法師がおるかと存じまする。矢神と、覚一というあの琵琶法師は、足利の家に、いかなる縁を有しているのでござりましょう」

高国に逃げ場なく明晰な目で問われて、重顕は答えを濁すことができなかった。もとより隠しているわけではない。自分の知っていることを、伝えることができるうちに、妹によく似た顔の甥に語ることにした。

十五、忍子《しのこ》

「家時公が亡くなりまして数か月の後に、足利の屋敷に、とある遊女《たわれめ》が現れた、と聞き及んでおりまする」

女は、鶴岡八幡宮《つるがおかはちまんぐう》の巫女を名乗りながら、男を取るような身分の者だった。子を孕《はら》んでおり、それが高国の祖父、家時の子であるというのが、その女の言い分だ。家中の者は半信半疑であったが、ただ一人それを疑うこともなく、生まれた子を引き取って自分が世話すると言い張った者がいた。それが重顕の妹の清子《きよこ》、つまり高国の母であった。

「妹は、あの子は」

重顕は、まるで幼い子のことでも話すかのように。

「齢《よわい》十二にして出生の丹波《たんば》を離れて鎌倉に下って以来、家時公のお側にお仕えしており……」

そう口を開きかけておいてから、何から話そうか、或いはどう言葉を選んで話そうか、迷うように言い淀んだ。高国の出生前の、若き日の母の話だ。息子に言いづらいことがあってもおかしくはない。

「我のことはお気になさらず、ご存知のことをすべてお聞かせくだされ」

重顕は、高国の言葉に背を押されるように、言葉を絞り出した。

「……家時公に、それは深い心ざしを、お向けしており申した」

高国の母が高氏を産んだのは、彼女が三十六のときだった。生まれてから今までの高国の人生を二倍したのよりさらに長い年月が、子を産み母になる前の母に、既に積み重ねられていたということだ。ずっと自分の父とだけ思い合っていたわけではなかったと聞いても、さほどの驚きではない。

「妹は、その……。一途《いちず》と申しましょうか、思い込むと曲がらぬような、激しいところがござりまして」

「それはよう存じておりまする」

丹波で育った清子は、自らの家が紫式部を輩出した勧修寺《かじゅうじ》流であることもあり、兄重顕を始めとする親類が京で働いていることもあり、自分もやがては、帝や皇后とは申さずとも院か女院か、いずれかの貴人のもとに出仕するのだと信じて疑わなかった。まさに『更級日記』の筆者のごとく、『源氏物語』ばりの美しい恋愛譚や宮仕えでの活躍が自分のものになることを夢見ながら、貴族の娘として恥ずかしくない教養を熱心に身につけて育っていたわけだ。

その幼い頃から聡明であった娘にとっては、関東に下向して武士の家女房となるのは、ひとつの耐え難いほどに大きな失望だったらしい。かなり渋って、仕方なしに下った。だが、ひとつ清子に、幸いなことがあった。

「何と申しましょうか、こう……足利のお家は代々、高氏殿や貞氏殿のように、お優しそうながらお武家らしいと申しましょうか……」

「素朴な垂れ目の丸顔、と仰せになりたいのでございますか」

「いやいや、決してそのようなことは」

高国も憲顕も、思わず声を上げて笑った。重顕は、至極真剣である。

「それに比べ、家時公は御父上の頼もしきお姿と御母上のやさしきお姿をちょうどようお受け継ぎなさり、雄々しくあらせられながらも涼やかな、大変な美丈夫におわしましてな」

家時の母というのは、重顕や清子にとっては叔母にあたる、やはり上杉の女房である。重顕は意図してかどうか、身内の器量自慢をしていることになる。

とにかく、清子は家時をひとめ見て、心を奪われた。若き当主家時は、清子より十、年長であった。まだ幼い娘が憧れを募らせるのに、ちょうど良い年の差でもあったのだろう。

清子はそれから、『源氏物語』の代わりに説話集から軍記物まで、源氏の武士にまつわるありとあらゆる書物を読み散らすようになった。上杉の縁の者のみならず、家時の周囲の者の中でも奇妙なことだと思われていたが、重顕にはそうする清子の心中が、わからなくはなかった。まずは自分が仕えるようになった足利の家のこと、源氏のことを知りたかったのであろうし、それだけでもない。

「物語と申すものは、人の心を慰めますゆえ」

ときに将来を、ときに叶わなかった夢を、ときに自分では知り得ぬ生を、垣間《かいま》見せるものが物語である。清子は、それまで憧れていた王朝物語に代えて、力強く躍動する武士たちの物語に、それから先の自分の人生を重ね、預けていった。

家時が生前、実際に清子に情をかけたのかどうかは、わからない。さすがに重顕は高国に遠慮して、それに言及はしなかった。重要なのは、清子が家時に憧れて、ありとあらゆる源氏譚に身を浸していたということだ。高国はてっきり、矢神が預けられた五年前の夜、母が源氏のことを口にしたのは、伯父ら上杉の男たちに吹き込まれたせいだとおもっていた。だがそうではない。母は自らの人生をうつした物語として、自分で源氏の武士の物語を選び、それに精魂を傾け没頭していったのだ。

「家時公もまた、その清子の心を面白く感ぜられたようで、足利の家で伝える話をいくつでも、知っている限り清子に語って聞かせておいでにござりました。高国殿もお聞き及びでござりましょうか、治承《じしょう》のころの御当主である足利義兼《よしかね》公は、身の丈七尺も超す大力《だいりき》の者で、実は鎮西八《ちんぜいはち》郎為朝《ろうためとも》の子であったとか」

「いえ、我らは、あまり……」

高国は、当代の武士として当たり前な程度の平家語りや、八幡太郎義家の陸奥《むつ》での活躍、保《ほう》元《げん》・平治《へいじ》の物語などを超えては、さほど多くの軍《いくさ》物語に接して育ったとは言えず、ましてや足利の家にまつわる話はほとんど聞いたことがない。その高国の戸惑いをすぐに感知して、重顕は言葉を引き取った。

「家時公がお若くして自害されたためか、貞氏《さだうじ》殿は、足利のお血筋の話を過分にされることを、嫌うておいでなのでございましょう」

「父上が……」

若い清子が自らの物語のすべてを賭《と》して慕った家時は、二十五歳という若さで、自らの腹を切って人生を閉じなければならなかった。

家時の自害の大きな要因は、主である北条時宗《ときむね》を喪ったことである。もしくは、時宗という屋台骨をなくした後の、覇権争いに巻き込まれることを避けるためであったともいえる。上杉氏の腹に生まれて母方に北条の後見がなかったことも、家時を死に近づけた。とにかく自らに北条に対する異心のないことを示し、足利の家を守るために、死ななければならなかった。

清子は十五歳、貞氏は清子よりさらに若く、まだ元服前の幼い目で、父親の無惨な死を目の当たりにしなければならなかった。清子と貞氏、双方に、家時の死が大きな傷跡を負わせたことは想像に難くない。だが、それぞれの傷は、まったく異なる形をしていた。

貞氏の心に刻み込まれたのは北条氏の権力に対する恐怖と、足利の家のおかれた、ごく微妙な立場に対する危惧だった。一方、清子の心中には、北条に対する大きな悲憤、怨恨が残った。

悲しみと怒りと、あとは幾つかの源氏譚以外には、家時が清子に形見として遺したものは、何もなかった。そう思っていた、例の遊女が、家時の遺児を産むまでは。

「その遊女の子を、引き取ったのでございますな」

「いかにも、その通りにございます」

産まれたのが女の子であること、遊女の身元があまりに不確かであることで、家中の者もその子の処遇については躊躇《ちゅうちょ》したのを、清子が強く言い張って引き取らせた。だから、その姫はほとんど、上杉の邸内で育っている。

姫は家時の戒名から字を借りて忍子《しのこ》と名付けられ、今度は彼女の人生が、清子の物語となるはずだった。清子はその姫を、美しく誇り高い清和源氏の血を引く姫君に育て上げることに熱中した。だが、清子からは家時の遺児としての愛と期待を押しつけられ、他方では足利の血を引いているのかどうかも怪しいと疑われる生活は、心休まるものではなかったらしい。忍子は十四のときに、旅芸人の一団と共に、ふっつりと出奔《しゅっぽん》してしまった。

「妹の嘆きは、激しゅうございました」

錯乱し、家中の誰も触れられないほどに惑い、悲しんだ。自らの恋愛も結婚も、何も顧《かえり》みずに育てた姫を失ったのだ、無理もない。

誰も慰めようがないと思っていた、そんな清子の前に最後に現れたのが、当主の貞氏だった。清子が家時に憧れを抱いていたのとおなじように、貞氏は、この年上の美しくも激しい女性の横顔を、幼いころから追っていた。

足利の当主として北条の妻をめとり、その妻との間に、やがて後継となる高義を儲けた貞氏は、既に家を安定させるための務めをすべて、しっかりと果たしていた。そのあとで清子を側室として、高氏と高国という二人の子を成した。貞氏は北条を憚《はばか》って、その二人の子には家を継がせる気もなかっただろうし、清子が無闇に子供たちに源氏の武士の物語を語ったりしないよう、それは固く戒めたにちがいない。だが、しかし。

まず、高義が早逝して、高氏に家督相続の目がでてきた、その上に。

「その忍子殿の子というのが……」

「いかにも、覚一と矢神にござりまする」

出奔し、足利との縁を切ったはずの忍子の子たちが、あるとき、戻ってきた。戻った理由はわからない。だが、それが母の心をどれだけ強く揺さぶったか、想像しても余りある。

清子が高国たちの前で源氏の血統について口にしたあの夜。彼女の心中には、かつて自らが身を投げうって溺れた物語や、亡き家時とうしなった忍子への想いなどが、夫の戒めでは抑えきれないほどに溢れたのだろう。

話を聞いてなおさら、高国は覚一に会わねばならぬという気持ちを強くした。

十六、宿願

その高国が母に、京への旅立ちを告げに行ったとき。

「なりませぬ」

母である尼御前は、にべもなく告げた。

幸い母は、高国が上京すること自体を禁止しているのではなかった。彼女が厳しくはねつけたのは、矢神を連れて行きたいという高国の打診である。

「されど、母上」

「何故、かような稚《おさな》い子を都へ連れて参りたいなどと申します」

長い昼が終わり、やがて夕闇が広がろうとするほどの時刻である。その場にいた矢神は、自らに関することで諍《いさか》う親子の顔を、困ったように見比べた。

「……京には、矢神の兄が、あの琵琶法師がおるのでござりましょう。兄妹を会わせてやりたいとは、お考えになりませぬか」

いつものように、母の勢いに押されて、黙らされてはならない。高国は思い切って、覚一のことに言及した。

「兄……」

矢神がかみ砕くように口にするのを聞いて、雪庭尼は慌てた。

「何を申す、高国。口を慎みなされ」

「矢神は鎌倉にて気丈に暮らしておりますが、かように幼い者がまことの兄と会えずにおるのは哀れなことにござります。よき機なれば、兄に見《まみ》えさせてやりとうござります」

畳みかける高国の言葉は、予期した数層倍も、激しい反応を引き起こした。顔を真っ青にしてわなわなと震える母を見て、高国はすぐに後悔したが、もう遅かった。しかし、逆上するかと思った母は、思いのほかに静かな声色で答えた。

「そなたの腹は、わかっておる」

だが、静かなのは声色だけだった。ことばは激しい。

「腹とは、何のことを仰せでござりますか」

「矢神を私《わらわ》から取り上げ、北条の手に渡すつもりなのであろう」

あの日の目だ、と、すぐに高国は思った。母の目、底を見せず深く巻く、夜の海の渦潮《うずしお》のような目。

「……あるべきもないことにござりまする」

高国も、つとめて冷静に答えた。が、背中には、冷たい汗がつたっている。なぜ急に北条が出てくるのか、わけがわからない。

矢神の惑う顔が目に入るが、彼にはどうしてやることもできない。

「矢神、そなたはもう、寝所に参れ」

小さな庵の次の間だ。逃げてもすべて聞こえるだろう。それでも矢神は高国の申しつけどおり、その場をはなれた。

「そなたが近頃こそこそと釈迦堂に足繁く通っておるのに、この母が気づかぬとでも思うたか。情けない、あの女に言いくるめられたか」

声の色こそ落ち着いているが、口を衝《つ》く言葉はものものしさを増していく。自らの母の、釈迦堂の御前に対する言葉づかいに、高国は身をこわばらせた。母は気性の激しい人ではあるが、そのような口汚い物言いをすること、ましてそれを釈迦堂の御前に向けることなど、高国の知る限り、今までに一度もなかった。

「何を仰せになります、釈迦堂の御前のもとに御用伺いに参れと某《それがし》にご指図《さしず》されたのは、ほかならぬ母上にござりませぬか」

「あのいかにも優しげな天女の面《おもて》を剝《は》ぎ取れば、あの女は盗人の一味ぞ、高国。足利の家を、源氏を内側から食い荒らす、北条の盗人めが。さだめし、八幡神の下された矢神と覚一の力を妬み、恐れておるのであろう」

雪庭尼の語調は、ますます激しくなった。筋の通らぬ怒りに触れて、いくら弁明しても諭《さと》してみても、その声が母の意識の核に届きそうな手ごたえがない。高国は、後ろに控えている憲顕に目配せを送った。憲顕は頷くとすぐに、走っていった。

「そなたは幼いころよりあの北条の盗人どもに手なずけられて、何も見えておらぬ」

「何卒《なにとぞ》、北条のお家に対し、みだりに分別のなきことを申されますな」

「分別のないのはそなたであろう、高国。家時様が痛々しくも御みずからお命をお棄てになったのは、足利を北条の恣《ほしいまま》にさするためではないぞ。そなたも貞氏どのも、わかっておらぬ」

そこで祖父の名が出てくれれば、聞いたばかりの重顕の話と、辻褄《つじつま》が合ってくる。妄言の向こうに、なにか真実めいたもの、少なくとも、彼女の信じる真実めいたものが、見えてきたかにも思えた。

「矢神は、戦神《いくさがみ》として足利の家を守るために、忍子《しのこ》さまより、いや家時さまより遣わされたのじゃ。けっして足利の家より離してはならぬ。覚一もまた、神の力を有する者じゃ。あの者の語りが平家の魂を退けかつ鎮《しず》め、源氏の世の礎を築いてくれようぞ」

忍子という、それまで母の口から聞いたことのなかった名が、今度は出てきた。

高国は息を呑んだ。普段はすこし気難しいところはあるものの尼として静かな余生を送っているこの母が、いまだ内心には狂気に近いような深い情念を秘めている。そして、それはやはり、家時やその娘と深く関わっているのだ。

高国にとって母は、言うまでもなく自らと高氏の母として存在していた。だがしかし、もしかするとこの人は、自分らの母である以前に、家時の遺志を継ぐ者として生きているのかもしれない。今も、五年前も、高氏や自分が生まれたときも。そう気づかされて急に、今まで互いに何もかもを知り尽くしているほど近しいと思っていた母が、果てしなく遠く感じられた。

「私は家時様が遺した足利の家を、何があってもお守りせねばならぬ。お家を守りぬき、北条を制し、今ひとたび源氏が天下の御家人に号令するように……」

さすがにこれは、万が一にも外で声を聞く者があったらまずいだろう、と高国が腰を浮かせかけた、そのとき。

「母上、いかがなされたあ」

雪庭尼の声を、すこし剽軽《ひょうきん》な間延びした大声で掻き消したのは、憲顕がつれてきた高氏だった。どすどすと大きな足音で庵に上がり、勢いよく腰を下ろす。もうそれだけで、その場は救われたも同然だった。高国は、緊張して詰まるようだった息を、ほっと小さく吐き出した。

「高氏どの」

もう一人の息子の姿を見て、途端に、母の尼の声が、甘えたようになる。

「高国が、矢神を北条に引き渡そうとするのでござります」

「存じておりますぞ、まったく高国は酷い男にござる」

高氏がからからと笑うと、その笑い声は、そこにいる全ての者の心をたちまちに落ち着かせた。

「ありうべくもないことにござりまする。我はただ……」

むきになって説明しようとする高国を、高氏は制した。

「高国、よせ。兄があとで話を聞こう。母上、高国がことはこの高氏が成敗致しますゆえ、預かってもよろしゅうございますか」

高氏がおどけたようにそう言うと、

「苦しゅうない、おたの申します。高国、高氏どのの仰せごとをよう聞きなされ」

母は憑《つ》き物が落ちたかのようにあっさりと気を鎮《しず》めてしまった。

「は、かしこまりまして候《そうろう》」

理で詰めて話を進めようとする自分のやりかたでは、母を追い詰め興奮させるだけなのだと、兄の態度を通して高国は悟るしかなかった。自分の至らなさが悶えるほどに歯がゆいものの、それに比べて際立つ高氏の頼もしさには、素直に心を打たれる。

気の落ち着いているうちに母を寝所に導くと、やはりまだ目を閉じていなかった矢神が、

「高国、矢神の兄は、高国と高氏どのではないのか」

心細そうに高国を見上げて、訊いた。

「そうだ、そなたの兄は、我ら二人だ。おかしなことを申して、悪かった。よく眠れ」

自らの軽率な行いを心から悔いながら、慰めにもならないような言葉だけを虚しく残して、高国は去るしかなかった。

母の庵をあとにした高国は、高氏と憲顕と三人で、主屋敷の離れで膝を突き合わせた。

「いやはや、母上は大したお方だな」

あまりのことに、何から話していいかも分からず黙り込む高国を横目に、高氏はその場の重さを振り払うように口を切った。

「北条を制すなど、足利の男がみな尻込んで口端《くちは》にも上らせられぬことを、あれほど堂々と仰せになるとはのう」

ぽんと自らの額を叩き、目をくるくると動かす。

高氏の諧謔《かいぎゃく》に多少気持ちを和らげてもらいながらも、高国は笑う気には到底なれない。

「兄上は、母上のお心をご存知あったのでございますか」

「うむ、何くれにつけ、お話をよう、伺っておったからな」

高国は、自らの至らなさを突きつけられて、唸《うな》った。

側にいてわかっているつもりになっていた自分は結局、母というひとがその心の中に長年抱えてきたもののことを、何も知らなかった。いつか高氏が人の心云々について語ったとき、母のことも念頭においていたのかと、今になってようやく、高国は思いあたっていた。

「しかし、伯母上があのような望みを心中に抱いておいでとあらば、事は軽くはありますまい」

高国の内省を破って、語気するどく言い放ったのは、憲顕だった。

「高氏殿は、伯母上の意向に従い、足利の家を率いて北条に叛旗《はんき》を翻《ひるがえ》すだけのご覚悟が、ござりますのか」

言葉をひとつも濁さず、高氏の心を明らかにしようとしてくる。

「うむ、覚悟は、ある」

それに対して、瞬時の間もなく、高氏は答えた。

「そのときは、上杉も家中をあげて、きっと後押ししてくれるだろうな」

高氏は感情を読ませないのっぺりとした笑顔で、憲顕に念押すように言った。憲顕はその迫力に気圧《けお》されて、息を殺して黙った。

十七、太刀《たち》の緒《お》

「ふふ、戯《たわぶ》れ言じゃ、許せ憲顕」

と、暫《しば》しの沈黙の後でいたずらっぽい笑いを漏らしながら高氏が言うのをきいて、思わず安堵の大きなため息を放ったのは、憲顕だけではない。高国も、体をのけぞらせて、後ろに両手をついた。

「母上のお志は見上げたものだが、途方もない。我は父上のお心も伺うて存じておる。足利の家を無事に存続さするには、今までどおり、北条殿と縁を結んで仲睦《なかむつ》まじくするのが何よりとの思し召しだ。我もそう思う」

「さらば、伯母上の宿願は……」

「放っておけ。母上とて、北条に徒《いたずら》に歯向かえば、一族郎党根こそぎに滅ぼされるだけということは、重々ご承知であろう。高国が下手を打ちさえせねば、日ごろはおとなしゅうお心を隠しておられる」

自らが藪《やぶ》をつついたことを揶揄《やゆ》されて、高国はぐうの音も出ない。何とか気を取り直して、高氏にずっと尋ねたかったことを、問うた。

「兄上は、足利の家を継がれるお積《つも》りではございますのか」

「そう、そのことよのう。家督、のう……」

高氏は、さも困ったという風に眉を垂らして、目を閉じた。そして再び目を開くと、

「我は、いずれでも構わぬ」

あっさりと言った。高国も憲顕も、目を丸くした。

「松寿が継ぐならそれで良い、我が継ぐなら務めを果たそう。いずれにせよ、天の定めることよ。どちらでもいい」

「また、左様なことを……」

「どちらでもよろしくはございますまい」

無欲恬淡《てんたん》と言えば聞こえがいいが、無責任とも響く高氏の言葉を聞いて、高国と憲顕は口々に諫《いさ》めようとしたが、高氏は意に介さない。

「かねてより思いをかけておる加古の女に、子が宿った。我はあの女と子を育てられれば、それで十分じゃ」

それを聞くと高国は、言葉が出なくなってしまった。

高氏は、そういう人だ。身内の女と築く小さな家庭の長でも、足利の棟梁でも、もしかしたらそれ以上の何かであっても、置かれればそこに収まり、立派に務めを果たすことができる。

そのように生まれついたのか、母や上杉の伯父たちの育て方もあるのか、このしなやかで強《したた》かな人は、決して自ら手を伸ばすということをしない。泉の在り処を知ってはいても、そこから水を汲《く》んで彼の前に差し出すのは、他のひとの仕事なのだ。何がどこにあるか、どうすれば手に入るか、そういうことは全て自分でわかっているのに、いま自分の手の届くところより先には、手を伸ばそうとしない。

人が差し出すのを待つかわりに、高氏は、それが何であっても、差し出されたものはかならず受け取るだろう。そうして頑固ともいえるほどの柔軟さで、目の前に差し出された自らの仕合わせの取り分を、彼は上手に享受する。無欲であってもこの人は、このさき自らの求めるものはきっと、何であっても十全に手に入れていけるにちがいない。

「高国、そなたが継いでもよいのだぞ」

いかにも気楽に、高氏は矛先を高国にうつす。

「某《それがし》は、器ではございませぬ」

寸時の考慮もなく、きっぱりと、高国は辞した。

「まことか」

高氏はその迷いない答えを受け、憲顕の顔を見て微笑んだ。憲顕は、彼には珍しく、頬を赤くした。

憲顕は、幼い頃からこの兄弟を間近に見てきたゆえに、二人のことをよく知っている。高氏は庶子とはいえ、母親はじめ上杉家の期待を一身に受け、傅《かしず》かれて育っただけあり、いかにも鷹揚《おうよう》として物事に拘《こだわ》らない。いままさにそうであるように、朗らかで華やかで、日輪の如き人だ。高国はそれと比べると、聡明ではあるが几帳面でやや窮屈で、高氏のような派手さはない。本人もそれをよくわかっていて、だからこそいつも高氏を立てて、自分は陰に隠れてしまうようなところがある。

だが、憲顕にとっては、傍流だろうと、どんなに禄が少なかろうと、高国こそが仕えたい主である。

憲顕は、高国の太刀に絡まる組紐を見た。

それは、憲顕や高国に先がけて、高氏が元服して間もないころのこと。憲顕は本当は、あの組紐を、高氏に受け取ってほしかったのだ。

「元服したら、太刀の緒として用いなされ」

そう言って母が憲顕にくれた、青と灰の麻糸を亀甲織《きっこうおり》にした手作りの組紐は、すこしでこぼこした不格好な品ではあったが、いかにも丈夫そうで、何より子を思う愛にあふれている。元服を楽しみにする気持ちも相俟《あいま》って、大事にしまってはすぐに取り出して眺めたくなる、憲顕の無二の宝物になった。

「これはわが母が手ずから織りました組紐にござります。太刀を佩《は》くのに用いてくだされ」

だから、彼が高氏にその組紐を差し出したのは、かなり思い切った親愛の表現だった。高義が世を去って以来ますます上杉の家をあげて大事にされている高氏のことを、元亀丸《げんきまる》と呼ばれていた当時の憲顕も、将来の主君として仰いでいた。それで、高氏が喜び自分の覚えがよくなるなら、自らの宝物を差し出す価値がある、と、まだ幾ばくか幼かった心で考えたのだ。

「これは何とも好《よ》い紐だな。ありがたい」

高氏が深く感じ入った様子で丁寧に礼を述べると、

「元亀の母者人《ははじゃひと》は良き手をお持ちじゃのう。兄上、ようござりましたな」

横にいた雉若丸《きじわかまる》、元服前の高国もその紐を思いきり褒めた。よかった、元亀丸がそう思った次の瞬間に、高氏は、

「そうだ雉若、そなたのいま学んでおる経典《きょうてん》、巻紐《まきひも》が擦り切れておったな。これを用いるといい」

ほい、と、雉若丸の手に、いま元亀丸から贈られたばかりの組紐を放ってしまった。

思いもかけないことに呆然として言葉も出ない元亀丸を見て、日ごろは兄に従順な雉若丸が、すぐに噛みついた。

「兄上、何ゆえ元亀の組紐を大事になさらぬか」

「何を申すか、雉若。大事ゆえにそなたに渡すのだぞ。我は太刀の緒に足りており、かたやそなたは経紐《きょうひも》がない。そなたが持った方が、その組紐も役に立つし、重宝されよう」

「されど、元亀は兄上にこそ、この組紐を用いていただきたかったのでござりますぞ」

「そなたと我とは同根の連枝ゆえ、どちらが用いようと同じことよ。そう思うであろう、元亀」

元亀丸の言いたいことは雉若が申し立ててくれたが、高氏にはその不満が、本当に届かないようだった。確かに、高氏の考え方にも、ひとかど筋は通っている。だが。

「同じではござりませぬ、母者人の手ずから編んだ、思いのこもった紐にござりますぞ。元亀が自ら用いるのを諦めてまで、兄上の太刀の緒になるならと差し出したのに」

「我のためを思ってくれるのは嬉しいが、左様に大事な自らの宝まで差し出す必要はない」

「ならば、はじめからそう仰有《おっしゃ》って、受け取らねばよかったものを……」

そこまで言うと、もう雉若丸は涙が止まらなかった。元亀丸はそれを見て、慌てて二人の間に入った。

「若どの、もうよい。高氏殿の仰せの通り、若どのが用いてくだされば、元亀はそれで嬉しゅうござる」

何か、半ば言わされているような言葉だったが、高氏はしたり顔で頷いている。

「よいわけがない。兄上なればこそ差し上げた大切な太刀の緒が我ごときの手に渡って、嬉しいわけがない」

それでも雉若は引き下がらず、嗚咽を漏らしながら訴える。ああ、と元亀丸は思った。

この人は、気づいていたのだ。年下で次男で泣き虫の雉若丸の傅役《もりやく》につけられているのが内心不満で、より大物で将来も見込める高氏に気に入られようとした自分の下心を、すっかり見抜いている。その上で、無下にされた自分の好意や、子のためにそれを編んだ母の気持ちを思って涙を流している。

「いえ、誠にござる。若どの、元亀は嬉しゅうござる」

今度は、心の真ん中から、その言葉が出た。

「何が嬉しいものか。自ら用いるほうがよいと思うなら、持ってかえればよい」

「いえ、その組紐は、若どのが元服されたのち、太刀を佩くのに用いてくだされ」

「我のような弱虫の太刀を佩くために編まれた紐ではなかろう」

「若どのは、まだ小柄で非力だが、決して弱くなどござらぬ」

拗《す》ねるようだった高国の顔が、そう憲顕に言われて、やっと晴れた。

「誠によいのか、元亀。ならばこの太刀の緒はきっと大切にして、元服の折もその後も、行く末長く使わせてもらうぞ」

そのときその場のことだけでも憲顕には十分だったのに、それから高国は、本当にその組紐を大事にした。憲顕自身がしたように、元服を待ちながらその組紐を嬉しそうに何度となく矯《た》めつ眇《すが》めつしていたし、やがて実際元服の儀でも用いたと、わざわざ京まで手紙で報せてくれた。そしていまも、彼の太刀をしかと結び留めているのは、例の組紐である。

高氏のよさは、まこと日輪のようだ。遠くからでもよく見えるし、高氏自身も、何事につけ遠くまではるかに見渡している。超然として、欲深くもなく、分け隔てもない。だが、誰にでもよいふるまいができるということは、誰のことも特別には思ってくれないということでもある。高氏の拘りのなさは、高氏に拘りたいひとにとっては、置いていかれるような寂しさを呼ぶものかもしれない。

対して高国のよさは、彼に思いきり近づかなければわからない。しかし、彼のきっちりと整った袷《あわせ》の奥にしまわれた、驚くほど可憐で誠実な愛情深さは、それに触れることができた人の心を、すっかり奪う。今はまだ、憲顕ほか数えるほどしかその魅力を知る人はいまいが、いつまでも見過ごされるとは思えない。

憲顕が考えていることなど知る由もない高国は、先刻の雪庭尼との会話を思い出して顔を曇らせている。

「されど、兄上……」

そうかと思うと決心するように高氏の顔を見上げて、訊いた。

「母上は何故、あれほどお怒りになったのでござろう。やはりお言葉の通り、北条に通じる者として、我を疑っておいでなのでござりましょうか」

「そうだな、高国は、たしかに北条贔屓《びいき》じゃからのう」

心当たりのあることを突かれて、高国は顔を真っ赤にした。

「左様な、何をもって某が、北条贔屓だなどと仰せになります」

「昔から、尊崇しておるではないか、式目を定めた泰時《やすとき》公や、善政を敷いた時頼《ときより》公を」

「え、あ、その、そうは申しましても、それはそれ……」

自分の思い浮かべていた北条の人々とは全く異なる前代の偉人の名を挙げられて、どうごまかしていいか分からなくなる。

「許せ、これも戯《たわぶ》れ言じゃ」

うろたえる高国の顔を見て、高氏は明るく笑った。

「疑うわけがなかろう、高国。母上はそなたを、恃《たの》みになさるお心が強い。だからこそ、そなたと矢神の二人がいちどきに側を離れることが、怖かったのだ。特に、幼い矢神が実の兄と会えば、里心がついてもう鎌倉に戻りたがらぬかもしれぬ。母上は、それをご心配されたのであろう」

八幡神の申し子だと信じているらしい矢神のことを恃むのは、わかる。だが、母が自分を恃みにしているとは、高氏の口から聞いても、高国には信じがたかった。

「母上が、某を……」

「そうよ。我のことは、腹の底も読めず頼りにならぬとお分かりなのだ。そなたなら、我を支え、正しく導いてくれると、信じて恃みにしておられる」

「されど、某にも、母上の宿願は手に余ります。いかがすれば……」

「何、そなたはそなたの致したいようにすればよい。先ほども申した通り、母上のことは放っておけば良いのだ」

高国は、また俯いた。自らのしたいことが何なのか、彼にはまだよくわからない。

「難しいことは考えずに、ひとまず、猫だ。猫を探しに都へ行くのなら、その猫を必ず連れて帰ってこい。そなたが立派に務めを果たせば、母上のお心も晴れようからな」

高氏にそう言われてはますます、猫を見つけないわけにはいかなくなってしまった。

十八、出立《しゅったつ》

そしていよいよ、鎌倉を発つ前日。

雪庭尼は矢神のことで取り乱して以来、矢神ともども高国に顔を見せてくれなくなった。そんな母の手前、彼女が「盗人の一味」と罵《ののし》った北条の人々と接触するのは、どことなく気が引ける。少なくとも、浄妙寺から目の届く距離にある釈迦堂には、足を運ぶことができない。

それでも機を窺って、府中の貞将《さだゆき》には、憲顕を伴って会いに行った。少しでも多くの手がかりを得るため、と、自らにも憲顕にも、心中では母にも言い訳をしながら。

人目を忍んで会えば、かえって誰に見られないとも限らない。できるだけ、隠しようのないところで話そうと思い、鶴岡八幡宮の赤橋のそばで、高国は貞将を待った。

「やあ、これは高国殿」

貞将は、自らの屋敷近くに佇《たたず》む高国を見つけると、いつもと同じ、優しく微笑むような眼を向けて。

「都に、左様か。それならば、訪ねると良い者たちがおる」

相変わらず屈託なく親切に、以前約束した通り、上京に際して高国の助けになるであろう者たちを、教えてくれようとした。

「一人は卜部兼好《うらべけんこう》と申してな、昔は当家に仕えておったが、今は京に住んでおる。顔も広く知識もあり、周旋《しゅうせん》に長けた者だ」

だがその名を出したところで、常に彼の顔に留まっているかとみえた笑顔が、すうと消えた。高国は、その表情を見ただけで何かただならぬことを察し、無言で畏《かしこ》まった。

「これは、父から、みだりに口外するなと言われていることなのだが、わざわざ世尊寺殿の件で京まで上ろうということなら、話しても良かろう」

貞将は、声をごく低く抑え、高国の耳に顔を近づけて言った。

「実は世尊寺殿は、身に迫る危険があって、東に下られたらしい」

「危険、とは……」

「何者かにお命を狙われたのではないか、というのが、父の見立てだ」

「お命を」

高国は、さっと顔を蒼くして、確かめるように貞将の顔を見た。貞将は無言で頷いた。

「家中で事情を少しでも存じておる者がいるとしたら死んだ兼雄だが、兼好なら兼雄の知己《ちき》でもあり、何か知っておるやもしれん」

そのいかにも重大な情報を高国が注意深くかみ砕いている間に、貞将はいつもどおりの笑顔を取り戻した。

「それと、恒男にも会うとよかろう」

「所在を、ご存知ございますのか」

行尹の乳母子《めのとご》の恒男の名は、話の中でも数度出てきて、高国もよく覚えていた。行尹をこの上なくよく知っているはずの者と会える縁があるのは有難かった。

「うむ。行尹殿が恒男を都に帰す折に、主人と離れたくない、都でほかにお仕えできる人も無いと言って泣いたものでな。父が、当家に縁のある家を頼るよう、つてを作ってやったらしい」

貞将の家と縁を有する在京の家、と言うのを高国が呑みこむ前に、貞将がまたいつものように、ごく事もなげに言った。

「ほら、この間話したろう、堀川の元女御代《もとのにょうごだい》の家よ」

高国はほとんど悲鳴のような声を上げげそうになるのを辛うじて抑えて、

「あの、例の、ご猶子《ゆうし》に参られた先の……」

できるだけ玉章《たまずさ》の名を出さないようにして、確認した。耳が、熱い。

「そう、それよ」

思わず、高国は憲顕の方を振り返った。憲顕は、玉章のことを知らない。それは、高国が意図して隠してきたせいだった。家中の誰にも、自分が北条の妙齢の娘と関わって頬を染めているなど知られるわけにはいかないが、憲顕には特に、知られたくなかった。

二間ほど離れたところに立っている憲顕は、どの程度二人の会話が聞こえているか定かではないが、何という表情も見せずに神妙に控えている。

「そちらのお館で恒男殿のお話が聞けるなら、何よりにござりまする。あの、何ぞ、ご文でもお届けいたしましょうか……」

「いや、我のことはよい。息災にしているかどうかだけ、見てきてやってくれ」

「かしこまりまして候《そうろう》」

貞将は、高国がちらちらと後ろを気にするのに気づいて、憲顕の方を見た。

「ときに、高国殿」

そう言いながら自分を見る貞将と目の合った憲顕は、彼の立場にふさわしく、視線を下げて控えることをしなかった。それどころか警戒を露わにした、射すくめるような目で憲顕に見られて、貞将はかえって優しく笑み、高国に問うた。

「高国殿には、どなたかご家中で定められた方がいるのかな」

「えっ」

後ろに立つ憲顕がそんな剣呑《けんのん》な雰囲気をまとっているとはつゆ気づかず、高国は貞将の意外な質問に慌てた。

「いえ、某《それがし》は、まだ……」

突飛な質問に答えがうまく結べず、兄に先駆けるわけにはいかないとか、いまだ至らぬ身であ

るとか、それらしい言葉を続けることができない。もごもごと口ごもっていると、

「左様か、ならば遠慮は要らぬな」

貞将はそう呟いて、高国の両肩をぐいと摑んで自らの側に引いた。自然、高国は躓《つまず》くように、貞将の胸に飛び込む形になる。

「あっ」

と言う声は、高国より憲顕の方が大きかった。憲顕は、咄嗟に刀に手をかけそうになるのを、必死の思いで止めたぐらいだ。だが貞将は、ほんの数秒高国を抱きとめただけで、いたって平静な様子のままで、

「これは失礼いたした、京でお体に気をつけられよと、励ますつもりで力が入った」

というと、高国の肩にかけた腕を今度は優しく押し返し、高国を真っ直ぐ立たせた。

「それでは、どうか達者でな」

そしてひらひらと手を振り、貞将は邸内に消えた。

「お怪我はないか、若どの。一体いまのは……」

「大事ない、仰せのとおり、思わず力が入っただけのことであろう」

慌てて駆け寄る憲顕に対し、高国は、驚きで頰を紅潮させ、やや乱れた息で言った。憲顕はすこぶる不満だったが、高国がそれで事を収めようとするならば、立場上それ以上何も言えない。むくれるように、黙った。

憲顕が深く追及しないでくれたのに安心しながらも、高国の胸はまだ、ことことと忙しく鳴っていた。

憲顕には言えなかったが。自らの胸のなかに入った高国に、

（亥《い》の正刻ごろ、お一人でここに参られよ）

貞将はそう、耳打ちした。

否とも応とも返事をする間もなく別れたが、行けぬと言わなかった以上、貞将に待ちぼうけをくらわすわけにもいかない、行くしかないだろう。誰にも告げず、高国は夜ふけに屋敷を抜け出した。

月のない夜だった。昼の喧騒《けんそう》など絶え果てて、とっぷりと暗く静まり返った鎌倉の路《みち》を、高国は小走りにぬけた。季節のわりに酷く肌寒く感じるが、それは彼の心持のせいかもしれない。

何を期すべきか、高国には見当もつかなかった。

一人で来い、と憲顕に聞かせぬように囁《ささや》いたのだから、秘密の話には違いない。世尊寺殿のことでまだ何かあるのか、まさか母があらぬことを口走ったのが耳に入りでもしたか、それとも。

起こりもしないかもしれないことを考えすぎても仕方がない。腹を括《くく》って赤橋に向かうと、そこには抜かりなく貞将の家人《けにん》が待っていて、

「こちらに」

と、屋敷内に案内された。鶴岡八幡宮の境内を抜けてすぐの所には執権邸があるが、大路を挟んでその反対側に、金沢《かねさわ》流北条家の屋敷はある。

通された広間は、ごく細い火で照らされて、そこにいる人の顔もよく見えない。いざり入る。闇に浮かび上がるように、二人、いる。さらにいざり近寄って、ようやくそれが貞将と釈迦堂殿だとわかったとき、高国の心は、知った人を見た安心より、知ったはずの人の知らない顔を見る不安に覆われた。

「ものものしい設《しつら》えで、申し訳ございませぬな、高国殿」

口を切ったのは釈迦堂殿だった。日の下での明るく歯切れの良い話し方と、何も変わらない。それが却《かえ》って酷く不似合いに感ぜられる。

「どうしても内々のお話をいたしたくて、お誘いしたのでございます。明日にはお発ちになると伺っておりますれば、長くはお引止めいたしませぬ」

ぞくぞくと厭な痺れが、背中を這った。高国はどうしても湧いてくる生唾《なまつば》を呑み込んだ。ごくりという音を、隠せなかった。

「高国殿、玉章のことは、いかがお思いにございますか」

さっぱりとした口調のまま、釈迦堂殿がするりと言いはなったことは、しかし、高国が前もって予想したどんな内容とも違っていた。

「え、いかがとは……」

不意を突かれて高国は、混乱した。暗い中でも、耳や首まで赤くなっているのが、自分でもわかる。

「私どもは、玉章を高国殿に嫁がせたいと思うておりまする」

「な……」

あまりのことに何も言えないでいる高国に対し、貞将が言葉を重ねてきた。

「玉章は、愛想がなく学ばかりが飛びぬけておるゆえ、並みの嫁ぎ先では相手を怒らせるだけであろう。扱いづらい娘だが、あれで高国殿のことは随分と気に入った様子だ」

釈迦堂殿同様に、貞将の声色も、日の下《もと》で聞くのと何も変わらなかった。

「いかがであろう、二人、きっと似合いの夫婦になろう」

「されど、玉章殿は、京に……」

「まだ参って日も浅いし、堀川の女君《おんなぎみ》の御用は、他の者でも足せよう。代わりになる子も当家にはおる」

「玉章は私の乳母子が産んだ子ゆえ、貞顕殿も私が頼めば願いを聞いてくださります」

そう言い聞かされ、高国は、うっとりと頬を染めた。彼にとっては、字義通り望むべくもない縁談である。心のなかに淡く思い描きかけては、思うことすら許されない気がして掻き消してきた、ほのかな夢そのものだった、が。

はたと、引き戻されるように高国は冷静になった。

「なぜそのような話を、我にされるのでございますか」

もし二人の縁談ならば、白昼堂々、玉章の父である貞顕が高国の父である義観に申し入れるべき話だ。貞将と釈迦堂殿が、人目を忍んで高国に持ち掛ける意図がわからない。

「御懸念《けねん》のほど、ごもっともにございます。ひとつ、あらかじめお誓い願いたくて、直《じき》にお話をさしあげております」

簡単には目の前の餌に惑わされない高国の明敏さに満足するように、釈迦堂殿は目を細めた。

そしてそれから、容赦なく言った。

「玉章を娶《めと》る代わりに、お二人で松寿が足利の家督を継ぐのを後見すると、約していただきたいのでございます」

（ああ）

そういうことか、と、すうと醒《さ》めながら合点《がてん》した。無論、そうだ。裏の目論見《もくろみ》がなければ、高国のような庶弟ふぜいに、わざわざ縁談を持ち掛けてくる理由がない。

「当家にとっても、足利殿とのご縁は、ぜひとも持ち続けたい良縁よ。今年、我には女子が生まれた。長じればその子を、松寿に娶らせたいと思っておる」

関東きっての文庫《ふみぐら》を有し、それに支えられた知識により京で貴顕《きけん》に交わる六波羅探題の役目も立派にこなせることが、貞顕・貞将の金沢流北条家の強みである。だがどうやらそれに加えて、足利家を女婿《じょせい》とする名誉と実益までも、自流の特権として代々に引き継ごうとしているらしい。

貞将の考えは、いかにも理にかなっている。枝葉に分かれて繁る北条氏は、一門の中でも苛烈な席次争いがある。本流である得宗家《とくそう》が頂点に立つのは変わりようのないこととして、金沢流は、近年着実に家格を上げてきた。それには足利家の財力も、多少の助けになっているはずだ。

「義観殿も、今は高氏殿に心傾いておいでやもしれませぬが、高国殿を通じて我ら金沢の家が行く末までお味方につくと約せば、松寿が長じるまでお待ちになることに肯《がえん》ずるに違いございませぬ」

確かにそれは可能だろう、と高国は思った。

実際に、遠くない先例もある。高国の祖父家時が幼くして家督を継いだ時、先代頼氏《よりうじ》の庶兄、つまり家時からは伯父にあたる家氏《いえうじ》に後見された。その家氏は、彼自身、北条氏から妻を迎えて、足利宗家からは独立した分家を築いていた。

家氏は母親も北条氏で、足利の家督を自分が継いでもおかしくないほどの人だったから、高国と同じとはいえない。だがこの申し出を受けて北条の妻を娶れば、高国にも、それと似た道があるということだ。しかも、妻となるのは玉章である。

抗《あらが》いがたい甘い誘いではあったが、両手を上げて即座に飛びつくことは、さすがにできない。母の激怒する姿がありありと目に浮かぶし、

（兄上から、奪うことになる）

高氏が家督を継ぐ可能性を、高国が摘みとることになる。高氏はそれでも良いと、笑うかもし

れない。だが、加古の女とつましく作る彼の家は、玉章と高国が作る家より、ずっと小さくなるだろう。

高国は、答えどころかひとつの言葉すら発することができなかった。薄く照らされた闇が、そこに満ちる沈黙と同じほど重い。

「まあ、今すぐに決めずとも良かろう」

高国の思案を察したように、貞将と釈迦堂殿は、思いのほかすみやかに、その場を閉じた。

「返事は、京より帰ったのちに聞かせてくれればよい」

「都にて玉章にお会いにならば、お気持ちも固まりましょう」

屋敷を出た高国は、すっかり冷え切った指先が、ひくひくと震えているのに気がついた。帰って床についても、まんじりともしなければ、その震えも引かない。それは恐怖に似た感覚だった。

(畢竟《ひっきょう》、母上は正しかったのだ)

だが、おそろしいのは、いつのまにか北条の懐に抱きこまれそうになっていたことではない。誘いに乗ることなどありえない、と断じられずに揺れている己の本心こそが、高国は怖かった。

翌日高国は、その秘密を誰にも漏らせぬまま、憲顕とともに鎌倉を発つことになった。雪庭尼は、結局出立のときまで、高国に姿を見せなかった。

十九、梅香《うめのか》

―正和四（一三一五）年一月、京都―

世尊寺行尹《ゆきただ》の姫である尹子《ただこ》の死穢《しえ》に触れて、婚約者であった中院通顕《なかのいんみちあき》は、それから一か月、自宅に謹慎しなければならなかった。どのみち涙に溺れ、深い悲嘆の底にうち沈んでいるしかできない頃で、出仕したとて何の用も務めようもなかったにちがいない。

その物忌《ものいみ》のひと月が過ぎ、年も明け、四十九日の法要もまもなくというころ、通顕の元に、不思議な童《わらわ》が文を届けに来た。

新月の日で、日が落ちると残照もすぐに闇に掻き消え、辺りは目に沁みるような黒に沈んだ。その闇の中から、小さな灯火《ともしび》がその子をぼんやりと浮かび上がらせる。十をひとつふたつ過ぎた年のころだろうか、男なのか女なのかもわからない。髪は肩の上で切りそろえた童髪《わらわがみ》だが、肌には白粉《おしろい》、口元には鉄漿《かね》と紅。白い水干に赤い小袴《こばかま》を着て、素足に高い下駄を履いている。

何を問われても、ものを一つも言わない。ただ黙って微笑《みしょう》して、文を結んだ梅の枝を、差し出すばかり。仕方なく門番がそれを受け取ると、既にその子は再び闇に消えていた。通顕の家人《けにん》たちは閉口して、その文を主人に献上した。

通顕はその夜、もう何日もずっとそうしていたように、酒を数献《すうこん》呑み下して意識を濁らせ、そのまま脇息《きょうそく》にもたれて眠りに落ちてしまうところだった。

困り顔の家人が事情を話して置いていったその梅の枝の文には、一瞥《いちべつ》もくれなかった。妻にしようとしていた女が亡くなったというのをどこで聞きつけてきたのか、通顕に言い寄ってくる女たちは、近頃ますます増えている。弔問《ちょうもん》のふりをしながらそっと袖を引くようなその無神経な厚かましさを、通顕は心底軽蔑していた。

うとうとと微睡《まどろ》むうちに灯《ひ》も切れ、通顕がつぎに目を覚ましたときは、刻《とき》も知れぬ漆黒のなかだった。そこで通顕は、懐かしい愛しい人の気配を感じた。夢を見ているのかとさえ思わなかった。あの人が、そこにいる。

「尹子」

だが、声を出して名を呼んで、抱き寄せようとして腕を伸ばしても、手は空を切るばかりで、何ものも摑めない。それでも、通顕の意識は、奇妙なほどに醒《さ》めていた。あの人がいる、間違いない。梅の練《ね》り香《こう》の放つくっきりとした香りと、そこはかとなく混じる墨の匂い。

「誰かある」

「これに侍《さぶろ》う」

近侍の者に灯をともさせ、通顕は部屋を確かめた。

誰もいない。

いた気配もない。床には通顕が身を包んでいたかいまきと、空の瓶子《へいし》が転がるばかりだった。

「これは……」

ただ、香りの出どころはすぐにわかった。先刻残された、梅の枝である。

にじり寄って、手に取る。生花より濃い香りが、結びつけられた文から香る。忘れようもない、ほかならぬ通顕が、尹子のために手に入れた練り香の香りである。北野の天満宮《てんまんぐう》の梅を集めて作ったという貴重な香《こう》で、甘くありながら清々しい梅の香《か》が、比類なくよく立つ。「香りの貴《あて》にして優なるのみならず、菅公は学問の道、書の道の神とも申しますので、この上なく相応《ふさわ》しく存じて」と言い添えて贈ると、酷く喜んだ。

「梅の咲くころには、妻としてわが館に入られますね」

「待ち遠しゅうござります」

その待ち遠しさを身にまとうように、月のころも紅葉のころも霜の置くころも、尹子は梅の香をつけていたものだった。

一旦深々と香気を胸まで吸い込んでから、通顕は、文の結び目をほどいた。迷いはなく、手が震えたりすることもなかった。開く前から、確信があった。きっと、これを開けば、懐かしいあの人と会える。

見た瞬間、ぼたぼたと、涙が床に落ちた。墨が滲《にじ》んだりしないよう、文に涙が落ちるのを避けるぐらいには、通顕は冷静だった。しかし、どうしようもなく嗚咽《おえつ》が漏れた。

平素は幼いぐらいのあの人が、筆を手にしたときだけは厳しく、何ものをも寄せつけないような顔をして書いていた。それに気圧《けお》されもしたし、書と彼女の間には自らが入り込む隙が無いということに淋しさも感じなくはなかった。だが、筆を持ち紙に向かうその姿は崇高で、それにこそ通顕は魅せられていた。

「尹子、何故《なにゆえ》に……」

ぐう、とか、ふう、とか、泣き叫ぶのを堪《こら》えようとして抑えきれない興奮した息遣いの間から、通顕は腸《はらわた》のちぎれるような思いで問いかけたが、答える者はだれもない。

床に這《は》いつくばって文を開き、開いた文を見て悶《もだ》えるように哭《こく》する主を見て、近習《きんじゅう》は動揺したが、言葉は発しなかった。まだ悼《いた》んでおいでなのだろう、その悲しみがやがて洗い流されるまでは、周囲には何もできない。かいまきで痛々しい姿を丸ごとくるみ、やがて泣きつかれた心と体がすっかり温まって眠りに抗えなくなるまで、まるで赤子にそうするように、主人の背を静かにさすってやった。

やがて通顕が目を覚ますと、朝の光の中にも、その文は確かにあった。

墨の濃淡、筆の運び、亡くなったあの人の手蹟《しゅせき》そのものだ。だが、紙も墨跡《すみあと》も鮮やかに張りを帯び、何日も前に書かれたものとは到底思えない。どういうことだろう。

添え書きなどはなく、一首だけ、歌が書かれている。

鳥辺山　谷に煙の　燃え立たば　はかなく見えし　われと知らなむ

見れば見るほど、出し尽くして乾いたと思った涙が、また溢れてくる。

かつて二人で、この歌のことを話したことがあった。穏やかな秋の日で、すっかり打ちとけた気配のなか、小さなあの方は、通顕の膝の上に乗ってすっぽりと腕の中にくるまれながら、『更級日記』を読んでいた。艶やかな髪が、通顕の鼻を撫ぜる。

「これからどこにどんな文を書くことがあっても、どうかこの歌だけは決してお書きになりませんように」

尹子の読む本を覗き込みながら、軽く言ったようでいて、通顕の頼みはいたって真剣だった。世尊寺家の姫君が、結婚してすぐの幸せなときに命を落とし、後から見返すと不吉な歌を字の手本として残していたという話は、二人にとってあまり明るいものではない。

「決して書きません。このような暗い歌は、好みではございませぬもの」

尹子は涼しい顔で日記を読み進めた。

日記の筆者である菅原孝標女《すがわらのたかすえのむすめ》とその姉は、ある日屋敷に迷い込んできた猫を拾い、自分たちの猫として飼い始める。聞き分けの良い、大変可愛らしい様子の猫を二人は大切にするが、ある日、姉は奇妙な夢を見る。先だって亡くなった、侍従の大納言こと藤原行成《ふじわらのゆきなり》の姫君が夢枕に立ち、自分は猫になって生まれ変わった、と告げるのである。

それからというもの、姉妹は、一層その猫をかわいがった。大納言の姫君だと思うとさまざまに心当たりがある。たとえば粗末な餌には口もつけず、下々とも交わらないで、姉妹と離されるとひどく鳴く。姉妹の父親である孝標さえも、上司である侍従の大納言に、「亡き姫君の生まれ変わりだと思われる猫が当家にいる」と、お伝えすべきではないかとまで考え始める。

だが、一家と猫との蜜月は、急激かつ残酷に幕を閉じる。筆者の家が焼け落ち、その中で猫も焼け死んでしまったのだ。さらにまもなくして、筆者の姉は、子を産んで息を引き取る。明るいはずの少女時代に、幾筋もの陰が落ちる。

「私も、死んだら猫に生まれ変わりましょうか」

「猫となり、髭黒《ひげくろ》の大将のものになりますか。妬《や》けますすね」

「まあ、通顕様が飼ってくださるかと思いましたのに」

侍従の大納言の姫君と生まれ変わりの猫にまつわる一連の挿話は、世尊寺家の姫君を愛し初《そ》めた通顕にとって、不気味で不吉だった。それでも、若くて幸せな二人にとっては、他愛ない冗談にできるほど遠くのできごとで、深刻に考えることなどなかった。

その歌が。

決して書かないと約束したはずの、二人にとって不吉な歌が、目の前にあった。あの方は自分との約束を破ってこの歌を書いて、それで大納言の姫君同様に命を落としたのか。通顕はそれを見るにつれ、悔しいような憤《いきどお》ろしいような気持ちになる。だが、なぜ。

再び、文を手にする。やはり、墨跡は新しく、香りも濃い。もしこれが、きのう認《したた》められた文だとするなら。生前の尹子は、自分との約束を破ったわけではないのだとしたら。

そう思ってみると、目の前の歌は、一気に意味を違えてきた。

「鳥辺山の谷に煙が燃え立つのを見たら、亡くなったかに見えた私がそこにいるのだと、気づいてください――」

通顕は立ち上がった。

（姫は生きている）

いや、やはり、生きてはいまい。他ならぬ自分が、鳥辺山で骸《むくろ》を焼き、送るのに立ち会ったのだから。

（だが、確かに、いる）

死んで焼かれたはずの者が、まだそこにいて文を寄こすというなら、つまりは怪異なのかもしれない。それでも構わない。懐かしいあの方に、もう一度会えるのだとしたら、たとえ魔であれ鬼であれ――。

車を手配し、鳥辺野の煙を目指し、走らせた。

「ここでよい、これより先は歩くゆえ、ここで待て」

鳥辺山の焼き場の周辺は、当然のごとく死臭が濃く漂う。通顕はそこには近づきすぎぬようにして、煙を見ながら左京の悲田院《ひでんいん》の辺りを歩き始めた。京中の貧病に窮した者たちを集める施設で、その周囲にも、寄る辺なく心細く暮らす者たちが多く集まり、居を構えている。その中で、場違いなほどに洗練された姿の貴族が歩き惑っているのを見て、誰もが怪訝《けげん》そうな視線を遣《や》ったが、通顕は周囲の視線を気にとめるほどには己に意識を向けてはいられなかった。

通顕の頼りになるのは、文が結ばれていた梅の枝ぐらいである。少し黄味がかった、練り色に近い色合いの花弁は、拵《こしら》えものかと思うほど厚い。蕾《つぼみ》は薄紅色で、開いた花の花芯のあたりにも、ほのかに赤い色が注《さ》す。花と比べると枝はひどく華奢で、垂《しだ》るような姿をしているのかもしれない。そのような早咲きの梅がないかと目を凝らす。

丘の裾に広がる、梅林が目に入った。煙であるのか霞であるのか、靄《もや》がかかっている。と、金色の目をした、しなやかな雄の黒猫が横を過ぎた。

「髭黒の大将」

見覚えのあるその姿に、通顕が思わず名を呼び後を追おうとすると、猫は、禿髪《かぶろがみ》の子どもの手に掬《すく》い取られた。童は通顕に一瞥をくれながらも何も言わず猫を抱えたまま歩み、通顕も何も訊かずにその童の後をついていった。

童は小さな庵に入っていく。あばら家、と言ったほうが正確かもしれない。日当たりの悪いところに立った陰鬱な襤褸家《ぼろや》で、あちこち隙間だらけで荒んだ風が吹き込むようでいて、光だけはほとんど射さない。

「帰りあるか」

破れもあるまま、間に合わせのように立たせた几帳《きちょう》の向こう側から、主人らしき女が無造作に、童に向かって声をかけた。その声を通顕は知っている。声だけではない。髪も、衣も、香も、何もかも。

（これは）

乱暴に、几帳をどけた。半分暗がりのなかで、驚いたような顔が通顕に向けられた。そのあどけなさの残る美しい顔も、知っている。背筋が毛羽立つようであった。

（怪異だ）

魅入られては、溺れてはならない。そう制止する自らの心の声を無視して、通顕は、女を掻き抱いた。

「尹子。ああ、尹子」

衣の下の、柔らかい躰《からだ》。血の通った、在りし日そのままの感触だった。

「文をお送りしたばかりなのに、かように早くお越しになるとは」

力の限り抱きしめられながら、女はどこかに心を置いてきたような、呆然とした様子で呟いた。

「情けないことをおっしゃりますな、我がどれほどあなたに焦がれていたか、ご存じでございりましょうに」

　涙を流しながらも、どこかで醒めた理性とともに、通顕は女に訴えた。

「何故我を残して行ってしまわれたかと、お恨みしておりました」

「妄執と申すものは、まこと恐ろしゅうござりますね。お会いしたくて、戻って来ずにはいられなくて」

　死んだ者の魂は、次の生に転ずるまでのあいだ、中有《ちゅうう》をさまよう。まだその四十九日が終わりきらない頃のことだった。

二十、花洛《からく》

―元亨《げんこう》二（一三二二）年閏《うるう》五月、京都―

二十日ばかりの旅路を終えて、都に着いた高国は、憲顕の父憲房《のりふさ》の歓待を受けていた。憲房は兄の重顕に比べると年も若いせいか、気取ったところがなく、どちらかといえば武骨で、篤実《とくじつ》にして正直な風である。やはり憲顕の父だ。あと十余年もすれば、憲顕もこんな懐かしくも頼もしい気な大人になるのだろう。

気を回して宴席をしつらえて、高国が頼むまでもなく、覚一を呼んでくれたのはありがたかった。だが、同じ座に浮かれ女《め》たちも呼ばれていて、高国の望まない艶笑《えんしょう》が座に満ちているのには閉口した。

女たちができるだけ憲顕のほうに向くようさりげなく牽制《けんせい》しつつ、高国は覚一に向き合った。若い盲目の法師は、その日は琵琶さえ持たずに呼ばれたようで、やや心もとない様にも見える。高国の記憶の中にあるのは「鵺《ぬえ》」を語る鬼気迫る姿の彼であるから、大勢がかしましく騒ぎ立てる座にちんまりと座る小男を目の前にして、少し気の抜ける思いがした。

「妹は、達者にしておりますか」

「達者も達者よ、家中の誰より達者だわ」

覚一の問いかけに軽快に返事をしたのは、既に酒が回って機嫌をよくしている憲顕である。旅の道中は高国の身に危険がないよう細心の注意を払い、着いてからも京にはじめて来た高国が気後れしたり戸惑ったりすることのないよう、率先して案内を務めてくれている。久しぶりに気を張らずに飲んだ酒は、すぐに心身に染み込んだらしい。

「若どののことを、高国、と呼びすてて威張り散らしておるぞ。のう、若どの」

「余計なことを言うな」

「それは大変な非礼を……」

深々と頭を下げる覚一に、矢神にはない媚《こ》びを感じた。それは、人々の座敷に呼ばれ、人気商売で身を立てる者の、如才《じょさい》ない処世の業《わざ》だった。いやらしいとまでは思わぬものの、十分に抜け目ない。彼の芸の達した高みから考えれば、驚くほどの人間臭さだともいえる。

「幼い者の振る舞いゆえ、気にかけることはない」

「かたじけのうござりまする」

「できるなら、連れてきて会わせてやりたかった。すまぬ」

そう思うのは、高国の、偽りなく正直な気持ちである。しかし、叶えることができなかった。

あの日、普段は彼女を優しく養育している雪庭尼の激情に触れて、矢神は自身の置かれた身の上の、普通でない事情に感づいたことだろう。まったく、可哀そうなことをしてしまった。だがそんな話を、妹と離れてくらす覚一に聞かせ、心配させるわけにはいかない。

目の前の覚一に意識を戻して、訊ねたかったことを問うていく。

「五年前、我はそなたに会《お》うたことがあったが、覚えているか」

「無論、忘れたことはござりませぬ。足利の賢きご兄弟の、弟君であらせられますな。かくもめでたき武士のお姿になられ、誠に悦ばしゅうござります」

姿など見えないのにお上手を言う、とは思っても、褒められればやはり嬉しい。高国が頬を赤らめたのには、覚一はもちろん気づかない。

「あの折そなたが聞かせた頼政《よりまさ》は、まこと見事であった」

「かたじけのうござりまする」

「何故《なにゆえ》、あの日あそこに参ったか、教えてくれるか」

曰く。矢神が三つになったときに、二人の母である忍子《しのこ》が病に臥した。今際《いまわ》のきわに、母は自分が足利の姫であったことをはじめて明かした、という。

「某《それがし》は、情けない身ではありながら、幼い頃より仕込まれた芸で、そのとき既に、自らを助く程度のことはでき申した。されど、盲《めし》いた身で幼い妹を育てられようとは思われませぬ。それで母は、妹なる者を足利の御屋敷にお預けするよう某に申し伝えた上で、こと切れたのでござります」

「矢神と申すは、お母上によるお名づけか」

そう問われると、

「母の名づけに違いはございませぬが……」

覚一はやや気まずそうに口ごもった。

「この娘は八幡神に申し受けた子で、名を矢神と申すとお伝えせよと、母に入れ知恵をされたのでございます。さすればきっと雪庭尼様のお気に召し、引き取って大切にしてくださるに違いない、と……」

忍子という叔母と、高国はもう会うことはないが。若くして出奔し、実家と何の縁もないところで子を成し世を去ったその女性の横顔を、垣間見た気がした。やはり一筋縄ではいかない、強《したた》かな人らしい。

「では、そなたらが八幡神の申し子だという話は……」

「申すも恐れ多いことに存じまする」

気が抜けるようであった。清子の性情をよく知る忍子の手のひらに、母はきれいに掬《すく》い取られてしまったのだ。

「雪庭尼様がわが母を大切に養うてくださったことは、よう聞き及んでおります。亡き御主君と神の依代《よりしろ》たる巫女《みこ》なる女が交わって成した子と、それこそ神の如くに崇《あが》めて育てられたと」

「そうか……」

「母は、雪庭尼様の望むようには生きて差し上げられなかったことを、淋しゅう思うておったようでござります」

それでも、窮屈な暮らしに耐えかねたのは間違いない。その後どれだけ苦労したかはわからないが、彼女自身は、決して足利の家に、あるいは清子のもとに戻ることはなかったのだから。

「そなたと矢神は、同じ腹か」

「わが父は、田楽《でんがく》の舞手《まいて》にござりましたが、病を得て出家いたしました。矢神は、母がお世話になっておりました、さる方の胤《たね》にござりまする」

「そうか」

さる方というぼんやりとごまかしたような物言いが気になったが、詮索されたくないのだろう。誰かそれなりの位の人であるのかもしれない。必要なときいつでも確かめられるだろうと思って、矢神の父の素性《すじょう》は、知らぬままにしておいた。

「某どものつまらぬ話より、憲房どのより聞いておりますぞ。都で、猫をお探しとか。某にも何か、お手伝いできることがござりましょうか」

そこまで聞き終わると、軽妙な口調で、覚一は話をうつした。出自の話は、もうしたくないのに違いない。

「それよ、世尊寺殿のご縁にあたる方を頼りたいと思うておるのだが、誰か、見知った方はいるか」

「はて」

世尊寺殿、尊円法親王《ほっしんのう》、中院通顕《なかのいんみちあき》と名を挙げていったところで、覚一が明るく声を上げた。

「中院の北の方様には、よくしていただいておりまする」


それから一刻ほどして、まだ宴の嬌声が止まないうちに、高国は離れでひとり、寝床についていた。そうはいっても、少量の酒はいつも、彼の目をかえって冴えさせる。すぐに眠ることはできないだろうと思って、深く息をついた。

京の夏は、暑い。

鎌倉から来て以来ずっと、閉口している。海に開けた爽やかさのある鎌倉と違って、山に囲まれた窪地《くぼち》となっている京都は、空気が籠るのか、じっとりと湿って息苦しい。額にじわりと玉の汗を浮かばせながら、高国はひとまず眠ることを諦めて、布団を離れて縁側の柱に凭《もた》れて座った。風がふわりとも吹いてくれない夜だった。

先ほど覚一と交わした会話を、頭の中で反芻《はんすう》する。

「中院の奥方様は、芸事にお志の深い方で、お目をかけていただいております」

貞将《さだゆき》が語ってくれた通顕と行尹《ゆきただ》の姫との悲恋の物語を、いつしか王朝の恋物語に胸をときめかす乙女のような気持ちで聞いていた高国は、その通顕に今は妻がいるというごく当たり前の事実に、小さく落胆した。死んだ姫のために独身を貫くなど、ありえないことだ。それはわかる、とはいえ。

「奥方は、明一《めいいち》殿という、もとは当代一を謳《うた》われた白拍子《しらびょうし》でございます。ともに芸道を行くのみならず、某とは名も似ているゆえ他人とも思えぬと仰せくださりまして」

「そうか、その方はいつ、通顕卿《きょう》の北の方になられた」

「さて……。されど、お二人の間の御子息が、今年で八歳となりますゆえ、それより以前のことかと存じます」

下弦の月が、滲《にじ》んだように見えている。明日は雨が降るのかもしれない。

尹子が命を落としたのは、正和《しょうわ》三年、今から八年前の霜月《しもつき》のことである。通顕の子息が今年数えで八歳になるというなら、生まれたのは七年前、正和四年ということになる。

（貞将殿の話では、通顕殿はたやすく心を惹かれる性質ではないとのことであったが……）

人の心など、花が散り葉が朽ちるよりはやく変わるものだとは知りながら、通顕に心を預けたまま若くして亡くなった行尹の娘のことを考えると、胸が少し重く疼《うず》いた。

「若どの、こちらでござったか」

と、暗い中でも目のよくきく憲顕が高国の姿を見つけて近づき、横に座った。ほのかに、宴席の女の濃い香が匂ってきた。

「我に構わず、そなたは誰ぞ、気に入った者と同衾《どうきん》すればよい」

高国は、別段拗ねたわけでも気を悪くしたのでもなく、ごく素直な気持ちでそう言った。酒席で深酒をし、酔いにまかせて知らない女を抱くのは、彼のしたいことではない。だがだからといって、自らの身近な者にもそれをしてほしくないとまで思うほどには、潔癖ではない。

「若どのより美しい女はおらなんだゆえ、ここで若どののお姿を肴に、一献傾けよう」

高国の言葉に対し、憲顕はそう返事すると、宴席からくすねてきたらしい銚子を振り、直に口をつけて酒を飲んだ。

「強《したた》か酔うたな、つまらぬ戯言《ざれごと》を申して」

高国は顔色も変えずに無視したが、憲顕にとってみれば、冗談とも言い切れない。

のびのびとした体格で膂力《りょりょく》に優れ、気性も明朗なのに加えて甘く優しい顔立ちをしている憲顕は、京の女たちにも人気がある。色事は嫌いではないから、日ごろは誘い水に幾らでも流されるが、高国が横にいると、あまりそういう気が起きない。忠節が先に立つとか、生真面目な高国の手前遠慮するとかいう気持ちも、あるにはある。が、そんな肩肘はった言い訳は抜きにして、ただ自分のいちばん好きな者の近くで時を過ごしていたいという思いが、強くなるのだ。それに高国の姿がそこらの女より彼の目を喜ばせるのも、ほんとうのことだ。

「明日は何方《いずかた》を当たりますかのう。覚一に、中院の御屋敷への案内《あない》を頼みますか」

「うむ、そのことだが……」

普段は中院の奥方に、いつでも館に顔を出せと言われている覚一だが、今は生憎《あいにく》はばかりがある。ちょうど年始に通顕の母が亡くなったばかりで、三月の服喪期間こそ明けたものの、今度は父が重篤な病に臥しているのだという。

「奥方に話を通してくれると申してはおったが、左様な障《さわ》りのある屋敷に、琵琶法師が呑気に出入りするわけにも行かぬ。中院家は、あとだ」

「では、いずれに」

「重顕殿《おじうえ》が文を遣った法親王の乳母が、話を整えてくれた。近いうちに、青蓮院《しょうれんいん》に参り、法親王のお目にかかる」

「それはまた……」

憲顕が言い切るまえに、高国は苦々しい表情で深く頷いた。帝の皇子などという高貴な方と、生まれてこのかた高国は、言葉どころか視線も交わしたことがない。父に伴って女院の屋敷に出入りする憲顕と比べてさえも、はるかに場数が足りない。

「致し方あるまい」

高国が覚悟するように言うと、

「口上を、百遍《ひゃっぺん》ぐらい習うてから参りましょう」

憲顕は、くく、と嬉しそうに笑った。

二十一、墨染《すみぞめ》

尊円法親王《ほっしんのう》は、粟田口《あわたぐち》にある寺院、青蓮院《しょうれんいん》にいた。

青蓮院は門跡《もんぜき》と呼ばれる、出家入道した皇族が居住する寺院のひとつである。都に幾つかある門跡のなかでも青蓮院は、伝教大師最澄《でんぎょうだいしさいちょう》の開山によって建立《こんりゅう》され、天台寺院として図抜けた歴史と格式を誇る。尊円はそもそも、入道して青蓮院に入り、その門主となるはずであったところが。

もともと鎌倉時代を通して、青蓮院の門主の地位は、後継をめぐって僧たちが二統に分かれて紛糾《ふんきゅう》していた。そこにさらに、分裂した天皇家の勢力争いが絡んでくる。

この天皇家の勢力争いについては高国も、すでに鎌倉にいるときに、注意するよう重顕から厳しく言い含められている。

「都では、無闇にひとつの流れに近づきすぎませぬように」

そう、重顕は言っていた。

都の政情にはあまり詳しいと言えない高国だが、さすがに、天皇家が相続をめぐって長年二統に分かれていることは知っている。兄弟であった二人の天皇の子孫が、持明院統《じみょういんとう》と大覚寺統《だいかくじとう》という二つの流れに分かれて、いまだかわるがわるの即位を繰り返している。

その二統の対立が、尊円法親王の門主争いにも影響しているらしい。持明院統にあたる伏見院《ふしみのいん》の皇子である尊円が門主に就こうとするのに対抗して、寺内の対立派閥は大覚寺統の慈道《じどう》法親王を門主に擁《よう》した。結局、出家して数年で、尊円は慈道に門主の座を奪われてしまう。

争いは決着したわけではなく、尊円側は持明院統に肩入れしている幕府にも働きかけつつ、尊円の門主復帰を訴え続けている。つまりは寺の後継争いの渦中にいる法親王ということで、その人に会うことは、ますますの緊張を孕んでいた、が。

思いのほか気さくに、尊円は打ち解けた様子で東国からの客人を迎えてくれた。住まいの塔頭《たっちゅう》の本堂の前庭に通され、縁まで出て姿を顕《あら》わした法親王に目通りする。

「苦しゅうないゆえ、面《おもて》をお上げ」

そう優しく声をかけられても、地べたに平服しないではいられない。

「某《それがし》は、足利讃岐守《さぬきのかみ》義観入道が息――」

「よいよい、およし」

畏《かしこ》まりきって挨拶しようとする高国を制し、尊円は庭に降り立ち、高国を起こした。見上げる高国の視界は、墨染の真っ黒い衣とその向こうの青い空で一杯になった。

あまりに大仰《おおぎょう》な礼で、武骨で無作法で見苦しい関東者と思われたのかもしれない。だが、手ずから起こされ衣の砂を落としてさえもらいながら漸《ようや》く見たその法親王のお姿は、どれだけの礼も十分でないと感ぜられるほどに神々しかった。

「おや、随分と若い」

と、高国の顔を見てそう言う尊円もまだ若く、高国と十も違わない年の頃であろう。叡智で名高い伏見院の皇子であり書の天才であるという名声を聞くだけでも正視できないほど恐れ多いと思うのに、さらに有難い僧形で、まるで光背を背負っているかのように光り輝いてみえる。門主の座をめぐり苦しい立場にあることはあらかじめ聞いていたが、仏門の修行の厳しさゆえか、思いのほか逞《たくま》しい体つきをしている。それに加え、いかにも意志堅固にして曇りなく聡明な顔立ちを見れば、この人の将来に何の翳《かげ》りもないことが確信できるようであった。

「して、名は何と申す」

「足利二郎高国と申しまする」

「高国、よう参ってくれたな。行尹《ゆきただ》がことは、かねて心に懸かっておったのじゃ」

法衣《ほうえ》から、やさしい墨の香りが漂った。この方なら世尊寺殿のことをよくご存知かもしれないと、高国は期待した。

「鎌倉にて、行尹は息災にしておるか」

法親王は話しながら、堂から降りる階《きざはし》の半ばほどの段にひょいと腰かけるので、高国は階の脇に片膝をついた姿勢で控える。

「お体はご健勝と見えますが、お心はふさいでいるご様子にござります」

「そうか」

雨は夜のうちに降って止み、汗ばむほどの好天の夏の日であった。日の光が、前庭の白砂から赤く咲き誇る躑躅《つつじ》まで、ありとあらゆるものを色鮮やかに際立たせ、逃げ場がないようだ。高国は、場違いな自分がいたたまれなくなって、どこから話を聞くべきかもわからず、また話すようお願いするのも失礼な気がして、法親王の出方を窺《うかが》った。法親王はそんな高国の気後れを察してか、滑らかに問わず語りを始めた。

「今のそなたより、我がもすこし若かったころ、父院の熱心な勧めもあって、入木《じゅぼく》の道を志すことを決めたのだ」

はじめは、行尹の父経尹《つねただ》を頼った。だが、経尹はこの稀有《けう》の才の人を指導するには自身は老いすぎているとして、子息の行尹をその役に就かせた。

「行尹は今の我と同じほどの歳であったろう。我が何くれと問うにつけ、答えが無いということがない、頼もしき師であった」

行尹による尊円の指導は、文を交わしてなされることが多かったが、折に触れお互いを行き来することもあった。尊円は、行尹の住まいを訪れるのが好きで、楽しみにしていた。

「粗末でうら寂しい住まいではあるがな、折々の色を愉《たの》しむことは忘れず、まことまめやかな暮らしをしておった。我より二つ年若い娘がいたが、その娘もまた、よき字の書き手でのう。中院《なかのいん》の目が止まったと聞いて、行尹とともに喜んでおったものよ」

そこまで話を聴いて、既に十分緊張していた高国の肩に、さらに力が入った。いよいよ、核心に近づいている。

「それだけに、あれから一体何があったのかと、情けなくてな」

しかし、近いと思った核心は、姿を見せずにするりとくぐりぬけてしまった。

それは、尊円法親王が今もまだ渦中にある、青蓮院の門主争いこそが原因だった。

行尹のもとで書を学びはじめて二年経った頃。若い法親王は、門主の立場を追われた。それで彼は一旦、書の道を置いて、僧としてのつとめ、寺内の政治に身のすべてを投じなければならなくなったのだ。

それから父院を亡くし、さらに、帝位が持明院統から大覚寺統に移った。そこに至って、尊円は門主の地位を取り戻すことを、諦めた。少なくとも、やがて帝位が持明院の流に戻るまで、当面は諦めるしかなかった。

寺内の内紛から距離を置き、漸く心を鎮《しず》めて、再び書と向き合う気持ちが湧いてきた。尊円が再び行尹の家を訪れたのは、そのときである。

「文保《ぶんぽう》の除目《じもく》のしばらく後よ。遅ればせながら、行尹の昇進を祝ってやろうと思って訪ねたのじゃ」

文保二（一三一八）年。

尊円が書の鍛錬を中止してから、既に四年が経っていた。四月に新帝が即位し、それに伴って、除目、すなわち官職の任命式があった。そこで、行尹は出世を遂げていた。

しかし、尊円が足を運ぶと、可憐であった侘《わ》び住まいは、ほぼ廃屋のごとくに凄まじく荒れていた。通顕に嫁いで行ったあとなのか、娘とその侍女は、そこに住んでいる気配がない。残された乳母子の恒男もその母も、すっかり陰鬱な面持ちとなっていたが、主人はもっと酷い。面会した行尹は、病なのか何なのか、土のような顔色をして、法親王の訪れをないがしろにはできないとの一念のみで、やっとのことで体を起こしているのではないかという様である。

「我は門主の座を奪われ、惨めな身の上と自らを笑うておったが、そなたには何をしても叶わぬ。さすがわが師よ」

尊円は苦笑した。書の師のあまりの落ちぶれようを目の当たりにして、相手を憐れまずに慰める術は、皮肉しか思いつかなかったのだ。

「わが身の落魄《らくはく》をもって法親王様のお心を慰めることができましたならば、何よりにござります」

と、その尊円の皮肉には応じるものの。

「何があった」

問われても、

「つまらぬ話で、お耳を汚すわけには参りませぬ」

行尹は何も言わずに首を振るだけであった。

「まあ、よい。我もこの四年、心を落ち着けて墨を摺《す》ることすらままならなかったが、漸く入木の道に身を入れんとする心境が戻って参った。まだまだそなたに学ぶことが多くあるゆえ、これからも頼むぞ」

励ます気持ちも込めながら尊円が言うと、行尹は、ありありと顔を曇らせた。

「身に余るお言葉なれど、長旅に耐えるほどまでに体が戻りましたら、都を離れ、東へ下ろうと思うておりまする。後のことは、どうか本邸に住み居ります、わが兄行房《ゆきふさ》にお任せくださりませ」

そう言ってからは尊円がどうとりなそうとしても聞き入れず、やがて行尹は、都を去ってしまった。


行尹とのやりとりについて一通り話して、尊円は溜息をついた。

「誰ぞの恨みでも買《こ》うたのかのう」

高国は考えを巡らせた。貞将《さだゆき》の言ったことが正しいなら、何者かに命を狙われて、恐らくそのときには既に、行尹は筆を揮《ふる》えない体になっていたのだろう。そのまま書けないことを隠して都に残れば、尊円の指導をしない言い訳が立たない。尊円に指導の継続を頼まれたことこそが、行尹に東下を決めさせた最大の契機であったのかもしれない。

とにかくそのときが、尊円法親王が行尹に会った最後だったという。法親王は、関東に没落するまでの四年の間に行尹の身に起きたことは、何一つ知らなかったのだ。

「恐れながら、姫君の身の上については……」

話そこまで至って、高国はおそるおそる尋ねた。下手をしたら、娘の死についてすら知らないのではないかと思ったからだった。

「ああ、それは、行房より聞いた」

「左様でござりましたか」

高国は、自分もまた聞きでしか知らないその哀しい話を自ら伝えずに済んだことに、安堵の溜息をついた。

「最後に行尹を訪ねたとき、若い娘たちがいないことには気づいていたが、嫁いだのかと思っていたのだ。まだ十五だったというではないか。哀れなことよ」

「いかにも……」

返事をしながら、法親王が娘「たち」と言ったことに、高国は耳をそばだてた。そういえばそうだ、貞将から聞いた話でも、確かそうだった。平素、行尹の屋敷に住んでいたのは、行尹と姫君、恒男と乳母と、それから——。

「恐れながら、お尋ね申し上げます。世尊寺殿の姫君は、猫を飼っておわしたとのことでござりますが……」

「おう、そうよ、そなたは行尹の猫を探しておるのであったな」

高国が猫のことを口にすると、法親王はすぐに応じてくれた。

「確かにあの家には猫が一匹いた。髭黒《ひげくろ》の大将と呼ばれる、小さくしなやかな、品の良い黒猫であった。墨の香のあたらしい紙の上で昼寝をするのが好きでな、特に娘と、娘の叔母なる者に可愛がられておった」

その叔母なる者というのが、行尹の屋敷に住んでいたもう一人だろうか。

「その猫の行方は……」

「そう申せば、行尹のもとを訪ねた折には、姿を見なんだのう。まあ、隠れておっただけかも知れぬがな」

確かに、行尹の館に通う機会が多かったころならともかく、四年ぶりの訪問であれば、猫が珍しい訪問者に姿を隠しても不思議はない。だが、その後すぐ下向した行尹が猫を連れていなかったことを思えば、その頃すでに、猫は館にいなかったのだと考えたほうが自然かもしれない。

「その、猫を可愛がっていた叔母君とは……」

「うむ。名は何と申したのであったか、聞いた気もするが忘れてしもうた。されど、娘の叔母なる者がともに住まわり、娘の身の回りの世話をしておったのだ」

「叔母ということは、行尹殿の妹御にござりましょうか」

「いや、娘の母なる者の妹であったはずじゃ。叔母とはいえ、年は娘とさほどは変わらず、我よりひとつふたつ長じておるぐらいであろうか。姉妹のように仲が良く、姫をたいそう大事にしておったが、そういえば、あの者はいかがしておるのであろう。猫のことも、あの者ならば存じておるやも知れぬゆえ、行房に訊いてみるとよい」

そう言うと法親王は、堂に上がって文をさらさらと認《したた》めて、墨が乾くか乾かないかのうちに高国に渡した。高国は、法親王の有難き御手蹟《ごしゅせき》を目にするにつけ、いっそその文を奉じて鎌倉に下りたい気持ちにもなったが、人に宛てられた文を奪うわけにもいかない。今度はそれを持って、行尹の兄、世尊寺行房に会いに行かねばならなかった。

二十二、連枝《れんし》

かつての行尹《ゆきただ》の館がどのような萎《しな》びた住まいであったのかは、高国には知る由もない。しかし一条にある世尊寺家の主屋敷は、なるほど中流貴族の住まいとしては立派なものだった。貴族の中で書に関わらずに生きる者はいないのだから、書の権威という肩書きは、名誉以上に大きな実利を生むのだろう。それにしても、家督を継いだ行房《ゆきふさ》と自らが求めた幸福を選んだはずだった行尹と、兄弟でこんなにも暮らしぶりに差が出るものかと、見せつけられて高国は、うすら寒い心地がする。

「はるばる鎌倉より、よう参ったな」

さすが法親王《ほっしんのう》からの紹介状の効果は覿面《てきめん》で、当主の行房にはすぐに目通りが叶った上に、冷たくあしらわれることもなかった。もちろん、行房からしてみれば、遠くに落ちていった弟の様子を伝える、貴重な使者でもある。

「行尹は、息災であろうか。若いころから偏狭と申すか奔放と申すか、心の読めぬところのある奴ではあったが、兄に何の報せもなく、急に東下してしもうて」

どうやら、行房は尊円とちがって下向する直前の行尹の姿を見ていないらしく、その分、心配の度合いが軽かった。弟の消息を気にかけてはいるものの、背後に何か深い事情があることを懸念しているような気配はない。

「はい、ただいまは武蔵国金沢《むさしのくにかねさわ》にて、穏やかにお暮らしでございます」

「それは何よりじゃ」

よしんば深刻そうに尋ねられても、尊円に答えたときと同様で、高国も大したことが言えない。それを思えば、かえって家族が気に病んでいないことは、高国の気持ちを少し楽にしてくれた。

それにしても、立て烏帽子《えぼし》に水干姿で現れた行房を見て、高国は意外に思わずにいられなかった。

行尹と行房とは、あまり似ていない。東で落ちぶれた姿の行尹しか見たことがないのを差し引いてもなお、小柄でなよやかな行尹と比べると、行房は背も高く骨ばった立派な体つきをしていた。面長な顔、高い頬骨、少し大きめの鋭い目と、綺麗に整えられた八の字の髭も、いかにも有能な貴族の文官の趣きである。ひとつひとつ、行尹とは違ってみえた。

だが、高国が意外に思ったのは、兄弟が似ていないことではなかった。似ていない兄弟など幾らでもいる。ほかでもない高国と高氏がそうだ。行尹と行房の母が同じなのかどうかは聞いていなかったが、高国と高氏は、同腹の兄弟でありながら、ちっとも似ていない。そんなことは、珍しくもない。

高国が意外に思ったのは、兄である行房のほうが、行尹よりずっと若く見えたことだった。四十代の半ばほどに見える行尹と比べ、行房は三十代の半ばほどにしか見えない。とはいえ確か、行尹の歳は実際のところ、三十七、八であるはずではあった。苦労が行尹を、兄より老いてみせているのだろうか、それとも、潤った生活が、行房を実年齢より若く見せているのだろうか。おそらく、どちらもそうなのだろう。

「それにしても、鎌倉からはるばると、猫を探しに京まで参ったとは、のう」

呆れたように驚いたように、行房は言った。彼からも墨の香りが漂う。それと同時に、尊円や行房とちがい、行尹の小さな庵からは、墨の香りを感じたことがなかったことに高国は今さら気づき、やはりと思うとともに、あの孤独な貴人の辛さが改めて沁みた。

「わが弟の酔狂に巻き込まれ、大儀なことであったな」

「いえ、猫で行尹殿のお心を慰めることが叶いますならば、容易《たやす》いことにござりまする」

行房も、髭黒《ひげくろ》の大将のことは、よく覚えていた。

「行尹殿がお探しの猫は、やはりその髭黒の大将でござりましょうか」

「そのほかに、猫と聞いて思い当たるものはないのう」

だが、その黒猫の行方については、行房も、法親王同様に詳しいことは知らなかった。

「名のわりには、すらりと貴《あて》なる気配の猫であったが、そう申せばいつからであろう。行尹の屋敷で、姿を見ぬようになったな」

「文保《ぶんぽう》のころ……行尹殿が四年前に鎌倉へ下るころにござりますか」

「いやいや、それより前であろう。そうだな……、姫が亡くなって間もなくではなかろうか」

「左様な昔にござりますか」

姫が亡くなったのは、今から八年も前のことだ。そのころからずっと行方不明の猫が、果たして見つかるのだろうか。まずもって、老衰で死んでいてもおかしくない。

「姫君の御身の周りのお世話をしていた叔母なる方がいらしたとのことですが、その方は今、いずこにおいでか、ご存知ござりましょうか」

「ああ……、確かにおった、な」

大きな目を細めて、遠くを見るようにしながら、行房は記憶をたどった。その叔母は行尹の妻の妹であるというから、行房とは血縁がない。あまりよく知らなくても、無理はないかもしれない。高国はそう思ったが、実際は、そうでもないらしかった。

「行尹の妻なる者の妹であった。そうだ、よう覚えておる」


行尹が齢《よわい》十五にして、白拍子ふぜいと粗末な居を構えたときは、兄の行房も本当に驚いた。まだ行房でさえ書の修行に忙しく、女を持たない頃のことだったのだ。父は当初は激しく怒って勘当さえ言い渡したが、息子の中で最も若い行尹がやはり可愛かったのか、それとも行尹の妻が玉のような姫を産んだのが愛おしかったのか、結局父は、行尹を許した。

行尹は世尊寺家の別邸に住まうことを許され、それからは再び、二人で肩を並べて父に学ぶ日々が戻ってきた。父経尹《つねただ》は行尹の暮らしのことも常時気にかけており、折に触れ差し入れを届けるのは行房の役目だった。

「静かな住まいで、妻なる者が命を落としてからというもの、日ごろはたった四人で暮らしおった。だが、娘の裳着《もぎ》が済んだ頃であったかのう。行尹の亡き妻の母親が、館を訪れたのだ」

嫗《おうな》は一人、十八になるという臈《ろう》たけた娘を連れていた。かつては自分も白拍子だったというその嫗は、行尹の妻も含め、自分の娘はみな白拍子に育て上げ、自らの芸をすべて叩き込んだという。行尹邸に連れてきた娘は嫗の末娘で、やはり白拍子だった。ほかの誰より抜きんでた容色と芸で人気を博し、当代一の舞手との評判さえあるが、芸を鬻《ひさ》ぐことを嫌い、いつまでも自らの生業《なりわい》に慣れず、泣いて暮らしてばかりいるという。

「情けないとは思いますものの、年老いてから儲けた娘なれば、可愛くて仕方のないものにござりまする。この者が、お公家様の御内儀となった姉の話を何処から聞きつけたものか、自分もそのお屋敷でお世話になりたいと申すのでござりまする」

嫗と行尹がその前に会ったのは、里で早産の末亡くなった行尹の妻を、荼毘《だび》に付した際のことであった。これから稼ぎ頭になろうと期待されていた娘が、貧しい公家に奪われた上、苦労ばかりさせられた果てに死んでしまったと、悲しみに惑う母親は、辺りを憚《はばか》らず口汚い言葉で行尹を叱責した。貴族とはいえ金も位もなかった当時の行尹は、結婚のときから葬式のときまで、この姑には随分辛辣な皮肉を浴びせかけられたものだった。そのときと比べれば随分と皺が増え、腰も曲がってすっかり小さくなった媼が、いかにも哀れっぽく、かすれた声ですがってくる。

「聞けばこちらには北の方様もおいでではないようで、お館さまもお寂しいのではございませぬか」

と媼がねっとりと言ってくるのには閉口したが、それには目をつぶって、行尹はその娘を引き取ることにした。後室としてではない。あくまで娘の世話係の侍女の仕事をしてもらうという約束で迎え入れた。

「生憎《あやにく》に、ここは苦しい暮らしをしておってな、姫の世話とは申しても、実際は手にあかぎれ《あかがり》を作り腰骨を軋《きし》ますような、憂き下働きをしてもらうことになるぞ。華やかな座敷で綺羅《きら》に身を包まれて舞うほうがいかばかりの幸いであるか、やがて思い知ろう」

「いえ、これまでに頂いた綺羅は、すべて姫様にさしあげます。とにかく人に愛敬《あいぎょう》を売って暮らす憂き目を見ずにすむならば、牛馬のごとく働くことは厭《いと》いませぬ」

殊勝なことを言っても、どうせすぐに音を上げて里に戻るに違いないと、行尹も行房も、恐らくは媼もたかを括《くく》っていた。だが、娘は言葉の通り、化粧もせず継ぎだらけの粗末な衣を着て、熱心に身を砕いて働いた。不平をこぼすことなど一度もなく、家の雑事を隅々までこなすとともに、姫には何一つ苦労をさせぬよう、尽くしぬいた。

当初娘の働きに感心していた行尹は、やがて感動を覚えた。まるで亡き妻が生まれ変わって、残した家族の世話を焼きに来てくれたかの如くではないか。その感動は、今度はすぐに、感謝に変わった。

自らについては富にも出世にも興味のない行尹ではあったが、人並みに、娘には幸福な結婚をさせてやりたいと望んでいた。そのため、年老いた自分の乳母しか女がいない中で姫を育てていることについては、彼も懸念していた。姫がいかにも地味な、時代遅れの古臭い娘に育ち、都の公達に見向きもされなくなるのではないかとおそれたのだ。その点でも、当代の流行のすべてを知り尽くしているはずの元白拍子が、姫の身辺事の面倒の一切を見て話し相手にもなってくれることは、やもめの男親にとっては、頼もしくて仕方がなかった。

「そうやって姫に傅《かしず》き世話を焼いてくれるものの、差し出たところは全くない、分をわきまえた娘でな。我も行尹も、姫が無事に嫁いだら、あの娘にもいずれ良き男を娶《めあわ》せたいと話しておったものじゃ」

「そのお方は、今は何方《いずかた》におわしますか」

姫が亡くなって、娘の嘆きようは並大抵のものではなかった。まだ二十という齢であったのに、髪を下ろして姫の後生を弔うといって聞かなかった。出家どころか、下手したら娘の跡を追いかねないほどの思いつめようであったので、とにかく思い急ぐことだけはしないようにと、母の嫗を呼んで引き取らせた。

「その後はいかがしたのか、我は会ってはおらぬが、行尹はどうか知らん。そうじゃ、もしかすると、あの娘が姫の黒猫を引き取ったのやもしれぬのう」

確かに、姫と同様に、その姫の叔母も猫を可愛がっていたと聞く。亡き姫の形見として、猫をもらい受けていてもおかしくない。

「今もなお、行尹殿のお姑とお暮らしあるのでござりましょうか」

「いかがであろう。媼は確か、東山のあたりに住んでおったはずではあるが、何処とは存ぜぬのう」

しょぼりと眉を垂らした表情を見て、初めて、行房と行尹の面影が重なった。

「その方のお名は」

「うむ、白拍子であった頃の名をそのまま用いてな、明一、と申した」

（明一……）

高国は名を聞いて叫びたかったが、咄嗟には声が出せなかった。白拍子という身分と、明一という名、そして、中院通顕《なかのいんみちあき》とのつながり。ただの偶然の一致であるわけはない、きっと、いま通顕卿の奥方になっている女と同一人物なのだろう。だが、一体どうして。姫君を愛してやまなかった叔母が、死んだ姫君が愛した男の妻になっているとは、どういうわけか。

行房は、声も出せずに魚のように口をぱくぱくさせる高国を見て、怪訝そうな顔をした。

「いかがした」

「あ……いえ……失礼いたしました、思いもせぬことに、少々驚きまして。では、姫君の叔母君は、その後、通顕卿の奥方になられたのでございまするか」

多少落ち着きを取り戻した高国に確かめるように問われて。

「何……何と申したのだ、明一が、何だと」

今度は行房のほうが、真っ青な顔で、陸に打ち上げられた魚のように喘《あえ》いだ。

二十三、才《ざえ》

―正和《しょうわ》四（一三一五）年から正和五（一三一六）年にかけて、京都―

にせものの尹子《ただこ》に通顕《みちあき》が騙されたのは、実を言うとほんの束の間だった。枕を共にして次の朝には、女が尹子でないことなど、すっかりわかってしまっていたのだ。

いつも通顕が目を覚ますと、既に尹子は寝床の横に置かれた文机に向かっていて、一日のうちでもっとも繊細で柔らかい薄明りのなかで、奈良の神さびた松の香りの墨を摺《す》って、その日その日の心を表わすのに相応《ふさわ》しい歌を、夢中になって書きつけていたものだった。あんな女はほかにいるものではない。彼が愛したのは、容色や心映えだけではなく、彼女のその才能だった。

梅の里の女は、しかし、墨を手に取ることすらしない。香も、のっぺりと濃い梅の香が、一本調子に漂ってくるだけだった。

（すこしも似たところがないではないか）

興ざめして、すぐに捨てて去ろうかとも考えた。だが、喪失の嘆きに心身を覆い尽くされた彼には、外見のみ尹子のように繕った、その詰まらない卑しい女の体温を、打ち棄てるだけの気概も湧かなかった。

そのまま流されて、何も言わずに過ごしていたら、ある日女が、子が宿ったといって、さめざめと泣く。

「あなたと我との間に子種を授かり、何を泣くことがございますか」

通顕が、皮相だけの笑みで優しく包むように言うと、女は一層泣いた。

「謀《たばか》りおりましたことをお許しくださいませ。私は、尹子様ではございませぬ」

とっくに知れていたことを、顔をすっかり青くして決死の覚悟という風で告げるので、通顕は笑い出すのを堪《こら》えるのに苦労した。

「何を申されます。尹子でないなら、誰だとおっしゃりますか」

我ながら酷く安っぽい芝居であったが、自分の涙に溺れている女には、そんなことは気づかれない。

「明一にござりまする」

名を告げればわかるであろうという顔をしているが、通顕は首をかしげるだけだった。

「尹子様の、お世話をしておりました」

女は、自分がまったく通顕の眼中になかったことを思い知らされて、ざっくりと深く傷を負い、半ば怒って叫ぶように言った。

「ああ、あのはしためか」

通顕が、やっと思い出した、という様子でわざと踏みにじるように言うと、もう返事もせず、女はただ絶望して俯いた。

「お前はたしか、尹子の叔母であったのだな」

顔をほんのわずか、縦に動かす。

「それが何故《なにゆえ》、尹子を装い我をたばかった」

「殿をお慕いする気持ちのゆえに……」

「つまらぬ嘘を吐《つ》くな」

自分がその女に対してそうであるのと同じように、女のほうも、もともとは自分にさほどの情熱を持っていなかったことに、通顕は気づいていた。

「頼みの姫様に先立たれ、行く当てもございませなんだゆえ……」

それも嘘だろうと、通顕は、すぐに見抜いた。姫が亡くなったからといって、あの行尹がこの女を追い出すとも思えない。だが、通顕は、女が自分に近づいてきた理由を深追いしなかった。女の思惑に、たいして興味がなかったのだ。

「白拍子であったと聞くが、戻ろうとは思わなんだか。芸を嫌ったのか」

問われて、きっと、通顕をにらんだ。

「どうした、申してみよ」

無言でじっと自分を見るその目に現れた反発の色を面白く思って、軽く顎を上げ、通顕は女に話をするよう促した。

「芸を嫌ったことなど、絶えてござりませぬ」

自分が白拍子の稼業を嫌ったのは、舞や歌が嫌だったからではない。むしろその反対で、自分は芸に、深く心を入れすぎた。芸の鍛錬は幾らでも喜んでしたが、座敷に上がれば、人は容色と姿態を貪《むさぼ》るのみで、歌舞などほとんど添え物のような扱いだった。歌舞の良さを分かりもせぬ者を相手に芸を売り、媚を売り、色を売るのにうんざりして、それで白拍子の身分を捨てたのだ、そう女は語った。

皓々《こうこう》として張りのある声で、そこには偽りはみられない。背筋をきりりとのばして明朗に語る姿は、なるほど在りし日の白拍子らしい。

「さほど、舞とは良きものか」

女は視線を少しも揺らさず、頷いた。

「ならばここで、我に見せてみよ」

腹に子《やや》がありますゆえ、とか、着物が、とか、つまらない理由をつけて断ったなら、それが縁の切れ目になっただろう。

だが、女は舞った。合わせるべき楽もないのに一心に、それも、激しい乱拍子である。襲《かさね》を脱ぎ捨て、裾が乱れるのも構わず、一筋ごとの髪から、指の先、透けてとおりそうな踵《きびす》まで、体全体を躍動させた。そこにいる男のことなど眼中になく、誰を満足させるためでもなく、ただ自分の舞を全うするためだけに、舞った。

（……尹子）

はじめて、二人の女は信じられないほどよく似ている、と通顕は思った。

憑き物でもあるかというほど舞いに舞ったのち、明一は立ったまま、乱れた呼吸を整えようとした。その明一の足元に、通顕は何も言わず平伏し、袴の裾に顔を埋《うず》めるように唇をつけた。

まだ舞の感興から醒めきらない明一は、やや上ずった声で答えた。

「私めを、お許しくださりますのか」

「許すも許さぬも、落ちたのは我だ。そなたには何も、罪はない。どうか、わが妻として屋敷に入って、腹の子を産んでくれ。そしてこれからも、思いのままに芸を磨き、好きなときに好きなだけ舞ってくれ」

明一の目から、ふたたび涙が零れ落ちた。彼女はそうして、家族を手に入れるとともに、生まれてはじめて自分の芸術の真の擁護者を得た。

そのとき最後に一つだけ、通顕は明一に問うた。

「そう申せば、はじめ我を誘い出すために遣わした文、あれは……」

「姫様が、ご生前に手すさびに書かれたものを、拝借いたしました」

「……そうか。そうであったか」

通顕はそれから、妻と生まれてきた子を溺愛して、今にいたる。

その通顕のもとに世尊寺行尹が訪れたのは、正和《しょうわ》五年の一月のことだった。

姫が亡くなってすぐに明一も館を去り、行尹の暮らしは一層に静かであった。それでも彼は今までどおりの生活を貫いて、亡き妻と娘の思い出の残る館に、倹《つま》しく暮らしていた。

小さな暮らしとはいえ、宮中に出入りもすれば、頼まれて人のために書をなして生計《たづき》を立てるのだから、人とともに、あれこれの噂話とも行き交う。新年の除目で幼くして位を得た中院通顕の子息の話が行尹の耳に入るまで、長くはかからなかった。

「奥方とお子を得られたとは存ぜなんだが、我より激しく姫の死を悼《いた》んでおいでであったあの方のお心が慰まったのであれば、何よりじゃ」

行尹ははじめ、無心にそれを喜んだ。

だが、徐々に、ちくりと胸に棘さしてきた。叙爵《じょしゃく》された通顕の子息は、数えで二歳だという。尹子を亡くしたのは正和三年の霜月《しもつき》、子が産まれたのが正和四年というわけで、涙も乾かぬうちに、下手したら姫が在世のうちから、ほかの女と関係を持っていたとしか思えない。

その棘が、丸太のように行尹の横面を殴ったのは、客人が続けてこう言うのを聞いたときである。

「父の通顕殿の容姿も端麗だが、母も当代きっての容色の白拍子とあって、その稚児《おさなご》の美しいことといったら、誰もが夢中になって讃えておるそうな」

「通顕殿の奥方は、白拍子であられたのか」

「そうよ、明一といえば、殿上人の間でも頻りに声がかかるような、類まれなる踊り手であったのだとか」

さすがにそれを聞いて、行尹は冷静ではいられなかった。どこかの知らない女なら我慢もできるものの、寝食を共にし、信頼しきったあの明一である。あまりに情けないことだと夫婦を恨む気持ちを募らせて、行尹は通顕の屋敷に足を運んだのだった。

約束も事前の窺いも、何もなく訪ねたが、通顕と北の方は、揃《そろ》って静かに行尹を迎えた。

中院の大臣、通顕の父通重は、まだ現役で健在である。二人の住むのはだから、中院の別邸だが、それでも、行尹のうらぶれた家屋は言うまでもなく、世尊寺家の本屋敷より立派だった。

そこの奥方として、尹子のいるべきところに、見慣れた顔の女がいる。白拍子の姿でも、端女《はしため》の姿でもなく、大家の北の方らしい衣《きぬ》をまとって。噂はやはり、紛れもない真実だった。行尹は二人の居る間に通されて、姿を見るなり、怒りより憎しみより、情けなさで腰が抜けたようになり、その場に座り込んでしまった。

明一は、そんな行尹の姿を正視することもできないといった風情《ふぜい》で、ただひれ伏して震えていた。その妻に合わせて、通顕も、深々と頭を下げた。

「申し開きもございませぬ」

はじめに口を開いたのは、通顕だった。

「いえ、殿ではなく、私めをお責めくださいませ。すべてはこの身の浅ましさの引き起こしたことなれば」

間髪も入れずに明一が言うのを聞いて、懐かしい二人の声に、行尹は思わず感情を滾《たぎ》らせそうになりながら、つとめて抑えた。

「詫びていただくことなど、ござりませぬ。左様でござりましょう。古来より男と女の心など、思うように動いた例《ためし》はないのでござりますから」

物わかりの良い言葉が、思いとはうらはらに口をすらすらとつくのに、行尹は自分で驚いた。どうやら怒りや恨みというものは、もっと心の随分深いところにあるらしい。

「それとも、何か、詫びねばならぬような、後ろめたいわけがござりますのか」

言外に、二人が尹子の生前から、彼女を裏切っていたことを静かに問い詰めた。

「左様なことはござりませぬ、決して」

二人で口々に否定したが、より強く高く通ったのは、明一の声だった。

そこからは、明一が話した。

明一が姫を大切に思う気持ちは、少しの偽りもないものだった。だが、屋敷を訪れた中院の若殿を一目みたときから、彼女の心もまた、その美しい源氏の男君に奪われてしまった。

もちろん、姫を差し置いて自分が愛されたいなどとは、思いもしない。姫を通してお姿を拝見できれば十分であるし、自らがお世話する姫がその人の愛情を受けるだけで嬉しかった。なにより、姫と通顕の心の結びつきは強く、余人の入り込む隙などないことはよくよく承知していた。ところが、その姫が、急な病で亡くなって。

悲しみに惑う心は、通顕を強く求めた。

姫を喪った悲しみも、その後にあいた心の穴も、分かち合えるのは通顕しかいない。明一の胸のうちで姫への思慕と通顕への思慕が分かちがたく募り、里下がりしてからも、通顕を恋うる心は強くなるばかりだった。

「それで、姫様の遺された御手蹟《おて》を文として殿のもとによこし、姫様がまだこの世においでかのように装い、殿を誘い出したのでございます」

文だけではない、髪も着るものも化粧も、すべて姫の真似をして。もとから姉妹のようであった二人なのだから、努めて似せれば、暗がりでは分かちがたいほどに姿は近づいた。そうして尹子の書いた文を用いて通顕を騙して通わせ、子ができあと戻りもできなくなったところで、まことの身を明かした。

つまり悪いのはすべて自分である、通顕は姫を愛するがゆえに自分の浅ましい謀《はかりごと》に落ちたのであるから、どうか許してほしいと、明一は泣き惑うて弁明した。

行尹は深いため息をついた。北の方と、それを見守る通顕と。別室には、美しいと名高いお子が、安らかな寝息を立てているのだろう。幸せな一つの家庭が、そこにはあった。

北の方は、なるほど尹子とも彼の亡妻ともよく似ていたが、それは行尹にとっては何の救いにもならない。尹子ではない女が、尹子が座っているはずの座にすっぽりとあてはまっていることには変わりがないのだから。それどころか、明一は亡き尹子を利用して通顕を騙し、その座をまんまと手に入れたのだという。恋は人を愚かに駆り立てるとはいえ、あまりの話に呆れるしかない。

「……許すも許さぬもござらぬ。誰の咎《とが》でもなし、お恨みするような筋はございませぬ」

だが、震える声で、行尹はそう告げた。

自分の怒りも、恨みも、目の前の幸せを壊すことはできまい。ここで憤懣《ふんまん》をぶちまけても、二人を罵《ののし》っても、何も変わらない。今は涙にくれていても、行尹がこの場を去れば、二人はふたたび子の成長に目を細めて、その一挙一動に笑う生活に戻るだけだろう。

それが何だというのだ。この、娘の死後にのこされた寂しい人たちが手に入れた幸せに、少しばかりの掻傷《かききず》をつけたとしても、自分の心は決して晴れまい。いずれにせよ尹子はもう、この世のどこにもいない、それは変えようのない事実だ。ならばすべては、今さらどうでもいいことである。

「皆様がこちらで幸いにお暮らしならば、それでようございます。今宵は急な訪《おとな》いでご迷惑をおかけし申したが、久方ぶりにお目にかかれて、嬉しゅうございました」

諦めたように静かに、行尹は屋敷を後にした。

二十四、乳母子《めのとご》

—元亨《げんこう》二（一三二二）年六月、京都—

高国は、貞将《さだゆき》に教えられて行尹《ゆきただ》の乳兄弟である恒男の居所を知っていながら、訪ねあぐねていた。それがほかならぬ、玉章《たまずさ》の住まう館でもあったからだ。

「畏れ多くも法親王《ほっしんのう》とまでもお話をした今、元女御代《もとのにょうごだい》の御屋敷とて何を案ずることがござるか。さ、参りますぞ」

と、玉章のことを知らない憲顕に急き立てられても、重い腰が上がらない。ただ彼女の姿を見るだけでも恥ずかしいが、会えば例の縁談のことを、どうしても考えなければなくなる。それに憲顕を玉章に会わせるのもいやだった。

自分が女子《おなご》に心惹かれていることを知られたくないとか、女慣れした憲顕に玉章を見られたくないとか、どれも近いようで、言葉にすると違う気がする。ただ、この友でも兄弟でも主従でもあるのにどれでもないような、誰よりも近しい愛しい男と自分の間に入って二人の関係を引き離しうる感情が、自分の中に芽生えたことを知られたくなかった。憲顕がいくら女を追っていてもそんなことは思わないのに、不思議だ。

「若どの、なりませぬぞ」

いつまでももじもじと件《くだん》の住まいを訪ねるのを渋る高国を見かねてか、しばらく厳しい顔で黙っていた憲顕が、思い切ったように苦言を口にした。

「北条のお方に、お心を染むるのは、お止《や》めなされ」

「何を申す……」

高国の体が、一瞬すくんだ。玉章のことを、憲顕は知らない、気づいていないと思い込んでいた。だが、なぜそう思っていたのだろう。金沢《かねさわ》を訪れたときも、貞将《さだゆき》と赤橋のほとりで話したときも、確かに憲顕はごく近くにいたのだ。縁談のことまでは知らないとして、彼女の存在に感づいていても、不思議はない。

「青蓮院《しょうれんいん》に参るよりもなお、そのお館に参上するのを渋るのは、かの方の前では決して抜かあってはならぬと、強くお思いゆえにござろう」

鋭く見透かされ、返す言葉もない。

「某《それがし》は、若どのが女子《おなご》と情を通ずるなら、それが誰でも嬉しゅうござる。なれど、この憲顕を差し置いて男が相手とあらば、心穏やかでは居られぬ」

だが、それに続き口を尖らせるようにしてそう言うのを聞き、高国は我にかえった。

「待て。憲顕、そなた、いったい何の話をしておる」

「そらぞらしい物言いはやめなされ。貞将殿とお話しの折はいつも、首筋まで真っ赤に染めて。泣かされて文庫より出てきたと思えば、過日に至っては胸に抱かれて。この憲顕が、若どののお心に気づかぬわけがござらぬ」

「おかしなことに気を回すな、痴者《しれもの》めが」

思わぬことを言われて、高国の首筋がほんとうに紅色になった。

高国に言下に否定されても、憲顕はまだ納得のいかない顔つきをしていた。そうは言っても、これ以上奴を慰め、機嫌を取るのも変な話だ。妬かれたり心配されたりする筋合いは一切ない。だが、自分の中に確実に、ごく複雑に、また繊細に層をなしてある憲顕への気持ちについて、必ずしも自分だけが一方的に抱いているわけではないと知ることは、高国の心を存外に軽くした。奇妙に痴話喧嘩めいた言い争いをしていたら何だか気が晴れて、恒男のもとを訪れる心の準備ができたような気がした。

いや、たとえ心が整っていなかったとしても、もはや逃れようもない。貞将に紹介されたもう一人、卜部《うらべ》兼好《けんこう》に伺いを立てたところ、恒男が働く堀川の元女御代の屋敷で一堂に会そうと提案されていたのだ。

堀川の元女御代、琮子《そうし》殿の館というのは、小綺麗ではあるものの、ごく質素な在所《すまい》であった。

堀川家の本家はもう少し立派であるに違いないが、それでも村上源氏の流れの中で随一の栄華を極めている久我《こが》家の羽振りの良さに比べると、近ごろは少々、目劣りするのかもしれない。

高国は気負ったものの、館に入り込んでいくまでもなく、庭先で雑用をする恒男は難なく見つかって、兼好と、そして玉章の待つ間に高国たちを案内した。

かつて女御代をつとめた方の暮らしだけはあり、庭にせよ館にせよ調度品にせよ、目に入るものはすべて華奢で品のあるしつらえである。だが通されたのは、居心地の悪くなるほどがらんとした広間だった。

几帳などを取り払って、隠し立てなく見通しよくしているのだと、気づくのに時間はかからなかった。鎌倉から来たばかりの姫が隠れて男を引き入れているなどと誤解を招かないように、との気遣いがあるのだろう。

「お久しゅうございます、ご健勝にて何よりにございます」

高国はいざり入り挨拶をすると、少し顔を上げ、覗くように上座の玉章の姿を窺《うかが》った。

少々の時を隔てて見る玉章は、髪型につけ衣装につけ化粧につけ、洗練された貴族の姫君のいでたちである。小袖姿で金沢や鎌倉を闊歩していたときとは、明らかに違う。位で人を見るわけではないが、鎌倉にいるときは、あくまで北条の流れは汲みつつも、言ってしまえば傍流の庶子という身軽な立場だった。それが、今では元女御代という高位にある方の猶子《ゆうし》となり、これからその方を助けながら、家を取り仕切って行く身分にある。そのことが彼女の凛とした佇まいに威厳を加えて、たかだかふた月ばかり会わなかっただけなのに、すっかり手の届かない人を見るような心地がする。

だが、高国の気後れをよそに、開口するや玉章が言ったのは、久しぶりだの息災であったかだの、そんな人並みの挨拶ではなかった。

「高国殿、姫君は、毒により害されたらしゅうございます」

「は、何ですと」

別れも言わずに離《か》れ離《が》れとなったことをしんみりと思い返す余韻も一切ない。とんでもないことを突きつけられ、高国は動転し、思わず間抜けた声で訊き返した。

「ここに居ります恒男によりますと、わが父の右筆であった倉栖兼雄《くらすかねお》が、病で亡くなる前に、世尊寺殿に文を寄越したとのこと」

「え、あの……どうかお待ちください」

玉章と高国はそれまでに二度会っただけの間柄であるし、彼女が都に去ったあとに高国が感傷で大泣きしていたことなど、玉章のあずかり知らぬことではある。貞将と釈迦堂殿が二人の縁談を画策していることを、彼女が聞かされているかもわからない。

よって二人の再会が高国の思い描いていたようなものでなかったのは仕方ないかもしれないが、それにしても玉章の話の進め方は容赦がなく、高国はついて行けなかった。

「兼雄殿は、鎌倉に戻られてからも、行尹《ゆきただ》殿のことを心に掛けてござった。自らの命の限りを悟って、言い遺すように一通、したためられたのでござりましょう」

高国に親切な説明を加えたのは兼好で、四十なかばほどの僧だった。よく日に焼け、瘦せた体の小男である。諸道に通じた数寄者《すきもの》というよりも、法師とは思えぬほど、軽薄なぐらいに世知に長けた気配が漂っていた。

「文には、何と書かれていたのでござりますか」

高国に問われて、軽く片合掌の手をしながら、兼好は答えた。

「兼雄殿は、姫の死を、毒殺ではないかと疑っておられると」

「恒男、続きを聞かせておくれ」

下座に控えていた恒男が、玉章に促されて話し始めた。それは今から四年前のことである。


文保二（一三一八）年、四月。新帝の即位に伴う除目《じもく》で、行尹は従四位下《じゅしいげ》に位階を上げた。姫に先立たれた暮らしのなかでは、ただ書と宮中での務めに没頭するほかなかった彼は、その出世を素直に喜んだ。

そのめでたい報せとほとんど差なく、鎌倉の兼雄から文が届いた。

それは病に乱れた筆づかいで、内容もひどく直観的で、日ごろの兼雄の整然とした文ではなかった。それまでの行尹の厚誼《こうぎ》への感謝とともに、潑溂《はつらつ》と美しく健康だった姫の突然の死を未だに彼が受け入れられないことが、連綿と綴られていた。

問題はそのあとである。

若く健やかな姫の頓死は、決して少なくない数の人の死を見てきた兼雄にしても、不自然なものだった。そう疑う気持ちのせいか、遺骸を焼く煙まで、常とは違って黒く苦く燻《くすぶ》るように見えた。証拠もないのに騒ぎ立てるのは行尹や恒男の気持ちをいたずらに乱すことになるから、余計なことは言わず心にしまっておこうと思っていたが、あの死は毒によるものだったのではないか。

死出の途《みち》を行く前に、心の重荷を降ろしたかった、と文は結ばれる。

その不吉な告白を受けて、行尹は、そのまま倒れ入りそうになった。

震える行尹から兼雄の文を見せられ、恒男にはしかし、思い返せば確かに心当たりがあった。

すぐに、恒男は母とともに行尹を前にして言い立てた。

「明一にございます、あの女の仕業に相違ございませぬ」

「息子の申す通りにございます。あの明一めは、中院の奥方になるために、謀って姫様を弑《しい》したのでございます」

「何だと」

「間違いございませぬ。あの女は姫様に、薬湯《やくとう》と偽って、怪しげな汁を幾度となく飲ませておりました」

「めったなことを申すものではないぞ」

「いえ、母の申すは確かなことにございます」

告発を受けておののく行尹を見ながら、恒男は深く頷き、話を継いだ。

「明一が姫様に与えておったのは、青臭いような渋いような、とにかく酷い匂いの汁で、我らが問うと、肌を美しくする秘薬だと申して、あやしゅう笑うておりました」

「姫様のお肌は確かに輝くほどにお美しゅうございましたし、あの頃は、明一も我らと同じく姫様に身を砕いてお仕えする者と思いこんでおったゆえ、薬湯と言われるまま、信じ込んでおりました。されど、あの女が中院の奥方に落ち着いた今になって考えれば、あの者に異心のあったは明白。少しずつ毒を盛り続け、終《つい》には姫様を害したのに違いございませぬ」

乳母が話すと恒男が話を継ぎ、という調子で、二人は口々に、明一の恐ろしい所業を申し立てる。

「他ならぬあの日、身罷《みまか》られたあの日にも、確かに姫様は、明一に与えられた薬湯を飲んでおいでにございました。そうでなければ、あれほど健やかであらせられた姫様が、お若いみぎりで急にお命を落とすようなことがございましょうか」

詳細を聞けば聞くほど、行尹も無視はできないような由々しき話である。

「姫様を弑し、通顕殿も奪って北の方に成り替わったなど、許せぬ所業にございます」

「……ようわかった、二人とも、よう話してくれた。かくは、明一を質すしかあるまい」

真っ青な顔をして、行尹は中院邸に消えていった。行尹が中院邸に通顕と明一を訪ねるのは、二人が夫婦になったことを知ったとき以来、二度目のことだった。

そして半刻ほど彼らの屋敷の中で過ごして出てきた行尹は、屋敷に入る前とも比べ物にならないような酷い顔色をして、わなわなと震えていた。

「殿、いったい何が……」

「よいのだ、何も申すな。すべて、すべて忘れよ」

いったい行尹に薬湯のことを問いただされて、明一は何と言い訳したのか。やはり恒男には事情を語ることなく、行尹は口をつぐんだ。館に帰ってからは気丈に振る舞っていたものの、やはり苦しそうに物思う様子が目につくので、これは無理を申しても、こと詳《つまび》らかにお話しいただかねばと思っていた、その夜。

行尹は、倒れた。


「事の次第は明らかにござりまする。あの女は、姫を殺したことを問い詰められて答えに窮し、姫を害したのと同じ毒を、わが主に飲ませたのに相違ござりませぬ」

そこまでが、恒男の話だった。

その後行尹は、七日死線をさまよって、八日目に辛うじて此岸《しがん》に踏みとどまってからも、手足に酷い痺れが残り、筆を持つことがかなわなくなったという。その後は、尊円が訪れたころの話につながっていくのだろう。

高国は、事の深刻さに固唾を呑んだ。確かに話を聞けば、姫や行尹を陥れる恐ろしい謀《はかりごと》が巡らされていたかもしれないことは、わかる。とはいえ、恒男は疑いを巡らすだけで、何か決定的な証拠を有しているわけではないらしい。まだ、真相はわからない。

二十五、附子《ぶす》

一通り話を聞き終えて、玉章《たまずさ》が恒男に問いかけた。

「行尹《ゆきただ》殿は倒れる前、何ぞ変わった物を召し上がったか」

それは行尹の姫が亡くなったときに、六波羅から駆けつけた玉章の父、北条貞顕《さだあき》が口にしたのと同じ問いだった。

「いえ、姫君が亡くなってからは某《それがし》どもと膳を囲まれるのが常で……。その日はたまたま行房《ゆきふさ》殿が、昇進の祝いとして魚《うお》と菜《さい》とをお持ちくださったため、行房殿もそのまま交え、皆でわが母なる者が料理した夕餉《ゆうげ》を食しましてござります」

「中院の御屋敷を訪ねたあと、お帰りになってから倒れるまで、ご調子はいかがであった」

「屋敷を出てしばらくは、酷くお気のふさいだご様子でござりましたが、夕餉のころには、行房殿のおかげもあり、やや活気を取り戻しておいでだったかと。その後はいつも通り、おひとりで数献酒をお召しになり、さて寝るかというところでお倒れになりました」

「胸を掻き毟《むし》るようにお倒れあったか」

「いえ、苦しそうなご様子ではござりましたが……。酷く頭が痛いと仰せになり、胃の中のものをすっかり吐き出され、その後もはげしく腹を下されました」

　この人ならば立派に探題職も務められるのではないか、無駄なく話を聞き込んで行く玉章に感心して、高国は吐息を漏らした。

「行尹殿とそなたらとの間で、何ぞ憚《はばか》ることや隠しだてをすることはなかったか」

「いえ、母なる者は、凡百の身と申せど、ご縁あって行尹殿のお世話をする栄誉に預かりましてのちは、身も心も砕いてお仕えいたしました。まして我は、この世に生を受けてより、行尹殿のためを思わず暮らした日など、一日たりともござりませぬ」

　主を思う心に共感してか、その座の誰よりも、憲顕が深く頷く。玉章は相変わらず、少しも表情を変えない。

「そんな我らに、中院の御屋敷でのことを何もお話しくださらなかったことが、どうにも口惜しく……」

「病の床から戻られた後も、何も話されなかったのだな」

「左様にござります。ただ、もう疲れたゆえ都を離れたいと、そればかり仰せでござりました。ともに東に下り、さらに某のみ都に帰される際も、姫やご自分が毒を盛られたということは、決して誰にも他言するなと、厳しく命ぜられました」

　ほかならぬ行尹自身から依頼された高国と、行尹の身柄を預かる金沢《かねさわ》流北条家の娘にして現在の雇い主の養女である玉章に訊かれたからこそ答えた話で、本来は固く口止めされていた、という。

「そなたの母はいかがした」

「昨年喪い申した」

やもめで妻も子もないのだろうか。主とも離れ、母も失ったとあれば、孤独なことこの上ないだろう。玉章と恒男の隙のない会話に高国が夢中で聞き入っていると、

「おそれながら、ひとつ、某より伺うても宜しゅうございますか」

思いがけず、それまでずっと黙っていた憲顕が声を上げた。

「どうぞ何なりと」

「姫君の猫、髭黒《ひげくろ》の大将は、行尹殿がお持ちでございましたか、それとも明一殿が」

高国は、待て、と声を出しそうになった。それは言うまでもなく、折を見計らって高国自身が尋ねるべき問いである。憲顕らしくない、差し出た真似だ。

「髭黒は……」

恒男は、気にかけもしなかったことを聞かれた、という様子で、しばらく記憶を巡らせた。

「確かに、姫君が亡くなって後、当家からは姿を消しました。明一が連れていったのやもしれませぬが、特に行尹殿より伺ったわけではございませせぬ」

高国は小さく息をついた。猫の行方は、まだわからない。

「話は確かに聞いたゆえ、あとは我らに任せなされ」

「何卒《なにとぞ》、よろしゅうお願い申し上げまする」

玉章は恒男を下がらせると、残った高国と憲顕、そして兼好《けんこう》と、近寄り膝を突き合わせて話を続けた。

「毒の種が、合いませぬな」

戸惑いときまり悪さと気恥ずかしさと、様々な思いで言葉少なになる高国になどちっとも構わず、玉章は、恒男の話から自分が気づいたことを切り出した。

「合わぬとは……」

おずおずと尋ねる高国に対し、兼好がいかにも切れ者らしく、

「たしかに、姫君と行尹殿に盛られたのは、異なる毒らしゅうございますな」

玉章の言葉を分かりやすく補った。

恒男は姫君と行尹に同じ毒が盛られたと主張していたが、もし姫君の死が毒殺によるものだとするならば、それは胸の病に似た症状を引き起こす毒であるはずだ。それに対し、行尹の症状は頭や腹に出ている。

「同じ毒を用いることが叶わなかったのか、はたまた異なる者の差し金か……。異なる毒を用いたからには、何らかの理由《わけ》があるのでございましょう。兼好殿、毒の種に、何ぞ心当たりはござりますか」

玉章に訊かれて、兼好が答えた。

「胸をかきむしるように倒れたと聞けば、まず浮かぶのは、附子《ぶす》にござりましょうか」

からすの頭のようなその花の形状から、烏頭《うず》とも呼ばれる毒草で、古来より陸奥《みちのく》に住む蝦夷《えみし》が狩や戦に用いる鏃《やじり》に塗るのでよく知られている。

「されど、附子はふつう、口にするとすぐに倒れると聞きます。姫君が亡くなった折、わが父が、すぐ前に何も口にされていなかったことを確かめたのも、その故かと」

「仰せご尤《もっと》もにござりまする」

兼好が、追従《ついしょう》にとれるほどおおげさに、玉章の鋭さに感服してみせている隙に、

「明一の薬湯については、いかがお考えでござりますか」

高国が会話に入り込むより前に、また憲顕が問うた。高国はきっと憲顕の顔を睨《にら》んだが、素知らぬふりである。明らかに、腹に含むところがあるのだろう。かたやはじめて会う憲顕が高国以上に口をはさんでも、玉章は気にする素振りもない。

「確かに怪しい話ではござりますが、何度も飲まされていたと申すなら、それも毒の種が合いませぬ。体に溜まり少しずつ効いてくる毒なら、体も少しずつ弱るものにござりますれば」

姫君は亡くなるそのときまでごく健やかであったということは、皆の一致した意見であった。継続して盛る毒では、「健やかだった人が、急に胸の病を得て亡くなった」という形にはならない。

「口にしてからしばらくして、胸の病を発したかにみせることのできる毒。兼好殿、調べていただけますか」

「承知してござる」

「行尹殿に用いられた毒には、何ぞお心当たりは」

ようやっと発言の機を得た高国に問われて、玉章は形のよい頤《おとがい》に、白く長い指をあてた。

「こちらは頭や腹に来ておりますから、砒霜《ひそう》や鴆《ちん》毒……されど、倒れる前に御酒《ごしゅ》を召していたと申すなら……」

そのあとまで言い切ってしまうことはなく、

「いえ、こちらも調べましょう」

途中で話を切った。

「いずれにせよ、中院殿にお話を伺わねば、かのお屋敷で何があったかなど、わかりますまい」

確かに、一方的に恒男の疑念だけを耳に入れても、埒《らち》があかない。それに、明一に、ほかならぬ髭黒の大将のことを尋ねたい。

「しかし……」

高国の頭の中には、不幸の続く中院の家中の状況を説明する覚一の言葉が残っていた。覚一はそれでも奥方に話を通すと言ってくれたが、その後なにも連絡がない。何かほかに、通顕と明一に会う手立てがないか、と考え始めたところで、憲顕がすこし間抜けた声を出した。

「おう、失念しており申した」

「なんだ」

憲頭の父憲房《のりふさ》は、永嘉門院《えいかもんいん》という院号で呼ばれる女院のもとで勤めている。憲頭も父に連れられ顔を売っているところだが、その顔が良いので、好ましげな若者として、女院の覚えもめでたい。帰京したのでご挨拶に顔を見せに伺ったところ、大層喜んでもらえた、という。

今の将軍から数えて三代前の宮将軍、宗尊《むねたか》親王の娘であった永嘉門院は、もともと後宇多《ごうだ》帝の後宮に入ったうちの一人だった。帝との間に子はできなかったため、邦良《くによし》親王という、後二条天皇の皇子を猶子《ゆうし》にしてともに暮らした。

「その邦良親王のはじめの奥方が通顕卿の妹御であらせられ、その御縁により、通顕卿は篤く親王をご後見されているのだとか」

「では……」

高国の注ぐ期待の目を受けて、いかにも誇らしげに憲顕は答えた。

「さん候《そうろう》。女院様が、この憲顕のために通顕卿をお召しくださると、約してくださりました」

用にもならぬと謙遜しながら、実は都でしっかりと仕事をし、人とのつながりを築いているのだ、やはり憲顕は頼りになる。

「そんな大事なことを、よう忘れておったな」

高国は感嘆しながら、憎まれ口をたたいた。何事につけよく気のまわる憲顕が、忘れていたわけがない。この屋敷を訪れることに逡巡《しゅんじゅん》していた高国の背を押すために、言わずにいたのに決まっている。だが。

「若どのこそ、こちらにかように肝心な御縁のあることを随分長くお忘れあったようでござるゆえ、憲顕ごときが失念しようと不思議はござらぬ」

そう言われては、反論のしようもない。高国はのど元を抑え込まれるように黙らされた。

「ではまた、通顕卿とお話をされましたら、私にもお聞かせくださいませ」

そんな二人の応酬などには何の反応も見せず、玉章はその座を早々に閉じた。

「……怒ったのか」

帰り道、高国は持ち前の素直さで、憲顕に訊いた。先刻の憲顕のふるまいは、どう考えても彼らしくない。

「まさか、何を怒ることがござろうか」

憲顕は、子どもの頃と何も変わらないその高国のきまり悪そうな表情を見て、思わず吹き出しながら答えた。

「た……玉章のことを、隠しておったゆえ」

その名を漸《ようや》く口にするだけでも顔を真っ赤にする高国を見て、微笑ましさとともに、ほろ苦い感情が憲顕の胸を疼《うず》かせた。

初冠《ういこうぶり》いらい、高国と離れて、京で憲顕は少なくない数の女に逢い見た。それぞれがいいところのある女たちだったが、誰も彼の人生を変えるほどに強く心に焼きつきはしなかった。いっぽう再会して以来、彼の目には高国の姿ばかりが、ますます眩しく見える。それは、彼の中に等しい大きさで在る、主として高国を慕う心とは、一線を画している。

(我にとって、若どのこそが、その人なのだ)

だが、高国にとってはきっと、そうではないのだろう。そして高国は、出会ったのかもしれない。彼のすべてを変えてしまえる誰かに。

「お美しく、恐ろしく賢い方にござるな」

そのほんのりとした痛みを呑み込んで、憲顕はいかにも楽しそうに、高国に言った。

「北条の方だぞ」

「女子《おなご》ならば、どこのだれでも嬉しいとも申しました」

「調子の良いことを言いおって。嬉しいなら何故、先刻の座にて我の面目をつぶすようなふるまいをしたのだ」

「前もって話してくださらなんだゆえ、思いもかけず玉章殿にお目にかかり、驚いて心を乱したのでござる」

高国の追及をさらりとかわしておきながら、憲顕はつい、言わなくてもいいことを付け加えずにいられない。

「……左様、驚き申した。若どのが恋するときは、憲顕が誰より先にそれを知るのだと、信じておったゆえ」

鬱陶《うっとう》しい、このしつこさは何だ、と、己の口をつく言葉を聞いて自分で呆れたが、溢れ出るその気持ちを、憲顕はどうしても取り繕うことができなかった。

しかし、高国は高国で、憲顕の言葉がさほどは深く届いていない様子で、

「恋……。我は、恋をしておるのか」

むしろ自分の胸に浮かんだ疑問を、熱心に追っている。

「相違ござるまい」

高国の表情を直視できなかった憲顕は、それを、単なる初心《うぶ》な問いと取って、あっさりと答えた。だが。

(これが、ただそれだけのことだというのか)

高国は、自らの心に棲みついた玉章への想いが、想像していた恋情とはまったく違うことに困惑していた。美しい、好きだ、触れたい、抱きたい、そんな気持ちよりもっとずっと入り組んで、藤の蔓《つる》のように絡まりほどけない。

憲顕は憲顕で、彼の心のなかの絡まりをほぐしている。

「とにかく、怒ってなどおりませぬ。ただ、何くれと寂しいのでござろう」

そこまで憲顕が言ったところで、はたと気づいたように、高国は足を止めた。

「待て、憲顕。寂しいだの誰より先に知るだの、どの口で申しておる。いったい我がどれだけ、そなたの浮いた噂を鎌倉で耳にしたと思うておるのだ」

「おや、まさか若どのが、某の噂をお気にかけたとは」

たちまちいつもの調子を取り戻した憲顕が、嬉しそうな顔で揶揄《からか》うように混ぜ返すと、

「何くれと、寂しかっただけだ」

高国も、いっそう素直に、唇を尖らせた。

「まったく、若どのには敵わぬ」

「よう分からぬことばかり申して、おかしな奴め」

生ぬるい朧月《おぼろづき》に照らされて歩く二人の若い侍の足取りは、しぜんと軽くなった。

二十六、徒言《あだごと》

それから中院通顕《なかのいんみちあき》との対面が叶うまでに、長くは要さなかった。

通顕卿は、それは立派な、話に聞く通り美しい方だった。しかし、話を聞くたびにいつのまにかその姿を貞将《さだゆき》に重ねていた高国は、まずは当然のことながら、二人が全く似ていないことに驚いた。武家と公家の違いだけではない。貞将は隅々まで曇りない爽やかな人であるのに対し、通顕は優し気でありながら、どこか物憂げな、籠るような気配を秘めている。その陰翳《いんえい》が彼の艶をより際立たせて、目の離せないような危うさがあった。

永嘉門院は気を遣って、高国と憲顕が、通顕と落ち着いて話せるように、対の屋の一間を用意してくれた。好意を有難くうけとって、二人は通顕卿と向き合っている。高国にとっては慣れない女院の御所だったが、憲顕が勝手を知った風なので、それで何とか落ち着いていられた。

「何を話すべきかな」

これまでに高国たちが面会して話をした都の高位の人々と変わらず、通顕も、権勢をかさに着るような、高国たちを見下してくるような嫌な雰囲気は、微塵《みじん》も見せなかった。ただ、やはり気安く口をきけないような威圧感はある。

「姫君が亡くなったあとに、行尹《ゆきただ》殿がお屋敷を訪《おとな》われたことが、二度あったかと存じまする。その折のお話を、何卒《なにとぞ》お聞かせくださりませ」

十分に滑らかな高国の口利きを聞いて、憲顕は、拳を床につき面を伏せた姿勢のままで、静かに感心した。高国は、高貴の人に会っては話をきく生活が板について、最近はやたらと舞い上がることが減っている。

「尹子《ただこ》の……行尹殿の姫君のことは、存じておるのだな」

「いかにも、承っておりまする」

「ならばまあ、話ははやいか」

小さな溜息をついてから、通顕は話し始めた。

いかにも物憂げな様子で口を開くので、申し訳ない気持ちになる。女院の頼みでなければ、家内の不幸が続き心労の重なるときに、東から来た得体のしれない連中に昔のことをほじくられるのなど、きっぱり断ったに違いない。

「わが妻についても、存じておるか」

「は、おおまかなことは」

「愚かな男と女の、つまらぬ話よ」

それでも親切に、行尹の、一度目の訪問のことから話してくれた。話は、明一が通顕に近づき、二人が夫婦になったところから始まる。

明一が通顕を誘い出すために用いた尹子の遺筆、それが例の、「鳥辺山」の歌の書かれた料紙であるのだろう。明一が通顕を騙して妻の座についたこと、それを知った通顕も行尹も明一を責めなかったことは、若い高国の几帳面な正義感では、理解が及ばない。だが、なにか疑いを差しはさむような怪しさは感じなかった。

「お話しくださり、誠に有難う存じまする。これよりは、二度目の訪《おとな》いのお話を、伺うてもよろしゅうござりますか」

高国は、声に緊張をみなぎらせた。二度目の訪問というのは、恒男と彼の母が、姫君は明一に毒殺されたと告発した時のことである。下手したら通顕の妻に嫌疑をかけるような話になるから、繊細にならざるをえない。

「薬湯のことか」

だが、婉曲に話を繰り出すまでもなく、通顕はずばりとその言葉を口にした。

「は、いかにも」

「あれは、全くの徒言《あだごと》よ」

通顕が退屈そうに言うので、高国は肩透かしを食らったようになる。

「何卒、お教えくださいませ」

それでも高国が説明を請うと、通顕は気だるそうに、そのときのことを話し始めた。

文保《ぶんぽう》二（一三一八）年、四月。

「姫の死の検分に立ち会うた倉栖兼雄《くらすかねお》殿が、毒殺を疑っておられます。娘に飲ませていたという薬湯のことを、どうかお話しください」

突然訪ねてきた行尹が真剣な顔で問う薬草のことを、通顕は、何も知らなかった。かたや、問いを突き付けられた明一は、多少驚いてはいたものの、後ろめたい素振りは露ほどもみせず、隠しだてなく説明をはじめた。

「あれは間違いなく薬湯にござります。唐渡《からわた》りの品とかで、私めが調じたものですらござりませぬ」

何でも、美容によいとのことで、行尹の兄行房《ゆきふさ》が宮中で手に入れた貴重な品を、姫君のためにたびたび差し入れてくれていたのだという。

「兄上が……」

「いかにもその通りにござりまする」

亡くなった父に代わって行尹の暮らし向きを気にかける行房が、そのわび住まいに何くれとなく良き品を届けてくれるのは、確かに珍しいことではなかった。尹子のことも、よく可愛がってくれていた。

「まさか、行尹殿に、兄である行房殿を疑えと申すのではあるまいな」

通顕が窘《たしな》めるように質《ただ》すと、

「滅相もございませぬ」

きっぱりと否定したあとで、明一はその薬草について、詳しく話した。

「あれは確かに得体の知れぬ様々の草が入っておりまして、煎ずると苦いし、それは酷い色と匂いでございましたが、姫様のお髪《ぐし》やお肌は、あれを飲むと、ますますお美しく艶めきました。私が自らのなりに構わずにおりましたもので、姫様は私にもいつもその薬湯をわけてくださりましたが、飲むと私も、手のあかぎれ《あかがり》がすっかり治りました」

明一は、きっぱりと、その薬湯自体の効用を保証した。

「されば、行房殿が下さりましたのは間違いなく効き目もあらたかな薬湯で、毒などとは恐ろしい思い違いにございります」

話しながら、明一は少し目を細めた。

「まことにあれは、何が入っておりましたのでございましょうね。髭黒《ひげくろ》の大将もあの薬湯が好きで、いつも欲しがるので、私の分をわけてやっておりました」

それがもともと行房からの贈り物で、姫だけでなく、明一も、髭黒までも飲んでいたと聞けば、その薬湯のことを疑うのはいかにも筋違いだと、行尹にも思えた。

「左様でございましたか。つまらぬ僻事《ひがごと》で疑いをお向けし、誠に申し訳ございませぬ」

「どうぞ、お気になさらず」

そこに、まるで自らが噂されているのを耳にしたかのように、黒い猫が一匹、甘えたような高い声をして入ってきた。

「そなた、髭黒ではないか」

猫は驚いて声をかける行尹の横を目もくれず素通りし、北の方の膝に乗り、その手を舐めた。

行尹はたまらない気持ちになった。亡き姫があんなにも可愛がっていた髭黒の大将が、いなくなったと思っていたら明一のもとにいたのだ。すでに通顕と子とともに、満ち満ちた幸福の中に暮らしている明一が、さらに尹子の猫まで抱いている。薬湯のことは的外れた嫌疑であったとはいえ、やはりすべてを明一に奪われたことには変わりない。猫を撫でる明一の姿が尹子と重なって見えるほどに、黙っていられなくなった。

「その……誠に心苦しくも申し上げるのでござりますが……」

「どうぞ、何なりと」

通顕に促され、話を切り出した。

「そこにおる髭黒の大将のことにござります。こちらで北の方様に可愛がっていただいている姿を見れば、申すのも苦しいことにござりまするが、それは亡き娘が大事にしておりました猫なれば、どうか当家にお返しいただけませぬか」

通顕や明一が答えの言葉を継ぐより前に、行尹は口早に話を続けた。

「愚かな執着とお笑いになられましょうが、侍従の大納言の姫君の先例《ためし》もあれば、もしやわが姫も猫となり髭黒のもとに戻って参るかもと、頼るべくもない儚い望みをかけてしまうのが親心にございます。されば、何卒」

そう頼まれてみれば、姫とともに読んだ『更級日記』のことも思い出され、行尹がそう考えるのも、いかにもと思われる。通顕はほとんど応のかたちに口を開きかけた。

「ご堪忍くださりませ」

だが、それより先に、明一がきっぱりと断った。理由を聞いて、行尹も、通顕すらも、呆気にとられた。

「ここに居ります髭黒は、姫様の髭黒ではございませぬ。お諦めくださりませ」

猫を膝に抱いたまま面《おもて》を伏せて、いかにも申し訳なさそうに、しかしつけ入る隙はないぐらいには厳しく、明一は言った。

「姫の髭黒にあらずとは、いかなることにござりますか」

「姫様の髭黒は、姫様が亡くなった夜の騒ぎのゆえか、すっかり姿をくらましてしまいました。今の髭黒は、私めが姫様を装って通顕殿を呼び寄せるために求めた、髭黒によく似た、別の猫にございます」

確かに、模様のある猫であるならともかく、小さな斑点すらもなく真っ黒い猫である上は、瞳の色や体つき、顔のかたちが近ければ、ほとんど見分けがつくものではない。

「今の髭黒と私と、ともに暮らして四年目になれば、人に劣らず情が湧いておりまする。どうぞ、どうぞお連れになりませぬよう、お願い申し上げまする」

明一は必死に訴えた。

「誠に、異なる猫だと仰せられますか」

「いかにもその通りにございます」

「お渡しするのが嫌で、偽りを申しておるのではないか」

「決して、そのようなことは」

「似た猫を求めたつもりが、実はやはり姫の髭黒であったということはございませぬか」

通顕も行尹も、口々に何度も確かめた。が、明一は少しも迷わず、

「畏れ多くも、天地神明に誓って、これに在るのは異なる猫にございます」

堂々と言い切った。

「では、姫の髭黒はどこにおる」

「存じ上げませぬ。葬儀の慌ただしさに紛れ、いずれかに迷うて出ていってしもうたとしか……」

言われてみれば、姫を荼毘《だび》に付すまでの日々、明一が里下がりする前も、髭黒の大将の姿は見ていなかったような気が、行尹もしてきた。あのときは皆、猫のことまで気が回らなかったのだ。

「そう話しているうちに、行尹殿もしまいには明一の話を承知して、猫のことも諦めて、お帰り

になったのだ」

通顕の説明を聞いて、高国の心中を占めたのは、まず驚き、そして困惑であった。

ずっと髭黒を追っているつもりだったが、明一の言葉を信じるならば、いま彼女の手元にある猫は髭黒ではない。ならば、行尹の求める猫は、一体どこにいる。八年前、姫が亡くなった日から行方知れずの猫を連れてこいと言うのか、それともやはり明一の猫が髭黒だから奪ってこいと言うのか。

ここまで来て、行尹の心が、高国にはまったく分からなくなってしまった。

「顔色……顔色が」

だが高国は、ほとんど言葉を失いかけながら、辛うじて恒男の話を思い出して、呟いた。

「何と申した」

「いえ、あの、行尹殿はお館を訪《おとの》うた折、何ぞお口にされましたか」

「いや、何も」

「館を出られたとき、尋常でなくお顔の色が優れなかったと、聞き及んでおり申すが……」

すると、それまで何につけ滑らかに答えていた通顕が、そこに至ってはじめて、言い澱《よど》んだ。

「それは……そうだな、我が申した心無い言葉のゆえであろう」

苦しそうに、言う。

「薬湯のことで難を申し立ててわが妻を責める恒男たちが憎さに、つまらぬことを申してしまったのだ」

「何と仰せに」

「誰かが尹子に毒を盛ったと申すなら、常に皆の夕餉の支度をしていた乳母と恒男こそ、誰より怪しいではないか。もともと恒男は尹子に執心しておったと聞いている、と……」

妻にあらぬ疑いをかけられた通顕が辛辣なことを言いたくなるのも、無理はない。しかしその言葉は、行尹が誰より信じる者たちとの間柄に亀裂を生じさせるような、心無い物言いであった。

「そう申したのが、お話しした最後になってしもうて、我も済まなく思うておる。その後鎌倉に落ちられたとは存じもせず、我ながら情けないことだ」

暗い表情で溜息をつく通顕を見て、この方の憂いを帯びた佇まいは、生来のものなのだろうかと、高国は考えた。尹子を喪い、明一に騙され、行尹に罪悪感を抱き、母を亡くし、父までも床づき。少しずつ重なった不幸が、本来は快活であった人を、変えてしまったのかもしれない。

「……話が見えませぬな」

二人で歩きながら、頭を整理しようと話してみるものの、憲顕が開口するなり呟いた一言に尽きる。まだ、話が見えないのだ。話が見えないうちは行尹の心もわからず、行尹の心がわからぬうちは、猫の在り処もわからない。

「通顕卿に最後に言われた言葉で顔色が変わったというなら、それをお耳にして何かに気づかれたということでござろうか」

「行尹殿は、恒男殿のことを怪しまれたということか」

二人は黙り込んだ。行尹を思う恒男の心、それが偽りであるとは思いたくなかった。

二十七、祇王《ぎおう》

「話はあらまし、見えたようでござりますね」

高国は憲顕とともに、永嘉門院《えいかもんいん》の御所を出たその足で、早速玉章《たまずさ》を訪ねた。通顕《みちあき》から聞いた話を伝えると、玉章は涼しい顔で、高国と憲顕が抱いた感想と、すっかり逆のことを言った。

「すべての方々のお話をまとめると、かようになりましょうか」

何がわかったか説明する代わりに、玉章はこれまでに聞いた話を、改めて整理した。

まず尹子《ただこ》が中院通顕《なかのいんみちあき》と縁づき、それから毒殺される。その後明一が尹子の遺した文を用いて彼女になりすまし、通顕の妻となり、子をもうけた。明一が通顕の妻となったことは、尹子の死から一年半足らずで、行尹《ゆきただ》の知るところとなっていた。

姫の死から三年半たって、倉栖兼雄《くらすかねお》の文を受け取った行尹は、はじめて姫が毒殺されたかもしれないことを疑った。それを聞いた恒男は、明一が姫に与え続けていた薬湯を毒だと言い立てたが、明一によるとそれは、行尹の兄行房《ゆきふさ》がもたらした本物の薬湯だという。さらに、姫の食事の手配をしていた乳母や恒男こそ怪しいという通顕の指摘を受けた行尹は、顔面蒼白で屋敷に帰っていった。

その夜、行房や恒男とともに乳母の料理した夕餉《ゆうげ》を共にしたのち、一人で酒を飲んでいた行尹が倒れた。それから行尹は誰にも何も語らず、東に落ちて今にいたる。

「いかにも、そのように存じまする」

「そして、髭黒《ひげくろ》の大将の姿は姫君の死いらい誰も見ておらず、明一殿のもとにおる猫は、偽物の髭黒であるということでござりましたな」

高国は、半ば唸《うな》るように頷いた。やはり、彼には話が見えないし、肝心の行尹の心がまったく見えない。玉章はそこで、話の向きを少し変えた。

「ところで、姫君に用いたかもしれぬ毒に、見当がつきました。あれから兼好《けんこう》殿が調べたところ、陸奥《むつ》の卜部《うらべ》氏には、蝦夷《えみし》より教えられた秘伝の毒の調法の記録が残っていたとのことにござります」

あの兼好という男、周旋に長けただけでなく、知識も人脈も、なるほど胡散臭《うさんくさ》いほどに広いらしい。卜部氏はもともと神祇祭祀や占術、裏を返せば呪術に関わる家柄であるから、蛇の道にもよく通じているのだろう。

「何でも、ある種の蜘蛛《くも》の毒を烏頭《うず》に混ぜて用いると、人が口にしてから毒の効力が現れるまで、遅らせることができるとか。それを使えば、胸の病で頓死したかにみせられるかも、と」

「恐ろしゅうござるな。左様な毒ならば、秘かに人を害すのに、広く使われているのでござりましょうか」

「それが、おいそれと使えるものではございませぬ。その毒薬、口にするとすぐわかるほど、苦みがあるのだそうで」

高国と玉章は、顔を見合わせた。

「それに、お気づきでございますか。通顕殿は、高国殿と話されたとき、あることを、お隠しになりました。通顕殿のもとから行尹殿のお手にきっと渡ったはずのものが、お話の中に、出てきておりませぬ」

言いながら玉章は、指を宙で動かして、長い四角の形を作ってみせた。

「あ、言われてみれば」

それは確かに、高国と憲顕が、すっかり見落としていたことだった。

「あとほんの幾つかを確かめれば、事はすべて明らかになりましょう。まずは、急ぎ明一殿を呼び出さねばなりませぬ」

そう言ってからの玉章の動きは、素早かった。高国に覚一を呼び出させ、次いで養い親である元女御代《もとのにょうごだい》こと琮子《そうし》殿のもとに覚一とともに願い出ると、明一を、いとも簡単に呼び出してしまったのである。

「一体、何をなさったのでございますか」

「なに、大したことはしておりませぬ」

覚一から琮子殿に、「義母の死や義父の病を受けて、明一がすっかり鬱々としている」と伝えさせたのだ。中院の家と堀川の家は遠い係累でもあるし、琮子殿は通顕が後見する邦良《くによし》親王と縁が深いから、それを聞けば自然と手を差し伸べることになる。

「気晴らしに覚一殿の語りを共に聞こうと琮子殿《ははうえ》よりお誘いしたら、明一殿も喜んでご承知くださりました」

玉章は事もなげに言った。

玉章がそうして設《しつら》えてくれた宴の末席に、高国は憲顕とともに控えている。高国は、上座に坐る琮子殿の姿を窺った。

まだ正式な后を持たない帝が即位するときには、儀式上の妻として「女御代《にょうごだい》」という立場の女性を立てる。琮子殿は邦良親王の父である先々帝の叔母で、甥のためにその女御代の役目を務めた人だ。

先々帝の女御代とか、親王の大叔母とかいうと、どれだけ年を召しているかと思うが、琮子殿はまだ四十ぐらいの、玉章の養母として不自然ない年ごろの人である。肩書きから想像するよりはずっと気さくで、玉章とも随分馴染んでいるらしい。

「ようこそおいでなさいました。ここなる玉章はまだ京に来たばかりで心細かろうゆえ、どうか仲良うしてやってくださいませ」

琮子殿にそんな風に声をかけられて、招かれた明一は、ほっとした様子であった。

「さて、何の曲を聞こうか」

「『祇王《ぎおう》』がよろしゅうございましょう」

戦語りをしてもらうのも場にそぐわない気がしたのか、わざと白拍子の出てくる段を玉章が選ぶと、

「私も、歌うてもかまいませぬか」

明一が自ら申し出た。

「ぜひ、お願い申し上げまする」

そう言ったのは覚一で、二人は以前も芸を合わせたことがあるのかもしれない。ごく自然に、覚一の琵琶の語りの合間に、明一が祇王の役を演じて、今様を歌い、舞った。平清盛《たいらのきよもり》の気まぐれな寵愛に翻弄されたのち、仏道に救いを見つけた白拍子祇王の、はかなくも芯のある姿をうつしとる。

「何と、お美しいこと。見るだけで極楽往生を遂げられそうな尊さにございます」

琮子殿がすっかり感動して、涙を浮かべる。通顕の妻となってから、むやみに人前で歌ったり舞ったりすることは、出自を笑われることにもなりかねないから、控えていた。だが、その気さくな女主人が設けた気の置けない座では、彼女の芸は、仏性すらも宿るほどに貴いものとして有難がられた。明一は座にあふれる賛辞に恐縮しつつ、頬を紅潮させた。小さな宴は、そのように

楽しく進んだ。

「おたあさま」

と、陽がすこし赤い潤みを増してきたぐらいの時刻になって、玉章が言った。

「今日はすこし、御酒《ごしゅ》が進みすぎておわしますよ」

「おや、さようか」

「もうお開きにいたしますゆえ、奥にお下がりになり、休まれるのがよろしゅうございましょう」

てきぱきと座を取り仕切る玉章に、皆が感心して見入った。少し酔った女主人が、

「お前は玉衣《たまぎぬ》よりずいぶん頼もしいのねえ」

と満足そうに言ったのに、玉章は返事をせず、表情も変えなかった。

「お帰りになる前に、お話を伺ってよろしゅうございますか」

琮子殿を先に退出させてから、玉章は明一の近くに座り、切り出した。

「むかし六波羅に勤めおりました、北条武蔵守《むさしのかみ》のことを、ご記憶いただいておりましょうか。私は、かの者の娘にござります」

はっと、ちいさく息を呑む音を明一はさせた。それだけで、彼女がいつどこで北条貞顕《さだあき》と出会っていたかを、明確に覚えていることが伝わってきた。

「じつは世尊寺行尹殿が、今はわが父の領する金沢《かねさわ》にお住まいでござりますが、いまだ髭黒の大

将をお求めだとか。中院のお屋敷に黒い猫がいると伺うたのでござりますが……」

行尹の名を出しただけで、ほとんど細かい説明は必要なかった。

「そのことは、とうの昔に行尹殿に申し上げました。わが家にいる猫は、あれは決して、世尊寺の姫様の髭黒ではござりませぬ」

明一の淀みない返事は、高国が通顕から聞いたのと、全く同じだった。それでも、玉章はしつこいぐらいに何度も確かめた。

「金色の目にしなやかな体、墨を摺《す》ったるが如き艶やかな黒い毛で、姫君の髭黒とそっくり同じ猫に見えると、耳にしておりますが」

「それでも、違うのでござります」

「いなくなった髭黒が、帰ってきたのではござりませぬか」

「違います」

「天地神明にかけて、違うと仰せでござりますか」

「いかにも、天地神明にかけて、違う猫にござります」

(随分と、念を押すな)

高国は訝しんだ。だが、この念押しにこそ、重大な意味があるらしい。

通顕の話では、中院邸にいるのは姫の髭黒ではないと聞いた行尹は、それに納得して帰ったことになっていた。玉章は、それについて尋ねた。

「行尹殿は、異なる猫だというお言葉だけで、得心され帰られましたか」

「え、それは……」

明一は、なにか繕う言葉を探そうとしたようだった。しかし、その隙も与えずに、

「そうとは思われませせぬ。行尹殿は恐らくそのあとに、かようなことを、口にされたのではございませぬか……」

ほとんど明一の耳に口をつけそうなほどに顔を近づけて、玉章は何事かを低い声で囁いた。

それを聞くと、明一は真っ白な顔で、目を閉じた。観念したかのような、或いは悪い夢にうなされるかのような表情だった。

二十八、蛇《くちなわ》

「そこまで仰せになるならば、そこにおるのは確かに異なる髭黒《ひげくろ》なのでござりましょう。されば猫のことはもう申しませぬ。この上は、娘が書きのこしたという文を、形見として頂戴しとうござります」

行尹《ゆきただ》は至極淡々とした様子で、そう言った。髭黒を返してくれ、という彼のせめてもの望みを、明一が断ったあとのことである。

それがどの文を指しているのか、通顕《みちあき》にも明一にも、すぐにわかった。通顕を誘い出すために明一が用いた、「鳥辺山」の歌の書かれた文である。

明一は顔色《がんしょく》をなくして、それも何か理由をつけて断ろうと思ったが、猫を引き渡すことを拒否したばかりで、今度は手紙を渡すのを渋るのに良い理由が、すぐには見つからなかった。彼女は、通顕が、手紙は捨ててしまったとか失くしてしまったとか、嘘でもまことでも、そう言ってくれることに期待を寄せた。

だが、通顕は通顕で、その行尹の申し出を聞いて、言う通りにするしかないと思った。姫を毒殺したなどという言いがかりを、いつまでも引きずられたらかなわない。遺筆ひとつで納得して引き取ってもらえるなら、それが何よりだと考えたのだ。

尹子から受け取った文を、通顕はすべて、大事にしまってあった。それは、明一を娶《めと》ったあとも、変わらぬ彼の宝物として、寝所に置いた螺鈿細工《らでんざいく》の手箱に入れてある。底のほうから古い順に重ねて、一枚として損なったものはない。だから、最後に受け取った「鳥辺山」の文は、その手箱を開ければ、一番上に置いてあった。

「こちらにござります」

それゆえ、通顕がその文を取り出して行尹に渡すまで、時間はかからなかった。

「殿、やはり、なりませぬ」

明一は真っ青な顔でことの成り行きを見守っていたが、行尹に書が渡りそうになったその瞬間、膝の上に丸まって眠っていた髭黒のことも構わず立ち上がり、まるで舞を舞うときのような思い切った動作で、通顕の袖に飛びついた。もはやそれらしい理由などなにも無くても、どうにかして文が行尹の目に触れるのを止めようとしたのだ。

だが、遅かった。

「……これは……」

その文を受け取った行尹と、それを見られた明一の、等しく蒼白な顔を見て、通顕は、何かは分からないが、自分がとんでもない過失を犯したということを、知るほかなかった。

「ご堪忍くださりませ、何卒、ご堪忍くださりませ」

その場にひれ伏して、ただ熱に浮かされるように謝罪の言葉を繰り返す明一のことは、ほとんど無視して。

「よりにもよって、鳥辺山とは……」

行尹が、真っ青な顔になり震えながら、暗く厳しい目を向けた相手は、通顕だった。

「娘が誠にこの歌を書き遺したと、通顕殿は信じられましたのか」

かつて娘を愛してくれた男が、娘に関する重大な事実を見落としていたことを、その目は確かに、静かに激しく責めていた。対する通顕も、そう詰められれば、在りし日の尹子と交わした約束のことが思い出される。尹子は約束を破ってその歌を書き、そして命を落としたのだと思っていた。しかし改めて考えれば、その歌を書いたのは彼女ではありえない気もしてくる。

行尹は、言葉を失う通顕に対してその場ではそれ以上は何も言わず、事を荒立てたりもしなかった。

「とにかく……とにかく、文を頂戴した以上、これにて失礼いたしまする。つまらぬことを申してお騒がせしたこと、心よりお詫び申し上げまする」

何とか絞り出すように言って、屋敷を後にした。

(なんという、恐ろしいことになってしまった)

明一は、行尹の去ったあとに、なかば腰を抜かすように座り込んだ。

（髭黒を、偽物だなどと白状せず、何も申さず行尹殿のもとにやってしまえばよかったのだ、そうすれば何も明らかにならずに済んだものを……）

後悔したが、そんな彼女に体をすり寄せてくる黒猫を見れば、愛しさに胸が締め付けられる。

ひとつ、行尹にも夫にも、誰にも決して言わなかったことがある。

明一が尹子になりすまし、通顕を誘った理由は、恋情ではない。そもそも、通顕に恋などしてはいなかった。尹子の夫として好ましく申し分ない男君だと思う以上の気持ちを、抱いたことがなかった。にもかかわらず、明一に通顕を奪わせたものは、何か。

それは、亡き尹子への恨みだった。

発端は、思い返しても、ごく些細なことであった。

姫君の養育に心を砕くだけの日々は、それまで血を吐くような思いで芸を磨いて、それを情けない思いをしながら売らなければならなかった明一にとって、呆気ないほどに安らかな毎日だった。綺羅も紅も白粉《おしろい》も、持っていたものはすべて、姫に与えた。姫は奥ゆかしく、また聡明で、その人を育てるのは大きな喜びだった。通顕に見初められてからますます美しくなる姫を、明一はうっとりと眺めていた。

「明一、そなたはいつも化粧もせず、あかぎれだらけの手で、我より十も長《た》けて見えるぞ。当代一の舞手であったなど、とても思えぬ。もすこし見目つくろえば、通顕殿ほどの方ではなくとも、良い男がすぐ見つかろうに」

その姫が、ところがある日、そう軽口を言った。それは、自らの外見をおろそかにして姫の世話ばかりする明一を無邪気に揶揄しただけの、まだ幼い姫君の本当になんということもない戯言《じょうだん》だった、のだが。

それを聞いて、様々の想いが、明一の誇りをずたずたに切り裂いた。

（何という憎い物言いよ）

良い男を得るだけが望みならば、こんな風に暮らしたりはしなかった。ごく近い親戚でありながら、自分は白拍子で尹子は貴族の姫君なのは、生まれつきの仕合わせであって、彼女の功でも何でもない。ただその生まれのゆえに、尹子は書を好きなだけ極めることができたのに対し、自分は歌舞を売りたくないと思ったら芸道を諦めるしかなかったということだけは、どう恨んでも恨み切れない。

それでも、縁あってお仕えすることになったからには、自らはどんなに情けないなりをしても、姫様には硯より重いものは持たせぬようにと大切に世話をしてきたというのに。その自分に対し、こんなことを言う。愛された自信で随分と慢心しているらしいが、中院程度の男を得たことが、それほど誇らしいのか。

そのあとも、それまでと何も変わらず、心を尽くして仕えたものの。そのときの姫の言葉は、とぐろを巻いた蛇のように居座って、明一の肝の底を、すっかり冷たく凍りつかせてしまった。

それが無ければ、姫君の喪も明けぬうちから、彼女の愛した男を奪おうなどという恐ろしいことは、思いつかなかっただろう。

だが、人の情というのは、ままならないものだ。

大した思いもないまま関係を持った通顕の、尹子への一途で誠実な愛情に、いつか明一はすっかり心を奪われていた。子ができる頃には、確かに、この人に自分自身として愛されたいと、願うようになっていた。

自分が尹子ではないとわかったとき、夫はひたすら優しく、手ごたえがないほどにあっさりと、それを受け入れてくれた。以来妻となり、子も産んで、下にも置かない扱いだが、果たして夫は、自分のことを愛してくれているのだろうか。結局自分は本当に、尹子から通顕を、奪うことができたのだろうか。

頼りなく、寄る辺ない思いのする日々、いつも寄り添ってくれたのは髭黒だった。明一が物思いをしたり、静かに涙をこぼしたりするとき、すいと現れて、暖かい身を寄せ、のどを鳴らした。

通顕も、あるいはその子供も、尹子のものであったかもしれない。だが、髭黒は違う。明一自身が見つけて拾い、自分が尹子になりかわったのと同じように、髭黒の大将になりかわった猫。自分の心を誰よりも知るその猫のことを、明一はどうしても、知らん顔して手放すことができなかった。

行尹が去ってからしばしの間、二人で呆然と物も言わずに、その場に座っていたが。

鋭い雨の降ってくる音を聞いて、明一は猫を抱き上げて縁近くに立ち、外を眺めた。

「あのお優しい方が、雨に濡れておいでかも……」

ほとんど独り言のように呟いたことばではあったが、通顕からは何の返事もかえってこなかった。随分と物思いに沈んでおいでだ、と明一は思ったが、無理もないことだろう。


そのときからずっと、何も起こらなかった。行尹がその後どうしたかすらも、明一は恐ろしくて確かめずにいた。だが、やはり、あれで終わるはずがなかったのだ。運命はもう一度、美しく厳しい顔をして、彼女を問い詰めるために戻ってきた。

「仰せの通りにございます」

明一は、当時の行尹の様子を思い出して恐怖に震えながら、いま目の前にいるあのときの六波羅殿の娘に、なんとか答えた。

「行尹殿は、姫の最後の文をご所望にございました。それで文をお渡しして……おそらく行尹殿は、ご覧になって、すべて、お知りになったのです」

先刻、通顕の話はあることを隠していると玉章《たまずさ》が指摘したのは、この文のことだった。確かに、文が行尹の手に渡ったときのことを、通顕は嘘で隠した。行尹の顔色を酷く損ねたものは、通顕のかけた言葉などではなく、「鳥辺山」の歌が書かれた文だったのだ。

「恒男、中院殿の北の方がお帰りゆえ、ご挨拶を差し上げるとよい」

玉章は、むかし明一と同じ家で同じように心を尽くして働いていた男の名を呼んだ。参上した恒男の姿を見て、たまらなくなって明一は泣き崩れた。

「恒男どの、ご堪忍を、どうか」

それ以上の言葉は、すべて嗚咽で掻き消された。

呼ばれたばかりの恒男はもちろん、憲顕もまだ、全容の摑みきれていないような顔をしている。

だが、高国は、先に玉章が猫のことを明一に何度も念押すのを聞いて、あることに気がついていた。

なぜ、明一は、自分の猫が髭黒ではないことを、そこまで自信を持って誓えるのだろう。

話に聞く髭黒は、真っ黒な毛に金色の目の、細身の雄の黒猫ということだった。もとの髭黒はどこかへ行ってしまった、と言いながら、それとよく似た、探してきた明一自身が「髭黒の代わりになる」と思ったほどによく似た猫が見つかったとき、なぜそれが、「いなくなった当の髭黒ではない」と確信できたのだろう。

行尹邸から離れた場所で見つかったのか。黒い毛に混じって白髪でもあったのか。異なる癖でもあったのか。それとも、長く共に暮らした者には、どんなに似て見えても違いは自明だったのか。確かにそうかもしれない。だが、明一はそんな理由はひとつも挙げもせず、それでいて誰にどんなに問われても決してたじろがず、ただ「誓って同じ猫ではない」とだけ言い張った。それは、今の髭黒が、もとの髭黒であるはずがないことを、知っていたからではないのか。

おそらくは、玉章も行尹も、それを確信するために、何度も明一に問いかけたのだ。

「明一殿、某《それがし》は行尹殿より猫を探して参るよう仰せつかった者にございますが……」

高国は、静かに、できるだけ明一を怖がらせないようつとめながら、確かめた。

「行尹殿の姫君が飼っておいでだった髭黒の大将は、もう死んでいるのでございますね」

こくりと、明一はうなずいた。

「おそらくは、姫君が亡くなられる、ほんの数刻前に。姫君と同じ毒を、口にして」

彼女は、覚悟を決めたかのように、もう一度、より深くうなずいた。目からは涙の粒がとぎれなく溢れてくる。

「この女、罪人として突き出すことは叶いましょうか」

自らの罪を静かに認める明一を見て、恒男が色めき立つそばで、

「いかがいたす、高国どの」

玉章が、試すかのように高国の意向を尋ねた。

「いや、それは叶わぬ。猫を殺したのも、姫君を殺したのも、明一殿ではないゆえ――」

高国が冷静に答えるのを見て、玉章は、満足そうに頷いた。

二十九、黒猫

「あの日、いつもと同じように、姫様は私の分も、煎じ出した薬湯を取り分けて渡してくださりました。私もすぐに飲もうと思って置いておきましたらば、髭黒《ひげくろ》の大将が例のごとく喜んでそれを飲んでおり……」

問われるまでもなく、明一は自らそのときのことを語りはじめた。

「そうかと思えば、そのまま苦しんで、ぱたりと倒れて息絶えてしまったのでござります」

その髭黒の無惨なさまを見て、明一は震えた。とはいえ彼女が恐ろしさに怯《ひる》んでいたのは寸時のことだ。尹子《ただこ》が薬湯を口にしないよう、慌てて止めに走らなければならなかったからだ。

だが、既に遅く、明一が部屋に飛び込むと、尹子の碗はすでに空になっていた。しかし不思議なことに、すぐに倒れた髭黒の様子とは異なり、同じ薬湯を飲んだはずの尹子は、けろりとしている。

もしかすると髭黒の死は、薬湯のせいではなかったのかもしれない、もしそうならば、同じ薬を飲んでしまっている姫様を無闇に怖がらせるのも無用なことと思い、しばし明一は、髭黒のことを姫に奏するのを控えていた。そうでなくても、愛猫の突然の死を、いつどのように伝えたものか、言いあぐねていたのだ。

その日の夜に、姫は倒れた。猫にはすぐ効いたが、人の体には時間を置いて効き目があらわれたに違いない。

「髭黒の骸《むくろ》は、いかがされたのでございますか」

高国が訊いた。

「庭の桜の根元に……」

今は誰も住まなくなったその館のあとに、桜はまだ年ごとに咲いているだろうか。そこには一匹の、あわれな猫が眠っている。

「――つまり」

高国は、恒男と憲顕に向けて、説明を続けた。

「猫と姫君が立て続けに亡くなったことで、明一殿は、その日にかぎって両者が飲んだ薬湯に毒が入っていたことに気づかれた。薬湯をもたらしたのは、いつもと同じ行房《ゆきふさ》どのだ」

明一に許しを乞うべき罪があるとするなら、それは猫と姫君を殺したことではない。

「明一殿は、姫君の死の真相を皆に知らせるかわりに、行房殿を脅し、偽の文を書かせたのだ。通顕《みちあき》殿を騙し、誘惑するために」

偽物とはいいえ、常人に見破れる代物ではなかったはずだ。現に、姫君からの手紙を何通も持っていた通顕でも、それが姫の手蹟《しゅせき》であること自体には、少しの疑いも挟まなかったぐらいだ。行房の才は家流を忠実に倣《なら》うことであったから、世尊寺流の天才の一人である尹子の手蹟を、真似ることにかけては、彼の右に出る者はいなかったのだ。

しかし、他の誰の目を欺くことができても、世尊寺流をともに受け継ぎ、行房と尹子の手蹟の好みも癖もすべて知り尽くした行尹《ゆきただ》が見れば、どんなによく真似てあっても、それが誰の書いた文字かは瞭然《りょうぜん》としていた。

「偽書を成すというのは、書家の業《わざ》としては下の下の行いで、本来であれば行房殿が自ら進んでされるようなことではないはずだ」

「高国殿の御推察、尤《もっと》も然るべしと存じまする。ましてや、鳥辺山の歌といえば、姫君にとってはほかの何より不吉な歌。姫が生前に書いていたとは、信じられぬ話にござります」

高国の話を補うように、玉章が説明を加える。

「なるほど、それゆえに、鳥辺山の歌の書かれた文をご覧になるなり、行尹殿は姫君の身に起きたことを、すべて察せられたということにござりますな」

勘よく声を上げた憲顕に、高国は然りと頷いた。

その偽の文を書いたのが行房だということは、つまり、行房には明一のためにそれを書かなければならないような重大な弱みがあったことを暗示する。そこに髭黒の死とくだんの薬湯が結びつけば、答えに思い至るというわけだ。

「さような……まさか行房殿が……信じられませぬ」

恒男が顔を蒼くした。彼は幼いときから、行房のことも近くで見てきた。行尹との間柄が通常の兄弟とは異なるものであったことも知っていたが、それについて嫉妬や不信が巣食っているなどと、思ったこともなかった。

「いつもお優しく、主や我らの暮らしを、お気にかけてくださっていたのに……」

もちろん、その優しさは偽りで、実は行尹たちの動向をいつも監視していたのだと、言うこともできた。あるいは、折々の差し入れこそ、自分の与える飲食物がいつでも疑われずに消費されるための布石でしかなかった、とも。だが高国は、そういう言い方はしなかった。

「お優しいゆえに、真っ向から争うことができず、かえって不幸な結果を招いたのであろう」

玉章はその高国の言葉を聞いて、ほんの少しだけ目元に和らいだ表情を点《とも》したものの。またすぐ表情を引き締めて、今度は行尹が倒れたときのことに話題を移した。

「そもそも、行尹殿が姫の死の真相に気づいたその日に行房殿が現れて毒を盛ったのは、偶然とは思われませぬが、行房殿はいかようにしてそのことをお知りになったのでございましょうか」

誰に問うともなく一人ごとのように言ったあとで、玉章は明一に問い直した。

「行尹殿が文を手にしてお屋敷を去られたあと、行房殿にそれを、知らされましたか」

「いえ、私は、何も」

確かにそうなのだろうと、玉章は得心のいった様子で頷いた。高国が行房に会ったとき、行房は明一が通顕の妻となったことに、心底驚いた様子であった。明一と行房が、偽文《にせぶみ》の作成のあとまで通じていたとは思えない。では明一が知らせていないのなら、誰が知らせたのか。それを追及する代わりに、玉章は別の質問を、今度は恒男に投げかけた。

「行尹殿が倒れた日、行房殿が夕餉の材をお持ちになったと申しましたな。何を召しあがったか、覚えておりますか」

「あの日は、確か……」

問われた恒男が思い出すのを待つのも歯がゆいという様子で、玉章は先走った。

「行房殿が下された菜《さい》のなかに、茸が紛れていたのではござりませぬか」

「いかにも、仰せの通りにござります」

恒男が、息を呑んだ。古来より、毒茸の存在はよく知られている。

「あの茸に、毒があったと仰せでござりますか。されど、某《それがし》も、ほかならぬ行房殿も、同じ釜で炊いた、同じ茸を食しましたぞ」

「お待ちくだされ。行尹殿は、その日の夕刻には既に行房殿が姫君を害したことにお気づきあったのに、何故行房殿のもたらした品を、何も申さず口にされたのでござりましょう」

玉章の発言を受けて、恒男と憲顕が、ほとんど同時に疑義を挟んだ。玉章は深く同意するようにこくりと頷くと、

「各々の御不審は尤もにござります。それについては思い当たることもござりますが、余計なこ

とは申さず、行房殿にお話を伺うことにいたしましょう」

　どこまで分かっているのか、いつものように自ら全てを明らかをすることはせずに、話を収めようとした。

「私は、いかがすれば……」

　明一が惑った様子で訊くのに対し、玉章は事もなげに短く言った。

「お帰りなさりませ」

　高国も、それに言葉を添えた。

「通顕殿は、行尹殿がお屋敷を訪ねた折のことを某に語られる際、わざと文のことを隠して話されました。それは、北の方様を守られるためであったかと存じます」

　通顕は、明一が毒殺された姫の死を利用して自分を騙したことを知った上で、亡き姫君のために正義を貫くことより、妻である明一を守るために嘘をついた。その彼の嘘こそが、通顕の出した答えを、何よりよく表しているだろう。それならば、二人のことは二人に任せるほかない。

「あ……もうひとつだけ、お教えください」

　去らんとする明一に、玉章が声をかけた。

「何故、鳥辺山の歌を、選ばれたのでござりますか」

　敢えて、姫が最も書きそうにない歌を選んだ理由が、玉章には理解できなかった。

「それは、住まいがあの辺りで、導き出すのに適した歌でござりましたし……」

そこまで言って、明一は、より的確な答えに思い当たった、といった風でにっこりと笑った。

何の邪気も、翳りもくぐもりもない笑みであった。

「それに何より、姫君が、決して書かぬと、殿とお約束された歌でござりましたゆえ」

それはいったい、どういう意味なのか。

通顕の心に姫への不信を植えつけたかったのか、約束を破ったゆえの罰で死んだと思わせたかったのか、それとも自分は姫ではないと気づいてほしかったのか。

明一は、そこに残される者たちの表情などには興味を見せず、そのまま車に乗り込み、去っていった。

三十、南泉斬猫《なんせんざんみょう》

「いつから、行房《ゆきふさ》殿を疑っていらしたのでございますか」

喧騒の去ったあと、高国はしばし玉章《たまずさ》のもとに留まり、二人で語る時を得た。憲顕は、気を利かせてか、外で待っている。

「まず、姫君が害されたのが中院家《なかのいん》との婚約が整うたとき、行尹《ゆきただ》殿が害されたのが除目《じもく》の後、どちらも行尹殿の御流にめでたいことがありましたときなれば、行尹殿に嫉妬する方の仕業やもしれぬと思うたのでございます」

出世や栄達にさほど興味もなさそうだった行尹が、娘の死後はかえって公事に意欲を出して書の用で名を上げ、今上帝《きんじょう》の御代《みよ》で従四位《じゅしい》まで上ってきていた。それに最も強く危機感を覚えるのは、当主でありながらさほど位に差のない行房ではないかと思った、という。

「それに、東に落ちるまでは、行尹殿が尊円法親王《ほっしんのう》の師をつとめられていたという話も気になりました。何故《なにゆえ》兄である行房殿ではなく、行尹殿がそのお役をたまわったのかと」

耳に挟んだ程度の者でもそう思うのだから、行房本人の心中は穏やかではなかったに違いない、とふんだという。

「よく物を届けに屋敷に出入りしていたはずの方が、弟が突然都を落ちたのを、さほど気にした様子でなかったというのも、あやしゅう存じました」

さらさらと流れるように出てくる。結局のところ、きっと玉章は話のはじめから、行房が怪しいと目星をつけていたのだろう。

「思い至らず、恥ずかしゅうござります」

同じ人たちから同じだけ話を聞きながら、なぜ自分はこの人ほどによく気づけないかと、高国は情けなくなって面を下げた。

「されど私も、分からぬことばかりでござります。物語や歌の集をいくら読んでも、男女の機微は奇怪なるものゆえ」

それは、おそらく明一や通顕《みちあき》の心の動きについて言ったらしかった。いかにも解せない様子で、思いきり眉の間に皺を寄せるのが可愛らしく、高国は思わず声を上げて笑ってしまった。笑ったあとで、しんと気まずいような沈黙が二人の間に満ちた。

「それにしても、古来より、叔父と甥という間柄も、争いを生みやすいものでござりますね」

一息ついて玉章が言ったことに、高国はびくりと体を震わせた。もちろん自分の家のことを即座に連想したからだが、玉章が言ったのは、そのことではなかったらしい。

「恒男が話してくれましたが、行尹殿と行房殿は、まことは叔父と甥なのだそうでござります」

行尹の父である経尹《つねただ》の長男は経名《つねな》といい、本来なら彼が世尊寺家を継ぐはずだった。だが、経名はまだ若いうちに世を去ってしまう。それで経尹は、経名の遺子である行房を引き取り、自分の子として育てた。つまり、行房は本当は経尹の孫であり、行尹にとっては甥にあたる。

「そのような話はどの家でも珍しくもござりませぬが、お二人の間には、幾ばくか影を落としたのでござりましょう」

「なるほど」

「そもそも、ご家嫡は行房どのと、誠にお定めあったのでござりましょうか。先代は経尹殿というお名であらせられたのでござりましょう。行尹殿のことをこそ、経名殿の亡きあとご自分のお子の中でお家の流を継ぐに足る者と、お心に決めておいでだったとしても不思議はござりませぬ」

昔から、兄と弟が位を争うのはよくある話だが、当主が思いがけず早死にすると、その後に起きやすいのは、叔父と甥との争いである。大海人皇子《おおあまのおうじ》と大友皇子《おおとものおうじ》しかり、藤原道長《ふじわらのみちなが》と伊周《これちか》しかり、或いは源実朝《みなもとのさねとも》と公暁《くぎょう》の例《ためし》もそのひとつに挙げられるだろうか。

当主が早逝して後嗣がまだ年若い場合、本来ならば正当な後継者であるはずのその子が弱い立場にある間に、既に長じていて野心も力量もある亡主の弟が力を伸ばしてくる。そして二人の間で、熾烈《しれつ》な継承権争いが起きるのだ。行尹と行房の場合は、二人の歳が近く、さらに叔父である行尹のほうが年下だったことが、いっそう二人の関係を複雑にしたのかもしれない。

「そう申せば確かに、足利のお家でも、御同様でござりましたな」

高国の先ほどの反応も、やはり玉章は見逃しはせず、話を足利家の家督の話にうつした。それは、自然と、高国と玉章の縁談の話にもつながる。

「既に、わが兄と釈迦堂の伯母上より、お話はお聞き及びでござりますね」

高国は、頷いた。むしろ、玉章のほうこそその話をまだ知らないのかと思っていたが、知った上で、ずっと変わらぬこの態度であるらしい。

「高国殿は、いかがなさるおつもりにござりますか」

照れも遠慮もためらいもなく、玉章はすぐに、核心にあたるいちばん重い問いを、投げかけてくる。

「いかがと申されましても……」

返事に窮した高国の答えを待たずに、玉章は話を続けた。

「高国殿がお優しい方であることは、よく存じております」

高国は、ただ彼女を見つめた。とがった鼻、笑みのない唇、細い首筋、薄い肩。すべての線が、どこか寂しくなるような、隙のない美しさを作っている。

「お優しいゆえに、御母堂様や御舎兄はもちろん、釈迦堂の伯母上のことも、松寿殿のことも、思い捨てられずにおいでなのでござりましょう」

だが。その先は、言われなくても高国も分かっている。すべてを立てて、すべてを丸く収める術など、ない。

「玉章殿は、某《それがし》との縁談について、いかがお思いでござりますか」

答えかねて、思わず高国が訊きかえすと。

「私に、問うべきではござりませぬ」

玉章は間髪入れずに答えた。すこし怒気をはらんだ、と言ってよい、冷たく厳しい声の色だった。

「私の気持ちなど、知って何の意味がござりますか」

「されど、玉章殿が望まぬことなら、某は……」

「私が望むか望まぬか、それが何だと申すのでござりますか」

ああ、これだ、と高国は思った。

都にまるで猫の子のようにこの人が貰われてきたとき、こんな目をしていたはずだ。怒って、諦めて、受け入れる目。

（ただ、それだけのこと）

何を望もうと、望むまいと。

彼女の立場では、受け入れるしかないのだろう。京へ行けと言われれば行き、そこで女君の世話をしろと言われれば世話をし、そして誰かと縁を結べと言われれば、縁を結ぶしかない。誰も玉章の意向など、問題にはしない。ただ家の者たちの望む通り言われたままに動き、与えられた仕合わせに甘んじるしかないのだ。

釈迦堂殿と貞将《さだゆき》が高国と玉章との縁談を画策したら、それが成るかどうかは、高国にかかっている。玉章では、ない。

高国はやりきれない気持ちになり、俯いた。これだけの知力と胆力を備えた者が、自らの行く末を、自分で選ぶことも許されないのか。

「申さずとも、すでにご存じでございましょう」

高国の気持ちを紛らすためか、玉章は話し始めた。

「私めが、高国殿のことを、お慕いしているわけではないことを」

彼女らしい容赦のない物言いだったが、それはさすがに、高国も気づいていたことだった。高国が彼女にとって物足りない男だからそうなのか、それとも彼女はどんな男にも興味がないのか、それはわからない。しかし、嫌われているとは思わぬものの、玉章から、恋情の欠片《かけら》のようなものすら、これまでに高国は感じたことがない。

「とはいえ、話の通じぬ者や心根の卑しい者らと比べれば、高国殿のことは好ましゅう存じております。伯母上の申す通り、私にとっては、望むべくもない、良きご縁なのでございましょう」

それもまた、真実だろう。高国自身、自分の妻になったら幸せにしてやるなどとは口が裂けても言えないが、どこかの誰かと気に染まぬ縁談を強いられるぐらいなら、自分の妻となった方が彼女にとって多少ましだろうとは思える。

「されど、高国殿」

玉章は、高国をまっすぐに見た。

「御母堂様や御舎兄、憲顕殿、ご家中の皆々様の思惑すべてに背いてまでも、私をお求めになるような気持ちが、誠にござりますのか」

試すような、いや、試してすらいない。高国の答えまで含め、すべてを既に見通しているような、透徹した瞳に射すくめられる。

こういうとき、自分に必要な資質は、何なのだろう。

目の前にいる彼女を、抱いてしまえる情熱だろうか。攫《さら》ってしまえる腕力だろうか。邪魔なものを切り捨てる冷酷さだろうか。欲しいものすべてを手に入れようとする野心だろうか。少なくとも優しさなど、何の役にも立たない。

と、玉章は、弱気な雑念だらけの高国を見据えていた瞳を伏せて、仏が衆生に向くときのような、半眼の視線になり。

「南泉《なんせん》が猫を斬ると云います。救えますか」

その口から出たのは、よく知られた禅の公案だった。公案というのは、修行者が悟りを得るため、真実を究明するために、坐禅をしながら取り組む難解な問いのことである。過去のすぐれた公案は古典籍として蓄積されて広く研究されているから、高国もその「南泉斬猫《ざんみょう》」と呼ばれる公案のことは、知っている。

猫を巡って諍《いさか》う寺の僧たちを見た高僧南泉は、僧たちに告げる。自分を納得させられるような道理を説け。さもなければ、猫を斬る。皆、口ごもって道理を説くことはできなかった。南泉は、猫を斬った。

高国もその時の僧たちのように、戸惑った。戸惑いながら、「無門関《むもんかん》」という公案集に出てくる続きを、必死に思い出していた。

やがて弟子の趙州《じょうしゅう》が帰ってくると、南泉は、彼に問う。お前なら、どうしたか。

趙州は、頭に履物を載せると、何も言わずに退室した。それを見て南泉は、「ああ、奴がいたなら、猫を斬らずに済んだものを」と言った。

知識としては、知っている。

では自分も、趙州と同じように、草履《ぞうり》を頭に載せればいいかというと、それは違う。理由もわからずに形だけを真似することには、意味がないのだ。

高国が逡巡している間に、玉章は冷たく告げた。

「もう、猫は斬られました」

間に合わなかった、助けられなかった。高国は血の気の引いた顔で、縋《すが》るように玉章の顔を見た。

玉章は、いつのまにかまた真っ直ぐに目を開いて、高国を見て、微笑んでいた。それは、それまでに彼女の顔から見たことのない、悠然とした笑みだった。彼女にとっては自明のことを、分からぬ高国を憐れんでいるようにさえ見える。

「高国殿、いかなる高僧であれ、法や大義や道理があれ、無辜《むこ》の猫を斬る奴など、外道でございますよ」

高国は天を仰いだ。この人なら迷わず、猫を逃がしただろう。必要なら、南泉を斬ってでも、自分を斬らせてでも。

「迷っては、救えませぬ」

玉章は言った。

「迷ったのなら、近づきますな」

三十一、芥川《あくたがわ》

外に出ると、西の空は朱《あけ》がわずかに残る程度になっていて、東の空にぽっかりと、月が浮かんでいた。

「若どの」

門の近くで時間を潰していた憲顕が、すぐに寄ってくる。

何か玉章《たまずさ》のことで、はしたない冗談でも言いたそうな表情だったのに、高国の白く凍りついた顔を見ると、にやついた顔ごと軽口もすっかり引っ込めて、ただ高国の近くに立った。

「何だ」

高国が言葉をかけても、いつでも明るい彼には珍しく、黙って頭を振り、並んで歩いた。

と、思っていたら。暫く歩んだところで、やにわに立ち止まると、かがんで。

「若どの、ほれ」

高国に、自らの広い背を差し出す。

「何が、ほれ、だ」

「今日はお疲れであろう。憲顕に負われよ」

「たわけたことを申すな。女子供であるまいし」

口では憲顕の申し出を言下に否定しておきながら、高国は、思わず辺りを見渡した。徐々に、闇が落ちてきている。それならばいっそと、誘いに乗ってしまいたい気持ちもある。

「恥がましゅうござるか。ならば」

そんな高国のたじろぎを見てとるやいなや、憲顕は、自らの直垂《ひたたれ》の上衣を脱ぎ取ると、被衣《かずき》のように高国の頭から被せた。烏帽子《えぼし》をかぶった武士の姿が隠れるとともに、秋口の肌寒さが、和らいだ。

「これでよろしかろう」

馴れ親しんだ香りのする衣に包まれて、まるで昔男に攫《さら》われる女のように、高国は憲顕に背負われた。暖かい背にすっかり体を預けきって、憲顕が少し小走りに走ることで生まれるその風を、衣の下から少し覗かせた頰に受ける。路傍の草に置く露が、真珠のように光るのが流れて見える。あるいは、自分の目の滲《にじ》みだったのかもしれない。

いったい何をしているのか、可笑しくて涙が出てくる。このようにして、誠ならばあの人を、自分が背負って逃げるべきだったのだ。北条や足利、家の思惑などなにも届かない何処かを目指して。たとえ三町と行かぬうちに潰えて、取り戻されるとしても。

「このまま、鬼に喰われてしまいたい」

力なく、高国が呟く。小雨が降ってきた。憲顕は、首筋の辺りがぐずぐずに濡れてくるのを感じたが、それはもちろん、雨ではあるまい。

（参ったな）

走りながら、憲顕は視線を泳がせた。昔、『伊勢物語《いせ》』の男が女を背負ってたどりついたという芥川《あくたがわ》は、とてもではないが遠すぎる。せめて賀茂川《かもがわ》のほとりに、落ち着いて雨を過ごせるようなあばら屋を見つけた。物語のように外に立って待つべきかとも思ったが、主が鬼に喰われてはかなわないので、ほこりっぽい小屋の中に、二人で腰をかけて座った。

少し強くなった雨音が響く暗がりに、高国がすすり泣く音も混じる。憲顕は、高国の気が紛れるよう、話しはじめた。

「のう、若どの、髭黒《ひげくろ》の大将は死んでおったが、猫のことはどうします」

泣いて呼吸が乱れている高国が言葉を出せずにいる間に、憲顕は話し続ける。

「猫はおらなんだと言うのでは、鎌倉に帰るにも面目が立ちませぬなあ。このまま都で、憲顕に養われて暮らしますか」

「たわけたことを……申すな」

嗚咽を抑えて啜り上げながら、切れ切れの声で、高国が答える。

憲顕は軽口をききながら、内心では京に向けて発つ前に、高氏と二人で交わした会話を思い出していた。

「そなただけが頼りだ。よいな、憲顕、くれぐれも頼むぞ」

出立前に、高国のいないところで、高氏が憲顕に声をかけてきた。頼み込むように、憲顕の矜持をくすぐるように、かといって厭らしくもない裏表のない様子で、言い含める。

「もし、世尊寺殿のお求めの猫がどうしても手に入らぬときは、必ず代わりを仕立てるよう、高国を説得してくれ」

実際、ただ可愛い弟のことを、案じているだけなのだろう。ひたすら人のいい笑顔と、心地よい声の色。この人が人の上に立てば、心酔する者は少なくないはずだ、と憲顕は思った。

「そなたも気づいておるだろうが、高国のことだ、猫が手に入らなかったら、正直にそれを詫びるつもりだろう。だが、左様の真心は無用のものよ。高国の面目も立たず、母上も落胆され、世尊寺殿のお心も晴れず、矢神の手習いもうまくゆかぬ。どこにも良いことがない」

憲顕は、高氏の言おうとしていることが、よくわかる。おそらく、高氏に頼まれなかったとしても、同じように進言しただろう。

「それよりは、猫の姿かたちを詳しゅう聞いて、よく似た猫を探し出し、世尊寺殿にはその猫を献上すればよい。さすれば四方よしで、丸く収まる。世尊寺殿とて、何年も見ていない猫だ。入れ違ってもお気づきあるまいからな」

もちろんそうだ。それが最上の策だろう。だが、その高氏の物言いに、いい気はしなかった。

高国の実直さを不要な不器用さと断じられたことへの反発が、憲顕の心に燻《くすぶ》っている。

憲顕が高氏の言葉を思い返していると、少し呼吸を整えた高国が、

「猫は……必ず連れて帰る。代わりを、探すのだ」

と言った。

暗がりで互いの表情まではよく見えまいから、憲顕は軽い失望の顔をかくさなかった。憲顕が、或いは高氏が心配するより、高国も人並みの処世の術《すべ》ぐらいは身につけてきたらしい。

「そうよの、ご尤《もっと》もにござる。黒い猫など、明一殿がなさったとおり、代わりの猫でも誰も気づきはせぬゆえ……」

だが、高国は、憲顕のその言葉には同調しなかった。

「そうではないぞ、憲顕。いい加減に代わりを探し、世尊寺殿を騙せというのではない」

きっぱりとした口調で、高国は憲顕を窘《たしな》めた。

「肝心なのは、世尊寺殿のお心に添うことだ」

「世尊寺殿の、お心に、でござるか」

高国らしい言葉を聞いて、暗闇でも雨の音でも隠しようがないぐらいに、憲顕の声は弾んだ。

それに気づかずに、高国はやや調子を取り戻して、話を続ける。

「覚えているか。世尊寺殿は我に、『猫を連れて参れ』と仰せあったのだ。『見《まみ》えたい猫がいる』

と。しかし、明一殿や通顕《みちあき》殿のお話を思い出してみると、どうだ」

憲顕ははっとした。

「行尹殿は、髭黒の大将が死んだことを、既にご存知してござあった」

「それよ」

そしてその気づきは、行房《ゆきふさ》が姫君を殺したという核心まで、続いている。

「たったひとりの姫君を自らの兄であり甥である方に殺され、さらに自分まで命を狙われるとは、いかなる心地だ」

「余人の思いの及ぶものではござらぬ」

「うむ、耐えがたい苦しみであろう」

ずっと一人でその重大な真相と戦ってきた行尹《ゆきただ》が、高国に、「猫を一匹連れて来い」と命じた。その手掛かりとして、「わが心を知れ」と言った。すなわち、「全てを知った上で、死んだはずの猫を連れて来い」ということだ。

「もしそなたが最愛の者を殺され、自らの命も狙われたら、どのような思いを抱く」

「自らの身がどうなろうとも、きっと相手を殺します」

憲顕は即答した。彼なら確かにそうするだろう。貴族であり書家であり人柄も温厚な行尹の場合、血で報復することは選ばないだろうが、それでも内心では、何らかの復讐を誓っていたのを察することはできる。

「あの、『鳥辺山』の文だ」

行尹にできる復讐とは、言ってみれば、自らが書の力で行房より優れていると世に認められ、出世した上で、行房を放逐することだろうか。だが、それができるのは、行尹が再び都に戻ったとき、すなわち書く力を取り戻し、政治的にも兄を凌《しの》ぐ力を持ったときだけだ。

「あの文が、いかがしました」

「姫の手蹟《て》ではない偽物の文を、なぜ後生大切に鎌倉まで持って下られたのだ」

「確かに、訴えの証拠にでもするつもりがなければ、すぐに破り捨ててもよいほど憎らしい文に違いありませんな。裏返せば、いつか恨みをはらすために、お手元に置かれたのでござろう」

「そうであろう。東に下ってなお、いつまでも出家もせずにおいでなのも、やがては宮中に戻るのを期されてのことやもしれぬ」

だが、わざわざ手元に置いておいたに違いない忌まわしい文を、なぜその後、矢神にくれてしまおうとしたのか。

「行尹殿は、諦められたのであろう」

東下から四年。書く力も戻らず、もはや行房と対峙する気力など残っていない。行尹は、復讐を諦める境地に至ったのだろう。すると今度は、行房が姫君を殺し、明一がその行房を利用して姫君から通顕を奪ったなどという恐ろしいことが起きたとは、そもそも思いたくもない。

「諦めた末、何事も起こらなかったと思いなすことを望まれたのだ」

そもそも髭黒が死んでいなければ、すべては行尹の思い違いであったことの証左になる。もうあの文は手元に必要なく、その代わりにどうか猫を連れてきてほしい。つまるところ、「髭黒は死んでいなかった」という「嘘」こそが、今の行尹が欲している答えなのだ。

「ならばやはり、代わりの黒猫を求めることになりませぬか」

「それより良い手立てがないか、考えておる」

「それより良いとは、偽の髭黒より、ということにござるか」

「そうだ」

高国は、「たとえば」と前置きしてから、憲顕に説明した。

「姫君の生まれ変わりと思えるような猫が、見つけられないものだろうか」

『更級日記』の中には、筆者姉妹が「侍従の大納言の姫君」の生まれ変わりだと信じた猫が登場した。転生の真偽はともかく、あの猫は少なくとも、若くして命を落とした姫君のために胸を痛めた姉妹の心を、なぐさめる役に立ったはずだ。それと同じように、兄に陥《おとしい》れられ娘を亡くし、復讐さえも諦めた世尊寺殿の心を少しでも慰められるのは、単なる偽の髭黒ではなく、何らかの形で姫君の縁《ゆかり》を感じられるような猫なのではないか。

「世尊寺殿の苦しいお心を知る者がここに確かにいることをお伝えし、少しでもそのお心を明るくし、姫君だけでなく、明一殿や通顕殿との縁も繋ぎ直す。叶うならば、そのような猫を、求めたいのだ」

「それはまた……随分と欲張りますな」

「そう思うか」

憲顕が何の気なしに言った言葉が、高国の声色に、再び翳を落とした。

「確かにそうかもしれぬ。我は、近ごろ、欲をかきすぎている」

そしてそれは、もともと自らの身の上に対する欲心の少ない高国にとっては、恐ろしい罪だった。

「若どのが、欲を」

憲顕は、面白そうに聞いた。

「そうだ。我は自らにさしたる力もないくせに、誰も彼もの幸いを望みすぎておる。そして、誰にも背を向けたくはない。父上にも、母上にも、兄上にも、釈迦堂殿にも、松寿殿にも……玉章殿にも。むろん憲顕、そなたにも」

「伯母上の宿願を叶えつつ、釈迦堂殿や松寿殿の取り分も奪いたくないなら、若どのが、天下の御家人に号令するお立場にでもなるよりござらぬな」

呑気な冗談のつもりで憲顕が言った言葉に、高国は大まじめに答えた。

「突き詰めると、そうなる」

その上で、慌てたようにつけ加える。

「いや、我は兄上に越すような器ではないゆえ、号令するお立場は兄上に執っていただきたいのだが……いや、そうではない。そもそも天下に号令するというのが、あり得ぬ話であるのだが……」

憲顕はくすくすと笑った。高国は、笑ってはいない。

「しかし、そういうことなのだ。身の周りのすべての人の幸いを手に入れたいと思ったら、我みずからが、より強く、多く持てる者でなくてはならぬのだ。だが、何と欲深いことではないか。自らの仕合わせに飽き足らず、その上を望むというのは」

天下云々の極端な話は置いておいても、憲顕には高国の言いたいことはわかる。たとえば、憲顕がどれだけ高国の側で仕えることを望んでも、今の高国の身分では、それは叶わない。この件が決着したら、お互いの家族の意向に従って、高国は鎌倉で、憲顕は京で暮らすことになる。それを変えようと思ったら、高国が家中において、上杉の家に命じて憲顕を呼び寄せるだけの力を持つ必要がある。望みを叶えるには、相応の力が要るのだ。

「恐れますな。それは欲と申すより、お志というものでござろう」

「上手に言葉を変えたとて、現世果報への、つまらぬ執心でしかない」

「憲顕には難しいことはわかりませぬ。ただ、この先若どのが、何を手に入れようと、何を失おうと、憲顕はいつも、若どののお側に居ります」

「そうか、それはありがたいな」

高国の声色が晴れると同時に、雨の止んだ空から、冴えわたった月の光が射した。あばら家の暗がりもそれでほんの少し照らされて、互いの顔がうっすらと見えた。

「若どの、されど、ひとつお願いがあります」

青白い光にかろうじて照らされただけで微かな表情まではわかりづらいが、そういう憲顕の顔は、いつになく真剣だった。ほんのすこし圧《お》されるような心地を、高国は覚えた。

「なんだ」

「若どののお心のうち、いちばん素直で柔らかなところを、憲顕に下され」

高国は何も言わず、ただ怪訝そうに眉根を寄せて、憲顕を見つめた。

「これから若どのが何かを望み何かを得ようとするなら、弱さに通ずる優しさは、いずれお志を遂げる上で邪魔になるときが参ります」

憲顕はそう言って、横に座る高国のみぞおちの辺りに、しずかに掌《てのひら》を置いた。

「されど、若どのの直《なお》く情け深いご気性は、憲顕の最も愛するものなれば、決して切り捨ててほしゅうはござらぬ」

その熱がじわりと、高国の胸をあたためる。

「されば、この憲顕に、そのお心のあえかなる部分《ひとふし》を、預けてくだされ」

「あえかだと。我はそなたから見て、そこまで頼りないか」

触れれば落ちそうな儚い娘の様子を表すためのことばをあてられた高国が決まり悪そうに言うと、憲顕の目元が、優しく緩んだ。よく見えないが、いつもの彼の、穏やかなやさしさ、ではない。

「頼りないと申すより、あまりになまめかしゅうて、危うく見受けます」

「たわけたことを……」

右手はみぞおちに添えたまま、左腕で抱き寄せて、憲顕はじっと高国の顔を覗きこんだ。見返す高国の瞳は、潤んで柔らかい光を宿している。

「若どのの可憐なお心がわが手元にあれば、離れて暮らす間も寂しゅうござらぬし、何より安心していられます」

「ばかばかしい、好きにせよ」

笑みを湛えながらも真摯なまなざしに捉えられ、息がつまるような心地がして、高国は思わず、憲顕の胸に顔を押しつけた。その高国の背を、憲顕は力を込めて抱き、高国もその確かさに思いきり体を預ける。いつも、いつでも、憲顕の腕には揺るぎが無い。

「こんな弱くてふがいない心が欲しいなら、幾らでもくれてやる。そなたのもとに添わせておけ」

「有難き仕合わせにござる」

夜は静かに更けていった。雷も鳴らず、鬼も現れはしなかった。

三十二、真相

「兄上」

と、その人に曇りない声で呼ばれるたびに、ごく細かい塵のようなものが生じ、ひらりと舞ったかと思うと、心の底に沈んで行く。いつしかその細かいものが無数に溜まって、はっきりと見える澱《おり》となるほど積もったとき、自分はその人を、こんなに強く憎んでいるのだと自覚した。塵と見えたのは、実際には無数の棘であったのかもしれない。

その人が本当に自分の弟であったなら、また話は違ったかもしれない。だが本当は、行尹《ゆきただ》は行房《ゆきふさ》の弟などではなく、叔父である。

先代経尹《つねただ》は早逝した長男経名《つねな》の才を惜しみ、経名の子の行房を自らの養子として、あらためて後継に据えた。経名の下には弟たちがほかに何人かいたが、誰も経名に並ぶような才を持ち合わせてはいなかったのだ。末の子、行尹以外は。

行尹と行房は、同年生まれであったゆえに、手習い始めのときからずっと、並んで経尹に教えられてきた。書の家に生まれ、その書風を継ぎ、日々肩を並べて紙と硯に向かっていれば、どちらの方がどれだけ書の才に恵まれているか、思い知らされずにはいられない。

行房はだから、気づいていた。自分の書は、ただの器用な猿真似であり、小さくまとまった自家流の再生産に過ぎない。手本をなぞるように、そうであるべき字を、書かされているだけだ。だが、行尹の書は、そうではない。彼の書は家の流をもとにして、それに命を与えている。彼は自らが書きたい字を書きたいように書いて、自由な息を吹き込むことができた。自分の字は、書いたそばから古めかしい石のように死んでいる。

それでも自分が家嫡《かちゃく》ということに行尹が異論をはさまず、父にもそれを変えるつもりがない以上は、世尊寺の家の流を守り伝えることが、自らの大事な務めであると思うことができた。二人が同時期に元服したとき、父が自らの名の字を行尹だけに与えたことは心にかかったが、自分は実の息子ではないのだから、仕方ないと言い聞かせた。そののち弟が彼の書く字のごとくに奔放に家を出たときは、やはり家を守るのは自分のように堅実な者なのだと、小さな誇りを芽生えさせたぐらいだった。

打ち消しがたい苦々しさを感じたのは、勘当などとっくに許されてからの行尹が、尊円法親王《ほっしんのう》の教育係を、父から任されたときである。

「父上、何故、その大役を行尹に任せるのでございますか」

年老いた父が、体調を理由に辞退するのは、わかる。だが、家にとっても重大なその役を代わるべきは、家を継ぐ自分ではないのか。

「行尹が、ちょうどよかろう」

経尹は、言葉を多く費やすことはしなかった。だが、それだけで、行房にも父の言わんとすることは伝わった。

尊円法親王は、まだごくお若いが、父院の才を継ぐ、おそらくは書の天才とも言うべき方である。そのような方の教育など行房には荷が大きすぎる、行尹の才があってなんとか務まると、父は判断したのだろう。おそらくはそれが正しい判断で、じっさい法親王は、行尹の指導に満足しているようだった。

澱はやがて嵩《かさ》を増して、徐々に上澄みの部分までも濁らせるようになってきた。

まもなくして、本心はどうあれ、名目上は行房の立場を守ってくれていた経尹が亡くなった。それから行尹の娘尹子《ただこ》にも尋常でない才のあることを知ったとき、あるいはその尹子が中院《なかのいん》という権門勢家と縁づきそうになったとき、行房は、家の本流が自分から離れて行かないよう、行動を起こす必要があると考えた。

求めればすぐに、典薬寮《くすりのつかさ》に薬草を納める商人から、その怪しげな薬を手に入れることができた。

「匂いのきつい薬湯と混ぜてお使いなさりませ」

「効き目は、確かなのであろうな」

問われて、商人は答える代わりに、胡乱《うろん》な笑みを見せた。古来より、人を密かに害する薬など、博奕《ばくち》ほどに不確かなものに決まっている。

自分が渡した薬湯を飲んだ途端に異変があっては、たとえ飲んだ直後に倒れずとも、さすがに自分が疑われることになるだろう。それで行房はあらかじめ、唐渡りの薬湯も含め、旬の食材でもなんでも、父がかつてそうしていたのと同じように、行尹の家に頻繁に差し入れるようにしていた。そうすれば、なにか家の者に異変が生じても、それと同じ頃に行房から差し入れがあったことを、誰も不審に思わない。

そして、尹子もほかの誰も疑わずにその禍々しい匂いの薬湯を飲む習慣が確立されたころ、行房は尹子に、普段の薬湯に毒薬を混ぜ込んだ包みを渡した。

薬湯は、尹子の命を奪った。誰もが急な胸の病だと信じ、疑うことはなかった。だが、しかし。

尹子が没してひと月あまり、年が改まったころに、行房を訪ねた者があった。

それは、明一だった。

「間違いございませぬ。猫と姫様と、あの薬湯を飲んで、身罷《みまか》りました」

涼しい声でそう言われて、行房は、見てすぐわかるほどに顔色を変え、額に汗を滲《にじ》ませた。

「左様な積もりはなかったのじゃ」

必死になって、弁解する。

「ただ、体を壊して容色を失って、中院の若殿が離れて行けばいいと、我の望みはそれだけであったのだ。あんな、命を落とすような、恐ろしい薬だとは……」

「お気をお鎮《しず》めくださりませ。もとより、行房殿を責めるために参ったのではござりませぬ」

明一は、色を失う行房を掌中で転がすように、嫣然《えんぜん》と笑った。

「ひとつ、お願いをしに参りました。それを叶えてくださるならば、薬湯のことは、ひと思いに思い消ちましょう」

明一の頼みは、尹子の筆跡を真似て、歌を一首、書きつけることだった。

「何に使うつもりだ」

と問うても、

「姫様を思い返すよすがにいたします」

女は見え透いた嘘ではぐらかすだけで、行房には真意を明かさない。

「何のつもりか存ぜぬが、ゆめ、行尹にだけは見せるでないぞ」

「お約束いたします」

行房には、その文が何の用を足すのか、見当もつかなかった。

だが、つい数日前訪れた関東の若武者たちが、思いがけないことを言った。あの明一が、いまは通顕《みちあき》の妻となっているのだという。詳細は知る由もないが、なるほどそれに用いたかと、今さらながら、行房も彼女の企みを把握した。

あの若者たちは、明一からすべてを聞き出すだろうか。そうなる前に、口を塞《ふた》ごうか、とも思った。だが、明一だけで済むとも思えない。中院も既に真相を知っているかもしれない。ほかならぬ行尹も。すべての口を塞ぐことはできまい、悪事は露顕するものだ。

「お客人にございます」

「通せ」

高国と憲顕が行房の館を訪れるのは二度目であったが、初めての訪《おとな》いのときと、比べるべくもないほど緊張する。行房を問い詰めて、力で反撃されることに備えているのだろう、憲顕に至っては、門をくぐる前から、あからさまに殺気だっていた。

「憲顕、非礼だぞ」

高国は低い声で窘《たしな》めたが、

「何があっても、若どのだけは、この館から無事に帰します」

なだめようにも、ほとんど聞く耳を持たない。

「いや、どうかそなたも我とともに帰ってくれ」

自らの地位を守るために、親族二名を毒殺しようとした男。憲顕は、そのような大悪人として行房を見ているのだろう。その危険から、高国を守りぬくつもりでいる。

だが、目通りした行房は、この前と寸分変わらず、悠然とした貴人の風であった。

「高国と申したか。あれからいかがした。行尹の猫は、見つかったか」

圧されては、ならない。高国は落ち着きを失わず、堂々と答えることに意識を集中させた。

「猫の所在は、確かに突き止めてござります」

その言葉は、それだけで高国が行房の行状を知ったことを悟らせるのに十分なはずであった、はずなのだが。

「そうか、大儀であったな」

答えは、至極あっさりとしていた。

「猫がどこでどうしていたか、お尋ねになりませぬのか」

「そなたはもう、知っているのであろう」

行房は、まるで自分の興味の外の出来事について語るかのように、大した感慨も見せずに高国に言った。

「それで、そなたはいかがするつもりだ」

それは奇しくも、前日玉章に問われたのと同じ問いだった。だが、行房の問いに答えるのは、さほど難しいことではない。

「某《それがし》は、猫を連れて帰りとうござります」

行房は、眉根を寄せた。

「骨でも拾って行く気か」

「いえ、それは、行尹殿のお求めのこととは思われませぬ」

では一体、どうする。だが、それを説明するかわりに、高国は、幾つか行房に問うことにした。

「まずはあの茸のことを、お聞かせください」

三十三、墨壺《すみつぼ》

それは尹子《ただこ》の死から、四度目の初夏のことだ。何もなかった顔で、行房《ゆきふさ》は変わらず行尹《ゆきただ》と接していた。尹子が死んでからも、行房は行尹のもとに、何くれとなく差し入れを繰り返した。それは自分に疑念が向かないようにするためでもあったし、必要なときに再び同じことをするための準備でもあったが、もしかすると微かに、行尹にせめてもの償いをしたい気持ちもあったのかもしれない。

尹子を殺したことはどうしようもない失策だったと、行房は悔いていた。尹子を喪った行尹は、かえってそれまでにない熱心さで書に向かうことになってしまったのだ。朝廷にもその優れた才を見出されつつあり、新帝の覚えもめでたい。勢いのついた行尹の筆の力には、行房は到底およばない。

(何かまた、手を打たねば)

行尹が昇進し、自らの官位と並ぶほどに近づいてきたのを横目に、行房は焦っていた。だが同時に、姫の命を奪っておいて、今度は弟自身を害することを、さすがに躊躇《ちゅうちょ》するぐらいの良心は彼にもあった。

「鳥辺山の歌を、行尹朝臣《あそん》が御覧《ごろう》じました」

そうして迷っていたとき、彼のもとに突然使いが飛び込んできて、ただそれだけ告げた。

誰に言われたとかどこから来たとか、どんなに問うても口を割らなかった。もちろん使いは、明一のもとから来たに決まっている。それ以外の詳しいことは何も分からなかったが、それで行房の最後の良心を断ち切るには十分だった。行尹が余計なことを言い出す前に、手を打たなければならない。その日のうちにその茸を手に入れ、携えて、行房は行尹のもとを訪れた。

「除目《じもく》のこと、誠にめでたい。祝いの品を用意したゆえ、食すとよい」

自ら贈り物を届けたのは、もちろん、行尹がどこまで知ったか、見極めるためだった。

「有難う存じまする。さらば、お持ちの品をすぐに料理させますので、ともに召し上がって行ってくだされ」

だが、いつも通り飄々《ひょうひょう》とした弟からは、大きく変わった様子は見られなかった。

「そうか、済まぬな。ならば、ともに有難く食そう」

あの歌を見ても、行房の犯した罪には、気づかなかったということだ。

もしかしたら、自分の偽書の出来栄えがあまりによすぎて、行尹の目さえも騙したのかもしれない。そうでなくても、まさか兄が自分の娘を殺すような企みをするとは、人のいい弟には想像も及ばないことなのかもしれない。

そう思うと、目の前の弟が途端に哀れな気がしてきた。

「行尹、あまり酒を過ごすでないぞ。ともに家の業《わざ》を守り、帝にお仕えする身であるのだからな、体を労われ」

帰りしなに優しく言い残させたのは、既に遅すぎた行房の後悔だった。だが、それはどうやら届かなかったらしい。行尹はいつもどおり晩酌をつけ、そして倒れた。


「酒を合わせると毒を生ずる茸だと、申しておった」

行房は、その茸のことを高国に話し始めた。奇妙なのは、その毒の働き方だけではない。

「酒を飲まねば、ただ美味なのだ。まるで、墨の滲《にじ》むような姿をしておってな。仕入れた先の男は、墨壺茸《すみつぼたけ》と呼んでおった。墨壺茸、我らに相応《ふさわ》しい名ではないか」

毒を有する茸があることは古来より知られ、本朝でも『今昔物語集《こんじゃく》』をはじめ幾つか説話が見られる。その一方、どの茸がどれだけの毒を有するのかということに関しては、経験的な集合知によってしか摑み切れないため、正確な知識を有する者は、多くはなかった。現に、同じ説話集の中に、茸を食べて死んだ者の話もあれば、毒殺するために茸を食べさせたものの、成功しなかったという話もある。

玉章《たまずさ》は、しかし、とある経験から、ある種の茸の奇妙な効能のことを知っていた。

家中でその茸を食べた夜、一部の男たちは皆悶え苦しみ、ほかの者たちは、同じものを食してもけろりとしていた。奇妙なことだ。そう思って文庫《ふみぐら》にある本草《ほんぞう》の書を片っ端から漁《あさ》ってみると、確実な記述はなかったものの、その毒について「交リテレ酒ニ変ズルレ毒ニ歟《か》」と小さな注意書きを付している本があったという。

「されどその茸には、人を殺めるだけの毒は無いように見受けましてございます」

玉章が教えてくれたままのことを、思い切って高国は言った。行房は、睨《にら》むように高国の顔を確かめた。

人が酒を飲むと、体の中には毒素が生まれる。そして、ある種の茸には、飲酒によって生じた毒素の分解を阻《はば》む働きがある。つまり、茸が酒と反応して毒を産むというわけではなく、その茸を食して酒を飲むと、酒の毒が分解されずに体じゅうに回るという仕組みだ。酒の毒は、頭痛や嘔吐など、すなわち手ひどい悪酔い状態を引き起こす。

だが、裏を返せばそれだけのことで、苦しみにのたうつことにはなっても、命の危険や、長きにわたる障害の残る危険はない。行尹が何日も苦しんだのは疔《はらくだり》を拗《こじ》らせたせいだろうし、いまだに筆を取れないほどに苛《さいな》まれているのは、むしろ兄に娘を殺され、自分も命を狙われたという、心に負った傷のゆえだろう。

問題は、その茸の毒は人を殺すに十分でなかったということを、行房が知っていたのかどうか、だ。確実に行尹を殺せる毒を求め、はずれを掴まされたという可能性もある。

「無論、存じておった。今度こそ間違いなく、強すぎない毒をくれと念を押したからな」

「やはり……左様でございましたか」

高国は、その行房の言葉を聞いて、安堵の溜息を洩らした。

そもそも尹子に毒を飲ませたときも、行房は尹子を殺そうとしたわけではない。「殺すつもりはなかった」と、明一に弁明しようとした行房の言葉は、追い詰められた殺人犯なら誰もが口にする言い訳のようでいて、真実の心から出た言葉だったのだ。

烏頭《うず》の毒を用いて猟をするとき、蝦夷《えみし》はよく、混ぜ物をする。その混ぜ物は、獲物を確実に仕留めるために毒の効き目を強くするとともに、間違って人に矢が刺さったとき、すぐに毒が回らないようにするためのものでもあるらしい。特に、「蜘蛛の神が人を守る」と信じられていて、蜘蛛の毒を混ぜる。それは信仰や伝承の姿をとってはいるが、実際は毒の調合を繰り返し試して得た知見を反映している。

蜘蛛毒のなかには、烏頭の毒とは正反対の作用で人体に害を及ぼすものがある。それら二つの毒を同時に体内に入れると、それぞれの力が拮抗している間は、症状が出ない。拮抗している間にどちらの毒素も同時に体内から消失してしまえば無症状のまま助かるし、たとえ一方の毒が他方より先に消えてしまったとしても、それまでの間に残った方の毒素が十分に弱まっていれば、中毒症状は出ても、死ぬことはない。それを蝦夷は経験的に知っていたのだ。

ともあれ行房は商人に、体調を崩す程度の毒を注文した。それで商人は、烏頭に蜘蛛毒を混ぜた毒を調合した。

されど、毒の効き目は博奕の如し。行房が尹子に用いた毒は、蜘蛛毒の力が十分ではなかったため、烏頭の毒が効きすぎた。結果、症状が出る時間を遅らせることはできたが、尹子の命を奪ってしまった。

「何だ、姪を殺し、弟を殺そうとした男の、苦し紛れのつまらぬ申し開きを、信じるのか」

行房は、皮肉な笑いを浮かべた。

「信じまする。ほかならぬ行尹殿が、信じようとなさっておいでゆえ」

「そなたらは、愚かなまでの、人の好さよの」

行尹を殺す必要は、行房にはなかった。

四年も前のことだ、たとえ行尹が真相に気づいたとしても、今さら尹子のことで行房が公に罪を問われる危険はない。今上帝は、実務から祭事まで、必要とされる書をぬかりなく用意できる右筆としての行房の能力に、信を置いてくれている。誰もが行房こそ世尊寺家の当主に相応しい者として疑わないうちに、出世しはじめた行尹の体調を崩させ、遠ざけられれば、それで十分だったのだ。

もちろん、行房の殺意の否定を信じたからといって、何もなかったことには、ならない。二度も、しかも尹子の命を奪っておいてなお行尹に毒を盛った行房の行状は、やはり許しがたい。尹子はもう帰ってこないし、行尹の行房への恨みは、永遠に消えることはないだろう。だが。

猫を連れて来いと高国に命じた行尹の心からは、少なくとも復讐への情熱は薄れている。そして、高国はそこに、行尹の心に添うためにいる。

「某《それがし》は、行尹殿の御心に適《かな》う猫を、きっと見つけて帰ります。その猫は、行尹殿がいずれ御心を癒され、再び筆を取る力を取り戻され、果ては都に還って行房殿と渡り合われるための助けとなるやもしれませぬ。某をお止めになりますか」

全てを高国に任せて、自分は後ろに控えている憲顕は、行房の返事次第で瞬時に動けるよう、微かに筋肉を緊張させた。

「好きにせよ」

そしてその行房の返事を聞いて、憲顕が小さく吐息を漏らしたのを、高国は背中で感知した。

「有難う存じまする」

伏して礼を申してから、高国は行房に問うた。

「御親父《しんぷ》が、尊円法親王《ほっしんのう》の師として行尹殿を選ばれたのは、何故だとお考えでござりますか」

「いやな奴じゃのう。我の才が劣ったからだ。今さら言われずとも、よう承知しておる」

「某は、そうは思いませぬ。御親父は、御流《ごりゅう》をお守りになろうとされたのでござりましょう」

高国は、慎重に言葉を選びながら、彼の考えを述べた。

尊円法親王は、やはり書の天才なのだろう。近くに立つだけで、溢れんばかりの才気が輝くような方だから、そのことは争えない。やがては世尊寺流を凌《しの》ぐ一大書流を確立するに違いない。

その人が、将来に向けた基礎固めのために、世尊寺流の秘伝を受けに来た。当主としてすべき対応は、どのようなものか。

当主とはつまり、世尊寺流そのものを体現する存在である。その当主がいたずらに天才の指導にあたり、能力の底を見られてしまっては、家流の沽券《こけん》にかかわる。経尹は老齢を理由に指導を断ったが、歳だけが理由であるはずはない。自らの才、世尊寺流のすべてを、これから自流を確立しようとする一個の天才の前に、どうして晒《さら》したいと思うだろう。彼は、自分が指導の役にはあたらないことで、自らの家流の威厳と神秘と名声を、守ろうとしたのだ。

同じことは当然、次代の行房にも当てはまる。

「それで、父上は行尹に……」

「そのような御意図であったかと、拝察いたします」

行尹ならば、書の基本は世尊寺流に基づきながらも、彼が世尊寺流そのものというわけではない。だからこそ、尊円法親王に幾ら手の内を見せても、底を見せたとしても問題にならない。堅実かつ忠実な、家風の正統の後継者である行房と、奔放でありながら、家風に新風を吹き込むことのできる行尹。父は、二つの異なる才能を上手に使い分けることでこそ、稀代の天才に揺るがされることなく、世尊寺流が守られて行くことを確信していたのだ。

「そうか。ちょうどよいとは、左様な意であったのか……」

天賦の才に加えて、並々ならぬ情熱を持ち合わせ、日々鍛錬を重ねて自らの能力を磨く尊円法親王に、行房が教えられることなど限界が見えている。もはや世尊寺流は、あの天才に対して、形ばかりの権威を長く保ってはいられまい。自分のせいだ、自分が父の真意にも気づかずにつまらぬ嫉妬をしたせいで、姪の尊い命を奪った上、家流の命まで縮めてしまった。

こんな子供にさえもわかることを。行房は、嫉妬に乱れた自らの思い至らなさに呆れて、乾いた笑い声をあげた。

座を辞す際に、まるで忘れかけていたかのように、高国は行房に告げた。

「そう申せば、明一殿は、行房殿にお使いを走らせたりはしなかったそうでございます」

「なんだと、では、誰が」

高国は答える代わりに、じっと行房の顔を見た。明一でないなら、その行動をとる可能性のある人は、一人しかいない。

「まさか……自分があの文を見たことを、行尹が自ら我に伝えたと申すのか。何の為に」

「お確かめになるためでございましょう」

行尹は、姫の文を自分が見たと知った兄が、どのような行動に出るかを確かめようとした。行房の反応ははやく、その日のうちに祝いの品を携えて、現れた。当然、行尹は、もたらされた品に疑いを持つ。だが、それが純粋な祝い、あるいは贖罪《しょくざい》のための行為であることへの希望も、捨ててはいなかったにちがいない。

それで行尹は、行房が贈り物の中に毒を仕込んだかどうかを見極めるために、夕餉を共にするよう誘ったのだ。

「行尹殿は、行房殿が御心を改め、もう決して同じ罪を重ねはしないということを、お確かめになりたかったのでござりましょう」

酒を飲まなければ害のない茸の性質をわかっていた行房は、ためらわずにその誘いを受けた。それを兄の潔白の証ととらえた行尹は、安心し、せめてもの救いを感じながら食事を共にしたことだろう。

しかし結局行尹は、兄の毒に倒れた。兄の改心を信じ、そして裏切られた行尹の心の傷は、どれだけ深かったか。行尹はすべて知って、その上で、何も言わずに鎌倉に下った。

三十四、餞《はなむけ》

―元亨二（一三二二）年八月、京都―


「御出立のお仕度が、整うたと伺いました」

晴れやかな気配をまとう高国に、覚一が挨拶した。

「うむ、わざわざ足を運んでもらい、済まなかったな」

憲顕の父憲房《のりふさ》が、いよいよ都を去ろうという高国のために送別の宴を用意しようとしたとき、高国は女を伴うような大げさなしつらえを、固辞した。代わりに、覚一に琵琶を持って来てもらうよう願ったのだった。

「憲顕殿は、京に留まるとのこと。お帰りはお一人でござりますか」

「いや、連れがいる」

「ならば道中、お寂しくござりませぬな」

高国は、この法師がかつて、京と鎌倉のあいだを、幼い妹だけ連れて旅した道程のことを思った。妹を鎌倉に残した後は、彼は一人で京に戻ったのではなかったのか。

「覚一、今宵は『鵺《ぬえ》』を、聴かせてくれるか」

「かしこまりましてござります」

五年前に聴いたのと同じ曲を、高国は頼んだ。曲の内容自体は、もちろん変わらない。だが、琵琶撥《さば》きから声の幅に至るまで、覚一の芸は、一層磨かれ凄みを増した。平曲を語る覚一は、宴《うたげ》の賓客《ひんかく》に気をまわす小さな法師とは、違う男である。母がそこに神の力を見出したのも、あながち的外れではないような気さえしてくる。

高国と憲顕は、長いこと残る余韻が空《くう》にすっかり吸い込まれるまで、体を僅かも動かさず、息さえ努めて殺してその曲に聞き入った。

(このような終わりであったか)

当時これを聞いた高氏は、歌人でも武人でもある頼政《よりまさ》の活躍に自らを重ねて目を輝かせていたが、幼い高国の心には、鵺の鳴く声と虚空に響く弓鳴りの恐ろしさばかりが際立った。しかし、それから五年を経た今の高国には、その段の終わり方こそが、強く印象に残った。

よしなき謀叛おこいて、宮をもうしなひ参らせ、我身もほろびるこそうたてなれ

源頼政は、平家の専制に我慢できなくなった皇族以仁王《もちひとおう》の呼びかけに応えて、打倒平家の兵を

挙げながらも、武運拙《つたな》く散っていった。だから、化け物退治の活躍が生き生きと描かれている一方で、「意味のない謀叛を起こし、以仁王を死なせた上に自分も滅びたのはなさけない」と、段の結びは頼政に対して辛辣なのである。

「あの日、演じる曲を選んだのは、そなたであったな。何故『鵼』にした」

「雪庭尼様は、源氏の武士の活躍を伝える曲を、とご要望されましたが、義観入道殿はお気の乗らないご様子でござりましたゆえ」

だからこそ、覚一は「鵼」を選んだ。雪庭尼がその選択に満足したのはもちろん、義観もその段を息子らに聞かせることに、賛成した。いたずらに平氏を相手に兵を挙げ、家名を落とすような過ちを犯してはならないという戒めが、含まれた曲であったからだ。だがそれは、さらに深読みするならば、挙兵するなら必ず勝機を見極めよ、という訓戒でもある。現にその段は、その後平氏の政権が、源氏によって倒される布石となっている。

「義観入道殿とて、足利のお家や源氏の力を、恃《たの》む心がないわけではござりますまい」

言ったのは、憲房だった。

「ただ、時勢を違《たご》うては、頼政の如く犬死にとなる。それをこそ案じておいでなのでござりましょう」

頼政のことだけではないはずだ。時勢のせいで、罪も失策も無くても命を捨てねばならなかった自らの父親を、まだ少年であったときに、義観は間近に見ている。

「ゆえに、高国殿にはくれぐれも時機を賢く見極め、大事のときは高氏殿の右腕となりますように……」

「父上、酒が過ぎますぞ」

憲顕が制してくれたものの、高国は既に、背筋を冷たくしていた。

（大事のときとは、いったい何だ）

問いたくても、声に出せなかった。

重顕に、上京を勧められたときのことを、高国は思い出していた。表向きは世尊寺殿の猫を探すことが理由だったが、案外重顕の主眼は高国に、京でこの空気を味わうよう仕向けることだったのかもしれない。鎌倉にいれば、当然いつでも北条の目を気にかけ、物騒なことは、想像することすら憚《はばか》られる。だが京はちがう。きてみれば、六波羅の目はあるとはいえ、やはり皇室と公家の地だ。その皇統が割れてあちらこちらに火種があり、いつ何が起こっても不思議ではないという実感が、ひしひしと伝わってくる。

都に身を置いてきたせいか、鎌倉の御家人が北条を恐れるのと同じほどには、上杉の連中は北条の支配力を絶対とは見ていない。憲房、或いは重顕や清子がそれゆえに抱く将来への希図《きと》は、水面《みなも》の上に現れるか現れないかぐらいのところで見え隠れしながらもいつも確かにそこに在って、高氏と高国の兄弟を注視している。

自分でこうなのだから、高氏にはどれほど大きな期待と圧力が、かかっていることか。それに

応える気持ちが、彼にはあるのだろうか。遠い都から、もともと見えづらい高氏の心境を慮って
も、高国にはわかりようもない。
「某《それがし》が、師につき平曲を学んで、芸がようよう身について参りましたころ」
と、平家語りのときの声量とはうってかわった静けさで、覚一が。
「師が某を讃えたことがござります。某の声には、ほかの者にない力が宿ると。源氏の血を引く
ゆえに、平氏の魂をよく鎮《しず》められるのであろう、と」
その言葉は憲房のように押しつけがましくはなかったが、彼の数奇な生まれと辿った人生のゆ
えに、重みがあった。
「八幡神の申し子などとはおそれ多いことにござりますが、それでも、祖父より継いだ源氏の力
は、この盲なる法師にさえ宿っておるようでござりますよ」
高国を、励ますように明るく言う。気を遣って言っているだけ、とは響かなかった。武士でな
くても覚一には、やはり足利の血を引く者としての矜持があるらしい。
「されど、覚一」
高国は、どうしても明るい気持ちにはなれない。
「矢神はいかがする」
高国は、覚一の妹の名を出した。
「あの娘は、わが母のもとで、八幡神の申し子、弓矢の守りとして育てられておるのだぞ。やが

て万が一にも戦にならば兵を率いられるようにと、まるで男のように」

兄として矢神を思いやる気持ちは、高国も持っている。特に高国には、まだ幼い矢神に、家の中の余計な思惑を押しつけたくはないという思いが、強い。

「そなたの母すら逃げ出した境遇で、負わずもがなの荷を背負い、何故あの娘が、左様な生き方をせねばならぬ」

幼い妹の話をされると、さすがに覚一の顔にも翳《かげ》が射す。だが、彼も無力な妹を、生贄《いけにえ》のごとくに清子に差し出したとは思っていない。

「それでも、いまは雪庭尼様のご庇護のもとに暮らすのが、妹にとって何よりの幸いにございます」

「されど……」

「某の側にいては、早うから芸を鬻《ひさ》ぎ身を鬻ぐ、厳しい身の立て方をするほかございませぬゆえ」

高国は、ぐっと息を呑んだ。そう言われては、黙るほかない。それは確かに、良家の男子として生まれた高国には想像の及ばない現実である。覚一にとっては、まずはその過酷な現実から妹を守ることこそ、何より優先されなければならなかった。

「やがて、母の如くに泥を啜《すす》ってでも逃げたいと思うなら、妹もそう致しましょう。自ら行きたい道を選ぶだけの強き心が、妹にもきっとござります」

「……案外、それが源氏の強さであるかもしれぬな」

そう言う高国の声は力弱く、顔色もすっかり青ざめていた。

上杉の者たちがどんなに望んでも、足利の家が北条を凌《しの》いで台頭するような「機」が来るのなど、高国には想像できない。公正な式目を制定し、元からの侵攻も退けて武士たちの生活を守っている北条の政治を嫌悪するような気持ちは高国にはなく、むしろ泰時や時頼など、過去の偉大な執権たちには深い尊崇の念を抱いている。

そんな「機」など、どうやって訪れるというのか。そして、もしそのような「機」など、訪れないのだとしたら。

それならやはり、足利の家も金沢の家に近い松寿が継ぎ、北条との縁を積極的に保つことのほうが、結局は足利の家のためになるのではないのか。

その道を、今の自分ならば、選ぶことができる。その道を選べば、家を守った上で、高国は玉章を手に入れることもできるし、高義を失って以来細々と暮らす釈迦堂殿と松寿を幸せにすることもできる。だが、その道を選ぶことは同時に、母や兄や上杉家の親戚たちを裏切ることでもある。

自らの、源氏の男としてのさだめについてはまだわからなかったが、高国はとりあえず、覚一に約束した。

「詮無いことを申し、済まなかったな。矢神のことは我らが心を尽くして養育するゆえ、案ずるには及ばぬ」

「かたじけのうござります」

小さな別れの宴は開け、あとはもう、翌日の出立を待つだけだった。

「若どの」

「うむ」

憲顕と共に、縁に座る。息の詰まるようであった夏はとうに過ぎ、ひやりとした風が頬を冷やす季節になっていた。

「鎌倉に戻られたら、いよいよ矢神殿も正式に手習い始めとなりますな」

「……そうだな」

口数が少なくなる高国の沈黙を埋めるように、憲顕はいかにも可笑しそうに言った。わざとそうしているのだろう、先ほど憲房の口をついて出てきた家の大事の話には、憲顕は一切触れなかった。

「あの娘が、世尊寺流を身につけますかな」

高国とは正反対で弟妹の多い憲顕もまた、行く末の想像もつかない矢神の成長を、楽しみながら見守っている。その温かい声色が、高国を包む。

「どうであろうな」

だが、どうしても高国の表情は晴れない。諦めて、彼の表情を曇らせているに違いのない話を、憲顗は始めた。

「家の者どもが逸《はや》ったことを申しておったが、若どのはいかが……」

そこまでいいかけて、憲顗は言い直した。

「いや、いかが考えようと、構わぬ。若どのの御心がいかにあろうとも、某は付き随《したが》うまでにござる」

「たとえ我が、人の道を外しても、か」

浮かぬ顔で言う高国に、

「まずは道に戻れるよう思いきり殴って差し上げるが、それでも戻れぬときは、仕方ござらぬ、共に外れた道を参りましょう」

憲顗はことさらに何でもないことのように、からりと言い切った。

「そなたに殴られるのがわかっていては、迂闊《うかつ》なことはできまい」

やや憔悴した顔で、無理に笑う。それを見て、憲顗の胸が疼いた。

「憲顗、これから何があっても、鎌倉からどんな報せを聞いても、我を信じてくれ。信じて、そして待っていてくれ」

高国が笑顔を消して、憲顗を恃《たの》み仰ぐようにそう言うので、憲顗も真顔で頷いた。

「いつまでも、お待ちいたす」

何かを決めた、とはわかるが、何を決めたかまではわからない。だが、それが何であるかは、憲顕にとっては問題ではない。信じて待てと言われたら、そうするまでだ。

「されど若どの、またすぐ鎌倉へ、憲顕が用を作って参るのは構いませぬな」

憲顕が問うと、高国はたまらなくなって膝を抱えて、その膝に、涙に濡れた顔を押しつけていた。

「またすぐ、会わずにおられるわけがござらぬゆえ」

返事もできずにただ涙をこぼしながら頷く高国を、抱えた膝ごと、憲顕はしかと抱きしめた。

「猫を、くれぐれも気をつけてお連れくだされ」

「うむ」

苦労して手に入れたのだ、決して、逃がさぬ。そなたはまたすぐに、鎌倉へ来い。心ではいくら思っても、そんな言葉を器用に口にすることは、もうできなかった。

三十五、世尊寺殿の猫

―元亨二（一三二二）年九月、鎌倉―


「三人で、参ったのか」

「はい」

世尊寺行尹《ゆきただ》に問われて、嬉しさを抑えきれない様子で元気よく返事をしたのは、矢神である。

横には、数か月を経ただけで、随分落ち着いた風格を増した高国が立っている。

「いかにも、三人で参りましてございます」

矢神は弾んだ声でそう言うが、行尹の庵の庭には、二人しかいない。

「憲顕は、いかがした」

「女院《にょいん》の蔵人《くろうど》を務める父に伴い、京に残り申した」

「そうか、それは淋しいことだな」

高国は、瞳を柔らかく伏せて、口元に穏やかな笑みを湛《たた》えた。確かに淋しいが、自分よりずっと長い間淋しい思いを抱えてきた目の前の人に、ようやく慰めをもたらすことができる、それが嬉しい。

「待て、では、もう一人、誰が参っておるのだ」

「入られよ」

高国から声をかけられて、庭に現れる。

「わが殿」

「恒男」

行尹は裸足のまま庭に降りて、恒男の肩を抱いた。

「もはや母も亡く、都に一人暮らす辛さに耐えかねて、殿のもとに参り申した。何卒、再びお側にお仕えすることを、お許しくだされ」

「そうか、そうであったか。よう参ってくれた」

自らの凋落に巻き込みたくないとか、乳母の暮らしが心配だとか、四年前には理由があって恒男を京に帰したのだろう。何より、真実を知れば、恒男は行房を責め立て、危険な目に遭うか遭わせるかしたかもしれない。だから恒男には何も話さず、自分から引き離したのに違いない。

だが、互いを思い合う主従が離れて暮らす理由など、もうない。高国は、二人の姿を見て頷いた。堀川の女君の屋敷から恒男だけを連れ出すのは、高国には胸の痛む決断だったが、それは行尹の知る由のないことである。

恒男を連れて帰ってきたということは、自分の事情をかなり踏み込んで探ってきたということに違いない。行尹はそれを察して、息を呑んだ。

「して、高国。猫はいかがした」

高国も高国で、息を大きく吸ってから、行尹に申し出た。

「その前にひとつ、お伺いしたきことがござります」

「何だ、申せ」

「行尹殿が矢神に下さるとお約束あったあのご料紙、あれは確かに、姫君がお書きになった歌に、相違ございませぬか」

行尹は、表情を険しくして、高国の目を見た。高国はもちろん、すでにあの文を書いたのが誰か、知っている。そして、問われた行尹もおそらく、高国がそれを知ったことに気づいただろう。

「無論、相違ない。あれは、わが娘が書いた」

だが行尹は、高国から目をそらさないまま、はっきりと言い切った。

高国は、頷いた。予期していた通りの答えだった。

「矢神、猫を」

言われると、矢神は懐から小さな藁袋《わらぶくろ》を取り出した。

「逃げるといけませぬゆえ、気をつけてご覧くだされ。こちらによう慣れてから放つのがよろしゅうござります」

そう言いながら藁袋を締める縄を緩めると、中から猫がか細く鳴きながら頭を出した。

「これは……」

顔をのぞかせたのは、まだ小さい、灰色の猫だった。

「髭黒《ひげくろ》の子にございます」

高国が、言った。

「明一殿を問い詰めましたところ、やはり明一殿がお持ちの猫が髭黒であると、お話しくださりました。されど老齢の髭黒とどうしても別れたくないと泣かれましたので、通顕《みちあき》殿が、代わりに髭黒が産ませた子の中から一匹、手ずから選んで下さりました」

それが行尹の期待していた答えであるのかどうか、高国にはこの期に及んでまだ、確信がない。だが、高国と憲顕が頭を捻《ひね》って意見を出し合い、ついに至った答えだった。

本物の髭黒は死んでしまっている以上、行尹が求めていたのは、もともと偽物の猫であった。では、どんな猫がその役に相応《ふさわ》しいか。代わりの黒猫を用意して、これが髭黒だと言うことは簡単だったが、それでは十分ではないと、高国は考えた。できることなら、髭黒以上に、行尹の心を明るくすることができる猫を見つけたい。

「その雌猫は、姫君の特に好まれた薄墨《うすずみ》の色をしておるゆえ、特別なご縁があるやもと、通顕殿が仰せでございました」

そう、少しでも、世尊寺家の姫君の生まれ変わりだと、信じられるような猫がいい。

それで高国と憲顕と恒男とで、京から丹波にかけて、泥だらけ傷だらけになりながら、世に珍らかな灰色の猫を求めた。

緊張しながら、行尹の顔を見る。はたりと、涙が無精ひげの生えた頬をつたった。

「あなありがたや。確かに、確かにこれが、我の見たかった猫じゃ」

猫を藁袋ごと大事に抱き、撫でながら、行尹はその場に座り込んだ。ぐるぐると、袋の中の猫が、のどを鳴らした。見つけ出すのは容易ではなく、高国の東帰はその分遅くなったが、目の前の行尹の涙を見れば、そんな苦労などたやすく洗い流される思いだった。

「あとひとつ、京より言伝《ことづて》がござります」

行尹を恒男と二人で抱え起こし、縁に座らせながら、高国は言った。

「行房《ゆきふさ》殿が、茸のことを詫びておくように、と」

「兄上が……」

「何でも、行房殿が行尹殿に下さった茸の中に、酒と共に食してはならぬものが混ざっていたそうでござります。ご存知なかった行房どののご自身も寝込んだそうで、行尹どのの御身を案じておいでにござりました」

「そうか……そうか」

行尹は、目を閉じて頷いた。

罪を犯した行房をかばうようなことを言う必要は、ない。だが、行尹が筆を取れなくなったのは、毒のせいではなく気の病であろうというのが、茸について確かめた高国らが至った結論である。行尹の気の病を、少しでも軽くするための言葉を、高国はかけたかった。

「筆を、再びお取りくださいませ。尊円さまも都にて、行尹殿が再び存分に筆をふるうのをお待ちにござります」

「筆を……」

「すぐにとは申しませぬ。されど、恒男とその薄墨とともにしばらくお暮らしあれば、お手もやがて、癒えましょうほどに」

行尹は、無言で深く頷くと、決意したかのように立ち上がり、室内から料紙を持って出てきた。

「矢神、高国。これにある、約束の文……」

言いながら、行尹は、「鳥辺山」の歌が書かれたその料紙を、自らの顔の前にかざし。両の手の指でつまんで、真ん中で二つに切り裂いてしまった。

「あっ」

恒男も含めた三人が、口々に叫び声を上げた。

「亡き娘の手蹟《て》であるとはいえ、いかにも不吉な歌でもあり、字の出来も大してよくないものでな、もともと気に染まなんだ。それゆえそなたらに下賜しても良かろうと思うておったが、かような書では、やはり用は足すまい」

「されど……さらば……」

行房のいわくつきの偽書が破られるのは、小気味よいような気もするものの。この数か月、行尹から書の手本を得ることだけを言い訳に、京までも足を運んだ高国である。結局それが手に入らなかったら、何と言い訳したものだろう。母や伯父の顔を、思い浮かべずにはいられない。

困惑した顔の高国を見て、行尹はみずから約束した。

「我が必ず矢神に似合いの手本を認《したた》めるゆえ、しばし待て」

「誠にござりますか」

「二言はない」

行尹はそう言うと、三人と顔を見合わせてにっこりと笑った。高国が見た行尹の笑顔のなかで、いちばん力強く、晴れやかな顔だった。

これから、行尹がどうするのかは、高国にはわからない。何も無かったこととして忘れられるものだろうか。行房を許すことなどできるのだろうか。ずっと金沢《かねさわ》に暮らすのか、それともいつか京に戻るのか。彼の筆の才なら、行房を追い詰め、今度は追い落とすこともできるだろう。もちろん、もし行尹がそれを望むなら、の話ではあるが。だが何を選ぶとしても、この人はもう大丈夫だと、高国は確信できた。

「また、薄墨に会いに参ってもよろしゅうござりますか」

帰りしな、矢神が問うと、

「無論じゃ。その折は、釈迦堂殿の粽《ちまき》を携えてくるのを忘れるなよ」

行尹は軽口を交えて答えたが、高国は、それに心から笑うことができなかった。

行き道は猫と恒男も一緒だったのが、帰りは高国と矢神の二人だけになってしまった。この前の金沢からの帰り道では、泣いた二人を元気づけるために、憲顕が沈黙の入り込む隙もないほどに明るく話してくれたのが、既に恋しく思い出される。

「高国どの」

馬に揺られ、うつらうつらと半分夢の中に引かれながら、矢神が高国に声をかけた。

「何だ」

矢神は、京から帰った高国を、よそよそしく呼ぶようになっている。呼び方だけではない。口のきき方が、変わってしまった。どうやら母が、高国に対しても高氏同様に礼を尽くすよう、わざわざ教えたらしい。

（変わらずとも、よいのに）

母の自分への配慮を感じながらも、高国は失われた無邪気さの分だけ、寂しさを感じた。

「また三人で、金沢の浜に参りとうござります」

「そうだな、憲顕が来たら、すぐにまた参ろう」

しばらく、それは叶わないかもしれない。言葉とは裏腹に、本当はそう思って、高国は唇を固く結んだ。が、矢神はそんな高国の心中は知らず、既に、高国の腕の中で夢に身を浸していた。

三十六、決断

「まことに、京へおいでになり、ますます見違えてお帰りにござりますな」

釈迦堂の御前は、鎌倉に帰った高国を、変わらぬ優しさと清涼な茶でもって迎えてくれた。

「京で、玉章はいかがしておりましたか」

「都での暮らしに、既に十分馴染まれてござりました」

答えながら、すこし胸が痛む。恒男を迎えに行ったとき、玉章は高国に、姿を見せてくれなかった。高国にできたのは、みっともない字の文と下手な和歌を残してくることぐらいである。

そんなことは知らない釈迦堂殿は、待ちきれない様子で、高国が京にいるあいだ保留にしていた例の件を持ち出した。

「お考えくださりましたか。高国殿と玉章と、悪いお話ではござりますまい。高国殿のことは、貞将《さだゆき》殿も好ましゅう御覧にござりますし、松寿もさぞ行く末が頼もしかろうと……」

「どうか、お止めくださ い」

高国は、その先を聞き続けることができず、顔を歪めて釈迦堂殿の話を遮った。どんな形であれ、玉章の居ないところで、彼女の気持ちに関係なく彼女の人生を左右する話をすることじたい、彼には苦痛だった。

「庶生の娘では、やはりご不足でございますか」

「左様なことは申してはおりませぬ。某《それがし》とて庶子にございます」

ずっと考えていた。自分はどうしたいか、どうすべきかを。そして、至った結論を、高国はきっぱりと口にした。

「某は、玉章殿を、足利の家督などというつまらぬ理由でわがもとに迎えることは、しとうございませぬ」

玉章が、好きだ。もしあの賢い女性と力を合わせて小さな家族を築くことができたら、どんなに愛しく、楽しいだろう。彼女のために、きっとよき夫になるよう努めると、高国は約束できる。だが、高国の妻になることは、あれだけの才を持った人から、自らの能力を伸ばし、試し、存分に活かす機会を奪ってしまう。

今の時点では、高国のつまらない人生に周囲の思惑のせいで巻き込まれるより、堀川の元女御代のところにいる方が、彼女にとってずっと都合がいいはずだ。琮子《そうし》殿が欲をかいて玉章をどこかの金持ちと無理に娶《めあ》わせたりしない限りは、当面はただ琮子殿の御世話をして家中を取り仕切りながら、京でいくらでも知識を磨き人脈を得る暮らしができる。そのうち自ら気に入った者ができたら男を持てばいいが、そんなものは必要ないかもしれない。琮子殿の財を相続し、独り立ちする望みだってある。

それが高国の答えだった。

玉章が、好きだ。だからこそ、周りの者たちのように、彼女を物扱いしたくはない。玉章の人生は、玉章に歩んでほしい。それができるのに必要な身上《しんしょう》を彼女に持ってほしいし、それまではせめて、自分は彼女から奪いたくはない。間違っても、自分を抱き込むための道具として、彼女を使われたりはしたくない。いつかもしかして二人の関係が深まるときは、彼女にそれを望み、選んでほしい。

「足利のご家督が、つまらぬ話でございますか」

「……遠い京に遣り、そうかと思えば引き戻して、よその家に嫁がせる、左様な無体な真似を玉章殿に強いることは、どうぞなさらぬようにと、お願いを申し上げております る」

高国が迷いの断ち切れたような表情で静かに言うと、

「高国殿は、まこと良き男子《おのこ》にございますな」

釈迦堂殿は、いつもの微笑みを絶やさないまま、呆れたように溜息をついた。

「ならば私は、申したくなかったことを申さねばなりませぬ」

高国が見上げると、釈迦堂殿の顔はいつになく白く透き通っていた。

「雪庭尼様のもとに住もうている、あの娘御《むすめご》、矢神殿」

急に矢神のことを話に出されたのが不可解で、高国はうっすらと眉根を寄せた。

「私もあの娘のように、産みの母から離れ、尼どのに育てられた身の上でござります」

釈迦堂殿はそこから、高国が知らない彼女の前半生の話を、静かに始めた。

元の来襲から国を守らねばならなかった執権北条時宗は、戦における源氏の力を見込んだのか、足利家との縁を殊《こと》に重んじて、家時をよく引き立てていた。家時の母が北条の出ではないことを周囲は気にしたが、時宗はそれを補うように、自らの従妹《いとこ》にあたる娘を、家時に娶《めと》らせた。それだけではない。

「ゆくゆくは、わが娘をそなたの息子に嫁がせよう」

まだ家時の子である貞氏がとびきり幼いうちに、時宗はそう約束した。

だが、約束した当時、時宗には、肝心の娘がいなかった。妻の堀内《ほりうち》殿が身ごもり女子が生まれるかと期待していたら、その子は流れてしまったのである。それで、悲しむ堀内殿のためにも、身内から女子を猶子《ゆうし》として迎えた。それが今の釈迦堂殿だった。

釈迦堂殿の父は金沢流北条顕時《あきとき》だが、母は有力御家人安達泰盛《あだちやすもり》の娘で、千代野《ちよの》という。そして、泰盛の妹である堀内殿と千代野は、実際は叔母と姪ながら、姉妹として育てられた。その縁で、千代野の娘である釈迦堂殿が、時宗と堀内殿の猶子に選ばれたのだ。

そんな風に、物心つく前から実家を離れ、嫁ぎ先を決められているような人生を、釈迦堂殿は送っていた。

しかも、その後まもなく養父の時宗が病死して、政局が一変するに伴い、彼女を取り巻く環境も大きく変わった。「霜月騒動」と呼ばれる権力闘争が幕府内で起き、安達泰盛とその一族が根こそぎ粛清されるに至ったのだ。釈迦堂殿は、出家した堀内殿のもとで、親族を殺された安達氏のほかの子供たちとともに、心細く身を寄せ合って暮らすことになった。

そこまで話して、釈迦堂殿は高国に問うた。

「何ゆえ安達が攻められたか、ご存知にござりますな」

高国は、蒼い顔で頷く。

大量の血を流した騒動の端緒は、ほかでもない。「安達泰盛の息子が源頼朝の子孫だと自称し、将軍の地位に就こうとしている」という、政敵による讒言《ざんげん》だった。

「頼朝公の名や源氏の権威を濫《みだ》りに持ち出す者は、北条に敵する者とみなされる、そのことは……」

「重々に承知いたしております」

高国は、深く項《うなじ》を垂れた。

結局、安達の謀反の件は根も葉もないでたらめで、後に咎《とが》無くして殺された安達家の面目は取り戻されることになった。だが、ここではそれが問題なのではない。問題は、頼朝という存在に対する畏怖は、拭い去れない劣等感や罪悪感のように、いまだ北条政権の底に根付いている、ということだ。だからこそ、将軍の血筋を持ち出して北条の弱点を刺激する者は、徹底的に排除される。霜月騒動を通して改めて露見したその現実こそが、足利家にとっては、重い。

「あの娘、いかなる出自か存じませぬが、矢神という名は随分と勇ましゅうござりますな。一体いかなる了見にて、足利のお家では弓矢の神をご秘蔵しているのでござりましょう」

だから、その後に続いた彼女の問いかけは、澄んだ声で発せられた恐ろしい脅迫だった。しかも、源氏という銘を用いればいかな冤罪もたやすく作れる、それを身をもって知っている釈迦堂殿から出た言葉である。高国は、震えた。

うなだれて身を固くする高国を見て憐れに思ったか、ふふ、と笑いを漏らして。

「高国殿をかように脅して、雪庭尼様に、ますます恨まれてしまいますな」

釈迦堂殿はやや冗談めいた口調で言ったが、髪の毛一本ほども、場は和らがない。

ただ、母のことを口にされて、高国は驚いて顔を上げた。それに応えるように、釈迦堂殿も、高国の母の話を続けた。彼女を、在俗中の名で親しげに呼びながら。

「時宗公の猶子にして安達泰盛の孫である私は、貞氏殿との祝言《しゅうげん》のときから、清子さまにとっては、二重の仇のようなものにござりました」

北条時宗が没して庇護を失った家時は、その後、安達を核とした政争の波の中で、自害においやられた。北条への二心のないことを示すため、時宗への殉死を強いられたのだ。それで、家時を慕う雪庭尼にとって、二重の仇だと言うのだろう。母の家時への想いまで、釈迦堂殿は知っているらしい。

「それなのに清子さまは、私を憎む色を少しも見せずに親切の限りを尽くしてくださり、二人のお子までも、高義を慕うように育ててくださりました。あの方こそ、まことに足利のお家のことを思う、優しき方にござります」

雪庭尼が北条への恨みを募らせていることはもちろん、矢神が家時の孫であることも、この人はとうに知っている――そう、高国は直感した。すべてを知られているということは、彼女の胸先三寸で、いつ足利が北条に売られてもおかしくないということだ。

「されど、私めも、足利のお家を思うておりまする」

まるで高国の危惧を見透かしたように、釈迦堂殿は言った。

「わが子ながら高義は、足利のお家を継ぐのにちょうどよい器でござりました。北条の血に守られておるのみならず、小さくもなければ、特別に大きくもござりませぬ」

「いえ、高義殿は、ご立派な方であられました」

高国の言葉に対し、釈迦堂殿は目で微笑むだけで、話を続ける。

「かたや高氏殿は、いかにも大きなお人柄で、知らず周りの者を引き寄せるお力があるとお見受けいたします」

「いえ、それは――」

高国はそれに続いて、何も言う言葉がなかった。高国自身が、誰よりも強くそう信じているのだ。

「左様な方がご当主とならば、得宗殿《とくそう》も評定衆《ひょうじょうしゅう》の皆さま方も、自ずと足利に厳しい目を向けましょう。さすればお家そのものが、どうなることか知れませぬ」

そこまで言うと、釈迦堂どのは、指をつき、厳《おごそ》かに頭を下げた。

「もうお分かりでございますね。お家を守り、皆さまのお命を守るために、何卒玉章との縁を拾い、松寿をご後見くださいませ」

(参った)

高国は無惨に打ちのめされた。

(我はやはり、考えが甘い)

釈迦堂殿の縁談の裏にあるのは、彼女が可愛い孫のために後見を得たいと思う気持ちだけだと、ここに来るまで疑いもしなかった。

実際、もし高国が玉章という餌に二つ返事で喰いついていたなら、ただそれだけのことで済んだのだろう。だが今となっては、そんなに簡単な話ではない。松寿を家督につけさせぬなら、北条が足利を攻めるよう仕向ける準備がある、それがいやなら黙って玉章を娶り味方をしろ、そう脅されている。

(家を丸ごと、質に取られた)

いつの間にか、逃げ場のないところまで追いつめられてしまった。金沢の人たちに惹かれるまま深く考えずに近づいた自らの軽忽《きょうこつ》を、今になって慙《は》じ入っても遅すぎる。なぜ気づかなかったのか、玉章の鋭さは、すっかり釈迦堂殿と同じものだったのだ。むしろ、穏やかな笑顔に隠した釈迦堂殿の刃は、人を油断させておいて仕留める、必殺の切れ味だ。

平伏して数日の猶予を乞い、高国は釈迦堂から這い出すように逃げ帰った。


夜、高国は浄妙寺の持仏堂に足を踏み入れた。

月明りに微かに照らされる本尊を仰ぎ見ながら、はやくも冬の気配を含んでひんやりする堂の床に座し、暫《しば》し観想した。

（これから、どうする）

もしかしたら、何か最後に答えに導かれるかもしれない、そう思ったが、仏はただ、そこに静かに立っておわすだけだ。結局のところ、決めるのはいつも、自分自身なのだ。

（そうであろう）

先のことなど、予見できない。ただできることは、いま目の前の決断を、悔いぬように下すことだけだ。脳裏を幾つかの顔がよぎる。どれも高国にとっては、大事な人たちの顔だった。誰のことも、思い捨てたくはない。

（持てばよい、より多く持てば、皆の願いを叶えられる）

だが、今すぐには、どうしても無理だ。今は、何かを捨てて、選ばなければならない。

足利の家は、守る。それでも釈迦堂殿の縁談は、呑むわけにはいかない。母や兄、上杉の家と決定的に袂《たもと》を分かつことになるし、玉章の自由を奪うことにもなる。

（ならば、何を捨てる）

高国は、烏帽子《えぼし》を脱ぎ、腰刀を手に取ると、鞘《さや》から素早く抜いた。腹の中の息をゆっくりとすべて吐き出して、それから深く吸い込む。刀身を流れる、淡くやわらかい光を湛《たた》えた波紋を眺める頃には、もう迷いもなかった。

そのまま、髻《もとどり》に刃《やいば》をあてる。

髪の束は一度にぶつりとは切れず、数筋ごとにふつふつと手ごたえを感じながら、徐々に削《そ》ぎ切りにしなければならなかった。短くなった毛が、はらりと顔の横に落ちる。腰刀を鞘に戻し、自らの生から切り離された髻と並べて傍らに置くと、高国は静かに手を合わせた。

「そこの者、何をしておる」

と、その高国の姿を捉えて叫んだのは、雪庭尼だった。彼女は、夜ごとこの持仏堂で祈りをさ
さげるのを、人知れず日課としている。

「高国か。そなた、そなた何を」

そこで、あられもない姿の息子を見つけた。

「何ということをいたしたのじゃ。お館様のお許しも得ずに……」

側に駆け寄って惑う母の肩を、高国はしかと押さえた。

「母上、お気を確かになされませ」

なんでもない様子で、けろりと言う。

「お前の気こそたしかなのか」

思わず、雪庭尼は声を裏返らせて叫んだ。そう言われて、高国は失笑した。気が確かかはわからないが、腹は、自分でも面白いぐらい据わっている。

(しばらくの間、憲顕の太刀の緒は、それこそ経を巻くのに用いることになるな)

それぐらいの感慨しか、湧いてこない。

縁談などで押し込まれるのは、自分が在俗の独身者だからだ。断れないならば、そんな話はどうしても受けられない身になってしまえばいい。釈迦堂殿も、高国が追い詰められ思い悩んで世を捨てたふりをすれば、縁談は諦めるほかない。結局のところは松寿を家督に据えることが望みなのだから、足利の家自体を危険に晒《さら》すような下手な動きはそうそう見せまい。矢神の件も、少なくともしばらくは、おもてだって追及はしないはずだ。

このあと自分がどうなるか、高国はさほど心配していなかった。錯乱して髻を落としただけだと言い訳して、髪が伸びるまで蟄居謹慎するだけで済むかもしれない。正式に出家することになっても、ほとぼりが冷めたところで、還俗《げんぞく》すればいい。還俗が叶わなければ僧として一生を終えるだけで、それならそれで、望むところだ。

自分を棄てることは、他の者を切り捨てるより、ずっと簡単だった。出家を謀《はかりごと》に用いるなど、仏罰は免れないだろう。だが、現世で得るためには、死んだあとのことなど、目をつぶるしかない。

「母上の宿願、兄上と我が、きっと叶えてみせますぞ」

腹は据わっているとは言いながら、くだしたばかりの自分の決断に、すこしだけ興奮してもいるのだろう。やや上ずったように、彼らしくなく大胆なことを、高国は口走った。

「しっ。左様なこと、軽々しく口にするものではない」

自分は取り乱せばいくらでも物騒なことを口にするくせに、それは差し置いて高国の軽率を咎《とが》めるその尼を、高国は微笑んで受け止めた。

「いかにもご尤《もっと》もにございます。さればもう二度と、口には致しますまい。されど母上、これより先、いついかなる時も、高国の心を疑われますな」

しばしの猶予は得られたはずだ。だが、無駄にできる時間はない。すぐに片づけられるところから、手を打たなければならない。

「まずは兄上に、家督を継いでいただかなければなりませぬ」

高国の頭は、既に忙しく次の動きを考えていた。

雪庭尼は、彼女の持つともし火で辛うじて浮かび上がるざんばら髪の息子の顔を、まじまじと覗き込んだ。

「高国、どの……」

いつもと変わらず澄んだ美しい瞳をしているが、なにかが違う。目の奥に映るともし火の光が、揺れていない。迷いが、消えた。

(これで、揃った)

清子は、御仏が、ついに彼女の宿願を聞き入れたことを悟った。

この十一年後に、鎌倉幕府は滅亡する。北条一族の支配に終焉をもたらし、次代の武家権力を掌握した足利尊氏《たかうじ》を補佐したのは、かつて高国と呼ばれた、弟の直義《ただよし》である。


(了)

《主要参考文献》

『金沢貞顕』人物叢書235、永井晋著、吉川弘文館、2003年
『兼好法師　徒然草に記されなかった真実』小川剛生著、中央公論新社、2017年
『下野足利氏』シリーズ・中世関東武士の研究 第九巻、田中大喜編著、戎光祥出版、2013年
『武士はなぜ歌を詠むか　鎌倉将軍から戦国大名まで』小川剛生著、KADOKAWA、2016年

◎論創ノベルスの刊行に際して

本シリーズは、弊社の創業五〇周年を記念して公募した「論創ミステリ大賞」を発火点として刊行を開始するものである。

公募したのは広義の長編ミステリであった。実際に応募して下さった数は私たち選考委員会の予想を超え、内容も広範なジャンルに及んだ。数多くの作品群に囲まれながら、力ある書き手はまだまだ多いと改めて実感した。

私たちは物語の力を信じる者である。物語こそ人間の苦悩と歓喜を描き出し、人間の再生を肯定する力があるのではないか。世界的なパンデミックや政情不安に覆われている時代だからこそ、物語を通して人間の尊厳に立ち返る必要があるのではないか。

「論創ノベルス」と命名したのは、狭義のミステリだけではなく、広義の小説世界を受け入れる私たちの覚悟である。人間の物語に耽溺する喜びを再確認し、次なるステージに立つ覚悟である。作品の刊行に際しては野心的であること、面白いこと、感動できることを虚心に追い求めたい。

読者諸兄には新しい時代の新しい才能を共有していただきたいと切望し、刊行の辞に代える次第である。

二〇二二年一一月

アグニュー恭子（あぐにゅー・きょうこ）

慶應義塾大学文学部卒業、同大学院文学研究科修士課程修了。エジンバラ大学にて言語教育学修士号取得。2021年、「入間川」で第52回埼玉文学賞小説部門正賞受賞。北アイルランド在住。

世《せ》尊《そん》寺《じ》殿《どの》の猫《ねこ》　〔論創ノベルス016〕

2024年9月20日　初版第1刷発行

著者	アグニュー恭子
発行者	森下紀夫
発行所	論創社 〒101-0051　東京都千代田区神田神保町2-23　北井ビル tel. 03（3264）5254　fax. 03（3264）5232　https://ronso.co.jp 振替口座　00160-1-155266
装釘	宗利淳一
装画	本間佳子
組版	桃青社
印刷・製本	中央精版印刷

ISBN978-4-8460-2415-4